I0729253

Du même auteur

La belle mortelle de Samson (Vampires Scanguards - Tome 1)
La provocatrice d'Amaury (Vampires Scanguards - Tome 2)
La partenaire de Gabriel (Vampires Scanguards - Tome 3)
L'enchantement d'Yvette (Vampires Scanguards - Tome 4)
La rédemption de Zane (Vampires Scanguards – Tome 5)
L'éternel amour de Quinn (Vampires Scanguards – Tome 6)
Les désirs d'Oliver (Vampires Scanguards – Tome 7)
Le choix de Thomas (Vampires Scanguards – Tome 8)
Discrète morsure (Vampires Scanguards – Tome 8 1/2)
L'identité de Cain (Vampires Scanguards – Tome 9)
Le retour de Luther (Vampires Scanguards – Tome 10)
La promesse de Blake (Vampires Scanguards – Tome 11)
Fatidiques retrouvailles (Vampires Scanguards – Tome 11 ½)
L'espoir de John (Vampires Scanguards – Tome 12)

Séduisant (Le Club des éternels célibataires – Tome 1)
Attirant (Le Club des éternels célibataires – Tome 2)
Envoûtant (Le Club des éternels célibataires – Tome 3)
Torride (Le Club des éternels célibataires – Tome 4)
Attrayant (Le Club des éternels célibataires – Tome 5)

LE RETOUR DE LUTHER

(Les Vampires Scanguards – Tome 10)

TINA FOLSOM

Traduit de l'américain

POUR MARK

Arbre généalogique des membres de Scanguards

Étant donné que cette histoire se déroule dix-neuf ans après celle contée dans « L'identité de Cain », voici un rappel de qui est qui, de même qu'une présentation de la seconde génération des membres de Scanguards.

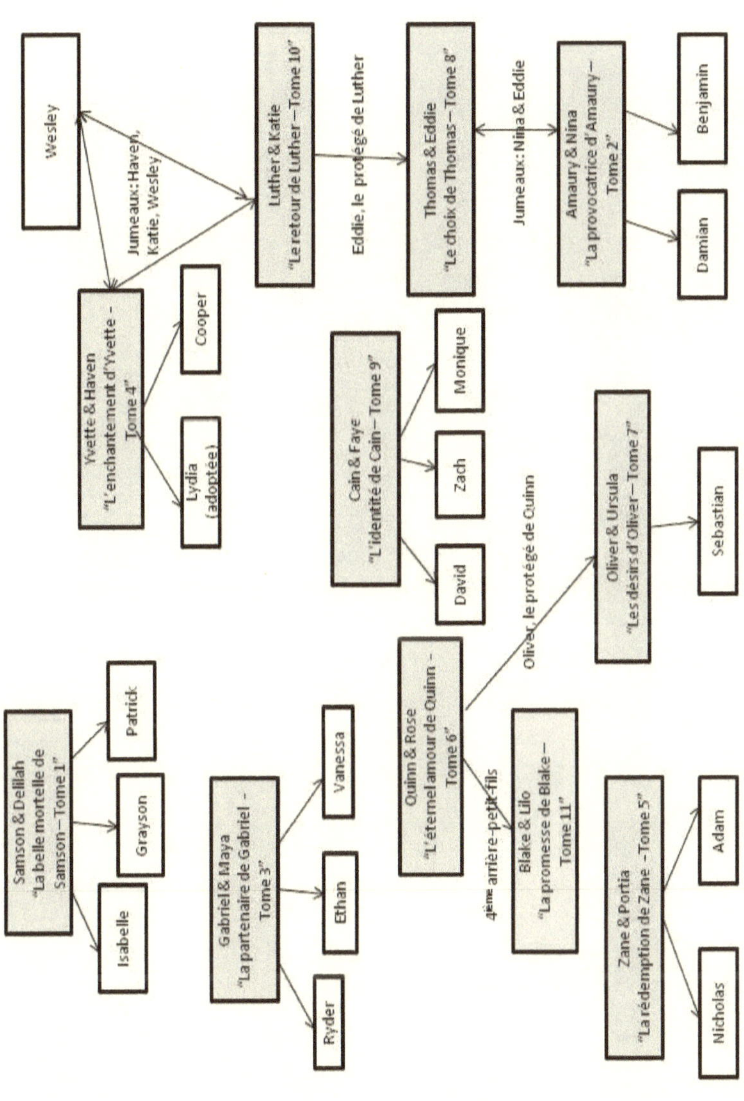

1

Une cellule dépourvue de fenêtres de deux mètres cinquante sur deux mètres cinquante avait été sa maison pendant vingt ans.

Luther West ne regarda pas derrière lui, tandis qu'il marchait, devant Dobbs, le garde vampire vêtu de Kevlar, en direction de l'extrémité du long couloir bordé de cellules identiques. Celles-ci abritaient d'autres vampires ; des criminels, tout comme lui. Une lumière vive éclairait les couloirs de cet énorme labyrinthe en béton situé quelque part dans les collines de la Sierra Nevada.

Luther leva les yeux vers les tubes fluorescents surplombant sa tête. Pour un visiteur, ils auraient paru ordinaires, mais Luther savait ce qu'il en était. Depuis une salle de contrôle, l'activation d'un interrupteur allumait les tubes ultra-violets situés à l'intérieur des chambranles. Tout vampire surpris dans le couloir une fois que les UV étaient allumés se calcinerait lentement, mais sûrement.

Une mort douloureuse. Et un moyen de dissuasion efficace pour quiconque essaierait de s'échapper.

Indépendamment de cet astucieux gadget, une prison pour vampires ne différait pas trop d'une prison pour humains. L'idée était similaire : punir les criminels et les maintenir à distance des gens convenables afin qu'ils ne pussent nuire à personne d'autre.

Et cela avait fonctionné.

Les pistolets à rayons ultra-violets que les gardes portaient afin de maintenir les prisonniers en rang avaient rempli leur mission. Bien que douloureux lorsqu'il en était fait usage, ils ne laissaient ordinairement aucune marque permanente sur un vampire. La consommation de sang humain et un cycle ininterrompu de sommeil assurait la guérison de la peau sans laisser de cicatrices. Certains gardes étaient, cependant, plus cruels que d'autres. Et les prisonniers qui avaient éprouvé des difficultés à se soumettre à l'autorité et à accepter leur sort avaient découvert, de manière douloureuse, que même le corps d'un vampire pouvait être marqué.

Luther avait été l'un d'entre eux.

Dans le but de lui apprendre qui était le patron, on lui avait diminué ses maigres rations de sang humain à un niveau proche de la famine, et on avait interrompu son cycle de sommeil toutes les trente minutes afin d'empêcher sa guérison. Une semaine d'un tel traitement se traduisait par la formation de tissu cicatriciel par-dessus les brûlures causées par les rayons ultra-violets, rendant, dès lors, les marques permanentes.

Le dos et la poitrine de Luther témoignaient de ses premières années de défi. Il avait appris sa leçon. Par la suite, il était devenu un prisonnier modèle et avait gardé ses vrais sentiments pour lui, en attendant son heure. Mais dès le début, il s'était fait des ennemis, et certaines personnes avaient la rancune plus tenace que d'autres.

— Jour de sortie ?

La voix provenait d'une cellule ouverte. Luther la reconnut comme celle de Summerland, un autre garde, un de ceux qui ne rataient jamais une occasion de lui montrer qui commandait.

Luther tourna instinctivement la tête, quoiqu'il sût que cette question ne lui était pas destinée. Derrière lui, Dobbs s'arrêta, et il en fit de même, anticipant l'ordre d'attendre.

— Le temps de West est fait.

D'un mouvement brusque, Dobbs le désigna du pouce avant de se retourner vers le gardien se trouvant à l'intérieur de la cellule.

— Qu'est-ce que tu fais ? poursuivit Dobbs, je pensais que ce V-PRISO avait été libéré la semaine dernière.

V-PRISOs — c'était comme cela que les gardes appelaient les prisonniers : *vampires prisonniers.*

Luther regarda Summerland, lequel faisait un signe de tête vers l'intérieur de la cellule.

— Oui, il l'a été. Mais il n'a pas emporté tout son bric-à-brac.

Summerland continua à arracher les posters des murs. Des posters de films, des photos de belles femmes, plus que probablement des actrices. Des vedettes de cinéma. Ou peut-être des chanteuses. Une des femmes semblait vaguement familière. Luther l'avait probablement vue à l'écran. Une blonde avec des seins à la Raquel Welsh et des yeux de chat sauvage. Verts comme des émeraudes. Le vampire qui avait précédemment occupé cette cellule avait visiblement bon goût en matière de femmes. Moins en ce qui concernait les films, à en juger par les posters.

L'accès aux films et à aux shows télévisés était un des privilèges pour bon comportement. Ayant même pu obtenir des photos de l'extérieur, cet ex-prisonnier devait avoir fait preuve d'un comportement modèle. Ou il avait soudoyé un garde.

Après tout, les prisonniers étaient des vampires, et bon nombre d'entre eux avaient déjà vécu une longue vie et accumulé des fortunes avec lesquelles ils pouvaient s'offrir certains services. Luther savait que des gardes faisaient entrer clandestinement des prostituées au sein de la prison en échange de grosses sommes d'argent. Être gardien dans un des rares pénitenciers pour vampires se révélait être un poste convoité. La rumeur voulait que beaucoup d'entre eux eussent pris leur retraite en hommes riches.

Bien que Luther eût pu payer pour obtenir des prostituées, il n'avait jamais demandé de telles faveurs. C'était une femme qui avait été la cause de son séjour de vingt années dans ce trou à rats. Les femmes n'étaient synonymes que d'ennui avec un grand E. Il s'assurerait vraiment de demeurer loin d'elles. Une autre leçon qu'il avait apprise : ne jamais faire confiance aux sentiments d'une femme. Peu importe la fréquence à laquelle elle dit vous aimer. Pas même si elle porte votre enfant.

D'un grognement, Luther refoula les souvenirs naissants et la colère qui jaillissait avec eux.

— Fini de causer ? demanda-t-il.

— Fais gaffe à ta bouche, West, l'avertit Dobbs. Tu seras hors d'ici bien assez tôt. Quand je serai prêt. Même si certaines personnes n'apprécient pas. Pas vrai, Summerland ?

Summerland plissa les yeux et lança un regard venimeux à Luther.

— Oh, un jour, il sera de retour.

Luther haussa un coin de sa bouche en guise de dérision.

— Ne comptez pas là-dessus.

Sans attendre l'ordre de Dobbs, il pivota et continua à marcher en direction de leur lieu de destination.

Il entendit les pas du garde derrière lui, mais ceux-ci furent soudain étouffés par un bruit plus en avant. Des cris de colère et des grognements retentirent dans le couloir. Dès l'instant où Luther bifurqua, il put constater la raison de cette agitation.

Un grand prisonnier visiblement énervé luttait, bec et ongles, contre ses deux gardiens, Norris et MacKay. Ils étaient tous deux armés jusqu'aux dents, mais le détenu ne leur laissait pas la moindre chance d'utiliser leurs armes.

Les canines dénudées et les yeux rouges soulignant son agressivité, le V-PRISO décochait des coups avec une telle férocité et une telle habileté que les deux gardes bien entraînés devaient faire usage de toute leur force pour simplement demeurer debout.

— Ah, merde ! jura Dobbs.

Il pressa le bouton de sa radio.

— Couloir sept. V-PRISO hostile, deux gardes en difficulté. Utilisez les lampes UV. Je répète…

— Putain ! jura Luther, en tournant de nouveau la tête vers Dobbs. Putain, vous vous foutez de moi ?

Il recevrait une dernière dose de rayons UV le jour de sa libération ? Mais, bordel, qu'était-ce censé être ? Un cadeau d'adieu ?

Mais Dobbs haussa à peine les épaules et baissa son écran protecteur sur son visage. Le reste de son corps était déjà convenablement protégé par son équipement, jusqu'aux gants spécialement conçus à cet effet.

— Putain de connard !

Luther se rua vers la mêlée. S'il parvenait à désamorcer cette situation rapidement, Dobbs disposerait de suffisamment de temps pour annuler l'ordre. Aucun idiot de prisonnier ne le laisserait se faire brûler le jour de sa libération !

— Sur mon putain de corps carbonisé !

Livide, Luther fonça sur le détenu agressif, le prenant ainsi par surprise. L'imbécile ne s'était pas attendu à être attaqué par un codétenu. Grossière erreur.

Claquant son poing sur le visage de l'abruti, Luther se mit à hurler.

— Tu ne foutras pas en l'air mon jour de libération, espèce de connard !

Un poing vola droit dans sa direction, mais le V-PRISO n'avait aucune idée de la personne à qui il avait affaire. Luther était peut-être emprisonné depuis vingt ans, et à juste titre, mais il n'avait rien perdu de ses aptitudes meurtrières au combat. Au mieux, il était un peu rouillé, mais ses muscles recouvraient leur force à chaque seconde pendant qu'il cognait le gars.

Impassible et calme, Luther encaissa les coups que l'autre vampire tentait d'asséner.

Après un autre coup de poing, son opposant atterrit enfin sur le dos. Le plus dur étant à présent fait, Norris et MacKay replongèrent dans la mêlée et retinrent les bras du V-PRISO.

Mais maîtriser le prisonnier avait pris trop de temps.

Luther entendit les clics révélateurs de la mise en fonction des tubes lumineux du plafond.

— Putain ! jura-t-il, tandis que les lumières clignotaient pendant un instant.

Ensuite, il sentit la brûlure.

Les lampes UV l'anéantirent comme s'il se tenait sous le soleil de midi.

— Dites-leur d'éteindre, Dobbs ! Putain ! cria Luther en tournant brusquement la tête vers le garde.

Il vit ce dernier triturer maladroitement sa radio avant de la laisser tomber à terre.

— Foutu imbécile !

La douleur lui transperçant le corps, Luther se précipita vers l'appareil et le ramassa. Il enfonça le bouton. Derrière lui, il entendit Norris et MacKay en train de s'occuper du V-PRISO, lequel hurlait à présent de douleur.

— Éteignez les UV du couloir sept, hurla Luther à travers la radio. Il avait entendu les gardes suffisamment longtemps pour se familiariser avec leurs ordres et leur façon de parler.

Une réponse crépita.

— Qui est-ce ?

Tant la puanteur de sa peau et de ses cheveux brûlés que celle de l'autre prisonnier s'élevèrent dans ses narines et le rendirent nauséeux.

On arracha soudain la radio de sa main.

— C'est Dobbs. Éteins les UV du couloir sept immédiatement. V-PRISO maîtrisé.

Quelques secondes plus tard, les lampes clignotèrent à nouveau. Luther s'effondra à terre, pas de douleur, cette fois, mais de soulagement.

— Tout est sous contrôle, confirma à présent Norris.

Luther lui lança un regard oblique moqueur. Ouais, tout était à présent sous contrôle, et pas grâce aux gardes. C'était grâce à lui. Mais avant de pouvoir dire à Dobbs ce qu'il pensait de son commentaire, une botte brillante vint lui asséner un coup de pied dans le côté, l'envoyant contre le mur. Ses canines descendirent automatiquement, et ses lèvres se retroussèrent, laissant ainsi apparaître la blancheur de ses dents à son assaillant.

— Summerland ! souffla Luther dans sa barbe. Il ne manquait plus que ça !

Il avait épargné de sévères blessures aux gardes et les avait probablement sauvés de la mort, et ceci était censé être son merci ?

La botte revint une seconde fois vers lui. Luther tendit la main pour l'attraper, mais Summerland fut tiré brusquement en arrière.

— Laisse-le ! ordonna Norris.

Luther regarda derrière le gardien ébahi, témoin de la façon dont Norris maintenait toujours l'épaule de Summerland.

— Vaut mieux que tu ailles aider à calmer le nouveau.

Norris désigna le vampire maîtrisé : le visage et les mains de ce dernier étaient couverts de vilaines boursouflures. Couché sur le dos lorsque les lampes UV s'étaient allumées, il avait été le plus touché.

Luther avait pu détourner les yeux des rayons, mais sa nuque et l'arrière de son crâne avaient été sérieusement endommagés. Rien, toutefois, qu'un peu de sang humain et un bon jour de sommeil ne pussent réparer.

— Et je ne serai pas celui qui rédigera le rapport de l'incident, insista Norris. Je pars en congé.

MacKay, lequel tenait un pistolet à UV contre la tête du V-PRISO dont les mains étaient attachées par des chaînes en argent, grogna de mécontentement.

— Tu sais choisir le bon moment et ainsi laisser ceux qui restent s'occuper de ce nouveau venu.

MacKay cogna le bout de son arme contre la tempe du prisonnier.

— … qui ne sait fichtrement pas ce qui est bon pour lui, ajouta-t-il.

— Allons-y, West, ordonna Dobbs. À moins que tu ne te plaises tellement ici que tu veuilles rester plus longtemps.

Malgré la douleur qui irradiait dans sa tête et voyageait jusque dans le bas de sa colonne vertébrale, Luther se redressa en un saut, non désireux de montrer à ces ingrats qu'il avait mal. Il gratifia son geôlier d'un hochement de tête en guise d'acquiescement et poursuivit sa marche vers la sortie de ce trou à rats qui avait été sa maison durant ces vingt années de solitude.

2

— Ma tirette est coincée, dit une voix.

Dans ce vestiaire transformé en loge pour la nuit, Katie Montgomery fit volte-face. Un côté de celui-ci était réservé aux membres féminins du casting. Des cloisons de plus de deux mètres de hauteur séparaient cette zone de celle dans laquelle les acteurs masculins changeaient de costumes.

Avant les vacances de Noël, le cours d'art dramatique de l'université de San Francisco, une école privée, mettait en scène *Un songe d'une nuit d'été*. Et en tant que professeur d'art dramatique, Katie était responsable de la production dans sa globalité, et cela incluait de veiller à ce que tout le monde jouât son rôle à la perfection et connût son texte. De plus, une étudiante ayant abandonné au début du semestre, et ne parvenant pas à trouver une remplaçante pour ce rôle exigeant, Katie l'interprétait elle-même.

L'agitation, les bavardages et l'excitation parmi les acteurs amateurs lui rappelaient ses années passées sur les plateaux de cinéma et de télévision à Hollywood. À l'époque, elle ne s'appelait pas Katie. Tout le monde à Hollywood la connaissait sous le nom de Kimberly Fairfax, la bombe blonde. Mais bon, elle n'était même plus blonde non plus. En fait, elle ne l'avait jamais été réellement. La couleur naturelle de ses cheveux était d'un riche châtain foncé, tout comme ses frères, Haven et Wesley.

Elle se précipita vers Cindy, la fille âgée de vingt ans qui avait hurlé à propos de sa tirette.

— Je m'en occupe.

Elle se plaça derrière elle et regarda le dos du costume de fée d'un vert et bleu pastel.

— Au seizième siècle, ils avaient des boutons et des rubans, marmonna Katie.

Elle tira sur la fermeture-éclair, mais c'était serré.

— Tu as pris du poids ?

Cindy tourna la tête pour la regarder et haussa timidement les épaules.

— Je ne prends qu'une pâtisserie le matin, je le promets.

Katie inclina la tête sur le côté, mais demeura silencieuse.

— OK, et une dans l'après-midi, ajouta la jeune fille. Mais ce n'est vraiment pas ma faute. C'est juste que j'ai toujours faim. Et je grandis encore. De plus, nous ne pouvons pas toutes avoir la même silhouette que toi. Je ne sais pas comment tu fais. On dirait que tu as toujours la vingtaine, et je sais avec certitude que ton premier grand film est sorti quand je suis née.

Tout en souriant, Katie dodelina de la tête.

— Retiens juste ta respiration pendant un instant.

Elle tira la fermeture éclair vers le haut et gratifia la fille d'une tape sur l'épaule.

— Tout va bien.

Mais avant que son étudiante n'eût pu poursuivre ses remarques à propos de son apparence, Katie se détourna et regarda tout autour d'elle afin de voir si quelqu'un d'autre avait besoin d'elle. Elle s'abstenait toujours de tout commentaire lorsque les gens faisaient une remarque sur son physique et son âge.

Elle avait quarante-deux ans mais, pour une sorcière, l'âge ne signifiait rien. Bien que ne paraissant pas aussi jeune que son frère Haven, elle vieillissait si lentement qu'elle pouvait facilement passer pour quelqu'un ayant la vingtaine. Il en était de même pour son frère Wesley, le sorcier. C'était une des raisons pour lesquelles elle avait laissé Hollywood et le monde du cinéma derrière elle. Trop de personnes avaient commencé à poser des questions, à se demander quel chirurgien plasticien elle consultait pour continuer à paraître si jeune. Elle avait peur qu'ils ne pussent, un jour, découvrir qu'elle n'était pas humaine, mais bien une créature surnaturelle.

En dépit de ses gènes de sorcière, elle n'avait, à proprement parler, aucun pouvoir. Un rituel que sa mère avait pratiqué peu après sa naissance les avait privés, ses frères et elle, de leurs pouvoirs de sorciers. Vingt ans plus tôt, lorsqu'Haven était devenu un vampire après avoir sacrifié sa vie de mortel dans le but de sauver le monde d'une sorcière maléfique, le Pouvoir des Trois, que ses frères et elle étaient censés posséder, avait été détruit pour de bon.

Mais Wesley, son cadet de huit ans, avait voulu retrouver ses pouvoirs. Et il y avait travaillé. Étudié cet art. Commis des erreurs. Avait continué à pratiquer. Maintenant, vingt ans plus tard, il était un sorcier accompli. Il faisait usage de ses pouvoirs pour faire le bien plutôt que le mal. Et également pour Scanguards, la société de sécurité dirigée par un vampire à qui ils devaient tous tant.

Au moins la moitié de ses membres était là ce soir. Ils étaient tous venus pour voir performer Isabelle, la fille de Samson et Delilah.

Instinctivement, Katie chercha la jeune hybride du regard. En tant que fille d'un vampire et de sa compagne humaine de sang mêlé, Isabelle était une créature extraordinaire. Elle possédait en elle les avantages des deux espèces : elle avait la force et la vitesse d'un vampire sans présenter l'inconvénient d'être brûlée par la lumière du soleil. Et dès qu'elle aurait atteint l'âge de vingt et un ans, elle cesserait de vieillir, tout comme son père après sa transformation, plus de deux siècles auparavant.

Isabelle était éblouissante dans sa robe du seizième siècle d'une intense couleur azure. Les longs cheveux noirs qui encadraient son joli visage et tombaient normalement en cascade sur ses épaules étaient façonnés en une coiffure médiévale. Déjà maintenant, alors qu'elle n'avait que vingt ans, les hommes se bousculaient afin de gagner son affection. Isabelle avait hérité de la beauté de sa mère et de la force de son père. Il ne fallait pas la sous-estimer. Cela se vérifiait lorsque ses opinions divergeaient de celles de ses deux frères, Grayson et Patrick, respectivement de dix-neuf et dix-sept ans. Des étincelles volaient lorsque tous trois se disputaient. Chacun d'entre eux voulait commander. Au bout du compte, un seul dirigerait.

Mais ce soir, il y avait quelque chose de différent chez Isabelle. Elle ne semblait pas aussi confiante qu'à l'ordinaire. Elle paraissait plutôt nerveuse et mal à l'aise. Avait-elle le trac ?

Katie jeta un œil à la grande horloge murale. Dans trente minutes, le rideau se lèverait. Ce n'était pas le moment que quelqu'un se défilât. Se dirigeant vers Isabelle, elle entendit quelqu'un l'appeler par son nom.

— Katie ? Tu as une minute ?

Elle pivota et vit Blake passer la tête à la porte.

— Tu ne peux pas rentrer ici ! le réprimanda-t-elle.

Il fit immédiatement marche arrière. Lorsqu'elle sortit dans le couloir, il l'attendait.

— Toutes mes excuses, mais personne ne m'a entendu frapper, dit-il en souriant de façon désarmante.

Dix ans auparavant, Katie aurait roulé des yeux et l'aurait accusé d'utiliser n'importe quelle excuse pour lorgner les belles jeunes filles présentes dans le vestiaire. Pas ce soir. Blake avait changé de plus d'une manière.

Il avait mûri et était devenu un très bel homme avec de courts cheveux noirs, les mêmes yeux bleus que son arrière-grand-mère au quatrième degré, Rose, et un corps tonique entièrement fait de muscles. Toutefois, la ressemblance familiale avec Rose et Quinn s'arrêtait là. Il semblait, à présent, plus âgé que le vampire blond qu'il avait pour aïeul. Ses ancêtres avaient été transformés en vampires dans la vingtaine, alors que lui, il l'était devenu à l'âge de trente-deux ans, douze années auparavant. Quinn l'avait transformé suite à son insistance.

— Qu'y-a-t-il ? demanda Katie en levant les yeux vers Blake, tant elle était minuscule à ses côtés.

— Je voulais juste revoir la sécurité avec toi.

— Mais nous l'avons déjà fait. Je n'ai vraiment pas le temps. Nous n'avons—

— Ça ne prendra même pas une minute de ton temps, chérie, insista-t-il, en lui faisant du charme.

— Chérie ?

Elle se mit à rire. Il n'y avait rien de sentimental entre le grand vampire et elle. Tous deux le savaient.

— Tu dois être désespéré, ajouta-t-elle.

Blake gloussa, affichant dès lors ses dents blanches.

— Tu me connais trop bien.

Il sortit un papier de l'intérieur de sa veste de sport tendance qu'il avait associée à un pantalon noir et des bottes bien solides.

— Ordres de Samson, poursuivit-il.

Elle dut sourire involontairement. Même pourvu d'une tenue de soirée élégante, Blake était toujours prêt pour la guerre.

— J'ai le sentiment que tu aimes beaucoup trop être le chef des agents de sécurité de Scanguards.

Il sourit d'un air satisfait et regarda tout autour dans le couloir afin de s'assurer que personne ne pût l'entendre parmi les machinistes qui s'occupaient des derniers détails.

— Assurer la sécurité de treize adolescents hybrides, vingt-quatre heures sur vingt-quatre, n'est pas une promenade de santé. Et ne me parle même pas des parents.

Katie savait de quoi il voulait parler. Certains parents pouvaient être surprotecteurs envers leur progéniture, et Samson n'était nullement l'exception quand il s'agissait de ses trois enfants. Quoiqu'il eût des raisons d'être prudent. Scanguards avait des ennemis.

— Ils te rendent fou, n'est-ce pas ?

Blake se passa une main dans les cheveux.

— Tu n'as pas idée. Et fais-moi confiance, de toute leur vie, ces gamins n'ont jamais été plus en sureté que depuis les douze années que j'assure leur sécurité.

— C'est pour ça que tu as voulu être transformé ? Afin que les gamins ne t'en fassent pas voir de toutes les couleurs ?

Blake jeta brièvement un coup d'œil dans le fond du couloir, là où un ouvrier transportait deux chaises dans la pièce voisine.

— Ça, et le fait que je ne voulais pas paraître plus vieux que mes grands-parents.

L'expression sérieuse sur son visage dissimula le léger ton de sa voix.

— Désolée d'avoir demandé.

Blake cligna des yeux et soupira.

— Katie, je ne veux pas—

Elle leva une main.

— Tu n'as pas à t'expliquer—

— J'aime ces gens, l'interrompit Blake en désignant le mur.

Derrière celui-ci se trouvait la scène et par-delà celle-ci, le public qui attendait que la représentation commençât.

— J'aime Scanguards, ajouta-t-il. Ils sont ma famille, et je ne veux pas les quitter. Si j'étais demeuré humain, j'aurais dû le faire un jour. Je ne peux pas faire ça.

Katie posa une main sur son avant-bras et le serra.

Les yeux de Blake rencontrèrent les siens.

— Et si tu répètes ce que je viens de dire à l'un d'entre eux, je boirai ton sang jusqu'à ce que mort s'ensuive, l'avertit-il.

— Tu ne veux pas donner l'impression d'être un grand sensible, c'est ça ?

— Parce que je ne le suis pas.

— Non, tu ne l'es pas. Et aimer quelqu'un ne te rend pas faible, ça te rend fort.

— Bien, passons ça en revue, dit Blake, visiblement embarrassé, en désignant le morceau de papier qu'il tenait en main.

— J'ai noté à quels moments de la pièce Isabelle est sur scène et quand elle est censée être en coulisses avec les autres acteurs. Est-ce que ça semble correct ?

Katie parcourut rapidement la liste des scènes et hocha la tête.

— Tu connais ton Shakespeare.

Blake haussa les épaules.

— Rose me fait lire tous ces trucs.

Elle arbora un large sourire.

— J'en suis sûre !

Le bruit de l'ouverture d'une porte derrière elle lui fit tourner la tête afin de voir qui quittait le vestiaire.

Elle vit Isabelle se figer comme si elle s'était fait prendre.

— Oh, hé Blake, dit rapidement Isabelle, un peu trop gaiement. Tu vas regarder ?

— De près.

Isabelle roula des yeux.

— Je voulais parler de la pièce.

— Moi aussi.

Il l'étreignit rapidement et déposa un baiser sur le dessus de sa tête avant de la relâcher. Son regard voyagea ensuite en va-et-vient entre Isabelle et Katie.

— Oh la la, si on vous flanquait toutes les deux des mêmes vêtements, on pourrait vous prendre pour des jumelles, je le promets !

Katie échangea un regard avec Isabelle.

— Des jumelles ? dirent-elles à l'unisson.

Blake leva les deux mains.

— OK, des sœurs. Mais, purée, si je ne le savais pas, je dirais que vous provenez toutes les deux du même utérus.

— Ok, ça suffit, dit Katie en lui faisant signe de dégager. N'as-tu pas de boulot ? Car, moi, j'en ai.

Blake afficha un large sourire et hocha la tête à l'intention d'Isabelle.

— Merde, ok ?

Isabelle sourit.

— Merci.

— À toi aussi, Katie. Mais bon, tu es une vieille pro, ajouta-t-il en se retournant.

— Hé, qui traites-tu de vieille ? protesta Katie. Je suis toujours plus jeune que toi !

Sans se retourner, Blake lui adressa un signe de la main et poursuivit son chemin dans le couloir avant de franchir une porte et disparaître.

— Les hommes ! s'exclama-t-elle.

Isabelle lâcha un soupir empreint de souffrance. Instantanément, Katie la fixa du regard.

— Quelque chose ne va pas, chérie ?

— Ce n'est rien, c'est juste…

— Le trac ? lui demanda Katie. Ne t'inquiète pas, nous l'avons tous.

— Ce n'est pas ça. Je suis prête pour la pièce. Je connais toutes les répliques. Pas seulement les miennes. Je connais celles de tout le monde.

Katie passa une main sur les cheveux d'Isabelle, sa poitrine se gonflant de fierté. La fille de Samson avait du talent.

— Eh bien, c'est pour cette raison que j'ai voulu que tu sois la doublure de tous les rôles principaux féminins. Je n'ai jamais vu personne pouvant retenir autant de répliques en si peu de temps.

Isabelle sourit inopinément, et la tristesse s'effaça un peu de son visage.

— Je suis si contente que tu l'aies fait. C'est pour ça, tu vois, que je me demandais… je veux dire… Tu penses que…

Katie sentit son front se plisser. Isabelle n'était normalement pas quelqu'un de nerveux ou quelqu'un qui avait la langue liée.

— Qu'est-ce qui te tracasse ?

Isabelle tripota les rubans de sa taille empire.

— C'est Cameron.

Pendant un instant, Katie ne sut pas de qui Isabelle parlait. Ensuite, elle s'en rendit compte.

— Cameron qui joue le rôle de Lysandre ?

Isabelle hocha la tête et évita le contact visuel lorsqu'elle poursuivit.

— Oui, qui est amoureux d'Hermia.

Un doux sourire vint titiller les lèves de Katie.

— Rôle que j'interprète.

Isabelle leva la tête.

— Et à la fin, tu dois embrasser Lysandre.

— Et Héléna, que tu interprètes, doit embrasser Demetrius.

Isabelle hocha la tête, mais ne fit pas de plus amples commentaires.

— Je pensais que tu voulais qu'il en soit ainsi. N'est-ce pas le rêve de toutes les filles d'être courtisée par deux hommes ? Tout comme dans la pièce, quand Héléna est courtisée tant par Lysandre que par Demetrius à cause de la potion d'amour de Puck ?

— Oui, mais l'amour de Lysandre n'est pas réel. C'est juste une illusion.

— Mais c'est une pièce de théâtre. Tout n'est qu'illusion.

Tout comme Hollywood l'avait été. Une jolie illusion. Une qui l'avait rendue riche, ne manquant de rien. Mais rien n'avait été réel à Hollywood : à la fin, elle ne pouvait même plus faire confiance aux gens qui lui étaient le plus proche. La trahison lui avait pratiquement coûté la vie. C'était la vraie raison pour laquelle elle était retournée à San Francisco, cinq ans auparavant, afin d'y retrouver sa famille, là où était sa place, et être de nouveau en sécurité.

Elle était parvenue à racheter la vieille maison victorienne sur Buena Vista Park qui, autrefois, avait appartenu à sa famille. Et elle l'avait sécurisée pour les vampires afin qu'ils n'eussent pas à s'inquiéter des effets de la lumière du soleil quand Haven et sa compagne Yvette lui rendaient visite.

— Je préférerais être Hermia, parce que l'amour que Lysandre lui voue est réel, poursuivit Isabelle. Et tu l'as dit toi-même, je connais toutes les répliques. Je suis ta doublure. Tu sais que je peux le faire.

— Tu veux que je change de rôle avec toi ?

— S'il te plaît.

— Tu aimes vraiment Cameron, n'est-ce pas ?

Isabelle hocha la tête.

— Est-ce qu'il le sait ? ajouta Katie.

— Non.

— Pourquoi ne le lui dis-tu pas ?

— Je ne sais pas s'il m'aime bien.

— Donc, tu as pensé que si tu l'embrassais à la fin de la pièce, tu pourrais le découvrir ?

Isabelle haussa les épaules.

— Il n'y a aucun mal là-dedans.

Katie tendit la main vers celle d'Isabelle.

— Eh bien, on ferait mieux de se changer, alors. J'ai tout ce qu'il faut dans mon vestiaire personnel.

Ce n'était pas vraiment un vestiaire, mais davantage un mélange de bureau/réserve à accessoires qu'elle était parvenue à emprunter au coach de foot pour la durée des répétitions.

— Tu es la meilleure ! dit Isabelle.

Tout en souriant, Katie la guida vers la seconde porte sur la droite, et toutes deux entrèrent dans la pièce dépourvue de fenêtres avant de laisser la porte se refermer derrière elles.

3

Jamais des moqueurs ne prodiguèrent plus de vaines paroles, dit Katie, incarnant Héléna, dans la longue robe bleue qu'Isabelle avait portée avant la représentation, tandis qu'elle regardait, en alternance, les deux étudiants qui interprétaient les rôles de Lysandre et Demetrius.

L'éclairage les illuminait tous trois sur la vieille scène en bois de l'université. En contrebas, dans les fauteuils de l'auditoire, des vampires et leurs familles se mêlaient aux humains qui ne soupçonnaient pas la présence de créatures surnaturelles parmi eux.

Avant la représentation, Katie avait jeté un coup d'œil de l'autre côté du rideau et avait contemplé le public. Ses deux frères étaient présents ; Haven avait emmené Yvette, leur fille et leur fils. Au premier rang, se trouvaient fièrement Samson et Delilah flanqués de leurs fils, Grayson et Patrick. Zane et toute la famille Eisenberg étaient assis au fond, tandis qu'Amaury, Nina et leurs jumeaux de dix-huit ans, Damian et Benjamin, étaient placés près des fenêtres, lesquelles étaient recouvertes d'épaisses tentures en velours.

Quinn Ralston et son clan, composé de son épouse Rose, de son protégé Oliver, ainsi que de la compagne de ce dernier, Ursula, et leur garçon de dix ans, Sebastian, étaient assis dans la rangée derrière celle de Samson. Blake, également membre du clan Ralston, avait pris place près de la porte d'entrée et scannait la pièce des yeux. Occasionnellement, il parlait tout bas dans son interphone et écoutait le micro placé dans son oreille. Chargé de surveiller treize mineurs de chez Scanguards dont l'âge oscillait de dix à vingt ans, il avait incontestablement beaucoup à faire malgré le fait que tous ces jeunes fussent accompagnés de leurs parents.

Gabriel et Maya étaient entourés de leur progéniture, deux garçons adolescents, et une fille. Maya était responsable de la capacité des vampires féminins à concevoir malgré leur infertilité. Sa formation dans le domaine médical et dans la recherche avait fini par payer lorsqu'elle avait développé un traitement qui permettait à une femme vampire de tomber enceinte et de porter un enfant à terme. Cela avait fait des vagues dans leur communauté.

Son compagnon, Gabriel, un vampire à la vilaine cicatrice lui gâchant le profil gauche, scannait la foule du regard. En tant que numéro deux au sein de Scanguards, il n'oubliait jamais son devoir. Mêlés aux membres du clan Scanguards se trouvaient les familles des autres étudiants acteurs, de même que beaucoup d'amis venus supporter leurs condisciples dans la passion qu'ils avaient pour le théâtre.

Lysandre, garde ton Hermia ; je n'en veux point : si je l'aimai jamais, cet amour est tout à fait anéanti. Mon cœur n'a fait que séjourner avec elle en passant, comme un hôte étranger ; et maintenant il est retourné à Hélène, comme sous son toit natal, pour s'y fixer à jamais.

L'élocution de Demetrius manquait un peu de naturel, mais Katie dut admettre qu'il s'avérait fidèle à son personnage et, jusque-là, elle était satisfaite de sa performance. Bien qu'elle se fût glissée dans le rôle d'Héléna avec la ferme volonté de s'immerger dans ce personnage, elle n'en demeurait pas moins consciente de sa position de metteur en scène et professeur.

Hélène, cela n'est point ! répondit Lysandre.

Ne calomnie pas la foi que tu ne connais pas, de crainte qu'à tes risques et périls tu ne le payes cher, répliqua Demetrius en regardant à gauche de la scène tout en pointant la main dans cette même direction. *Vois venir de ce côté l'objet de ton amour ; voilà celle qui t'es chère.*

Le silence accueillit la déclaration de Demetrius.

Voilà celle qui t'est chère, répéta-t-il, un peu plus fort, cette fois.

Le pouls de Katie s'emballa, tandis que, du regard, elle scrutait l'obscurité du côté de la scène d'où Isabelle était censée réapparaître en tant qu'Hermia, la maîtresse de Lysandre. Mais tout ce qu'elle vit fut une de ses étudiantes habillée en fée en train de patienter dans les coulisses. Elle échangea un regard avec la fille, mais ne reçut qu'un haussement d'épaules désarmé en guise de réponse.

Isabelle avait manqué sa réplique ! Embarrassée pour sa star d'étudiante, Katie eut envie de s'enfoncer sous terre. Isabelle avait-elle oublié ses répliques sous le poids du stress de la représentation ou avait-elle mal évalué sa prochaine apparition sur scène ? Avait-elle pris une pause toilettes et oublié l'heure ?

Depuis la salle, des chuchotements dérivèrent vers Katie. Ressentant que quelque chose ne se déroulait pas comme prévu, la foule commençait à s'agiter. La jeune sorcière fusilla le premier rang du regard. Sa capacité à voir dans le noir à l'instar des vampires n'était pas nécessaire pour voir les yeux de Samson, car ceux-ci rougeoyaient, pointés dans sa direction, telles des balises.

Que se passe-t-il ? prononça-t-il du bout des lèvres, un masque d'inquiétude s'affichant sur son visage.

Katie n'eut aucun problème à lire sur ses lèvres. C'était une habileté qu'elle avait acquise durant sa carrière d'actrice professionnelle, lorsque les assistants lui soufflaient les répliques en dehors du champ de la caméra ou des coulisses.

Elle secoua rapidement la tête à l'intention de Samson, puis fixa de nouveau le côté de la scène depuis lequel les acteurs entraient. Toujours rien.

Une inconfortable sensation de picotement remonta le long de son bras. Quelque chose clochait. En dépit de son jeune âge, Isabelle était une personne responsable. Elle était une adulte et ne se dérobait pas à ses engagements.

Les deux étudiants interprétant les rôles de Lysandre et Demetrius la fixèrent du regard afin d'être conseillés.

— Et quoi, maintenant ? murmura Lysandre.

Katie ne répliqua pas. Elle se dirigea plutôt d'un pas raide vers la fée qui se tenait dans les coulisses, quittant ainsi la scène. Elle attrapa la fille rondelette par les épaules.

— Où est Isabelle ?

— Je ne sais pas.

Cindy ravala un peu de nourriture, du sucre en poudre autour des lèvres. Elle était ici, il y a juste quelques minutes.

— Va, cours aux toilettes pour voir si elle n'y est pas, vite !

Cindy obtempéra immédiatement.

Depuis la salle, davantage de voix se firent entendre. Les gens parlaient, se demandant quel était le problème. Tout comme Katie.

— Où est-elle, où est Isabelle ?

Katie tourna la tête en direction de cette voix et vit Blake se précipiter vers elle en empruntant le couloir afin de pénétrer dans les coulisses.

— Je ne sais pas. Elle a manqué sa réplique. Il se peut qu'elle soit aux toilettes. J'y ai déjà envoyé quelqu'un pour la chercher. Peut-être que la nervosité l'a gagnée.

Blake pressa le doigt sur le micro placé dans son oreille.

— Sécurisez le périmètre. Trouvez Isabelle Woodford. Je répète : sécurisez toutes les sorties. Personne ne sort d'ici ou n'entre sans que je le sache. Pigé ?

Avant que Katie n'eût pu dire à Blake qu'il réagissait probablement de manière excessive, des pas lourds traversèrent l'obscurité des coulisses.

— Isabelle ?

Samson poussa Blake afin de passer, ses yeux noisette épinglant Katie d'un regard qui aurait pu surpasser celui de l'Inquisition espagnole.

— Où est ma fille ? ajouta-t-il.

Pendant un instant, Katie fut paralysée. Le vampire de plus d'un mètre quatre-vingt était un personnage imposant. Il incarnait le pouvoir. Elle l'avait toujours su, quoiqu'elle eût également vu son côté gentil pour en avoir fait personnellement l'expérience quelques années plus tôt. Mais ce soir, il était différent : un père inquiet.

— Vérifiez les vestiaires et les toilettes ! aboya Blake dans son micro.

— Je ne sais pas où elle est ; elle était censée revenir sur scène, dit Katie en guise de réponse à Samson.

L'anxiété la gagnant, elle posa les mains sur son ventre.

Le bruit d'une personne accourant, sandales aux pieds, se rapprocha, et Katie regarda par-delà le patron de Scanguards.

— Elle n'est pas aux toilettes, lui cria Cindy, une expression de regret sur le visage. Je ne l'ai pas trouvée.

Blake proféra d'autres ordres dans son micro, certains d'entre eux si bas, que Katie ne put les comprendre. Elle entendit des gens courir dans tous les sens derrière la tenture qui séparait les coulisses de la scène et de la salle. L'équipe de Blake était visiblement occupée à fouiller chaque coin du bâtiment.

— Cindy, rassemble tous les autres étudiants dans le vestiaire des hommes. Va ! ordonna Katie. Et restez-y jusqu'à ce que nous sachions ce qui se passe.

La fille sembla effrayée, mais acquiesça d'un hochement de tête et disparut.

Samson regarda le chef de sa sécurité personnelle.

— Quelque chose ? lui demanda-t-il.

— Mes gars cherchent encore. Mais il n'y a aucune trace d'elle, ni aux toilettes ni dans les vestiaires.

— Peut-être mon vestiaire ? C'est là que nous nous sommes changées tout à l'heure, proposa Katie, à tout prix désireuse de rendre service.

Blake sortit précipitamment.

— Bordel, mais qu'est-ce qui se passe ? dit une voix émanant de l'obscurité.

Une seconde plus tard, Grayson apparut entre les tentures. Il était la copie conforme de son père : ses cheveux étaient noir-corbeau, quoiqu'il eût les yeux de sa mère, Delilah. Ceux-ci étaient verts, tout comme ceux de Katie. Mais ils étaient à présent rouges, comme s'il éprouvait des difficultés à contrôler son côté vampire.

— Où est ma sœur ? ajouta le jeune homme.

— On ne sait pas encore, répondit Samson, la gorge serrée.

Blake arriva en courant.

— Rien dans le vestiaire de Katie. Nous avons également vérifié tous les placards de ce niveau. Mes gars continuent leur boulot aux étages du dessus.

— Et les sorties ? demanda Samson.

— Personne n'entre ou ne sort de ce bâtiment sans que je ne le sache, confirma Blake.

Grayson fit un pas vers lui.

— Alors, pourquoi n'es-tu pas foutu de la trouver ? Tu es censé savoir où elle se trouve à chaque instant. Tu es censé la protéger !

Grayson était une tête brûlée, tout comme Blake l'avait été dans sa jeunesse mais, au plus profond de lui-même, il était comme son père : intensément protecteur envers sa famille. Si Katie avait jamais douté de la loyauté de Grayson envers son frère et sa sœur en dépit de leur constante rivalité, la colère que ce dernier affichait à présent à l'égard de Blake balayait totalement cette perplexité.

Blake retroussa les lèvres sur ses gencives, affichant juste assez ses canines pour exiger le respect du jeune ado de dix-neuf ans.

— Isabelle jouait un rôle différent de celui qu'elle était supposée interpréter.

Katie s'attendit à ce que Blake la pointât du doigt mais, à sa surprise, il ne le fit pas. Il assuma plutôt.

— Je n'ai pas adapté son équipe de sécurité à temps, ajouta-t-il avant de plisser les yeux en s'adressant à l'hybride. Mais je peux t'assurer, Grayson, que je *retrouverai* ta sœur. Je suis responsable d'elle, et je ne—

— C'est ma faute, interrompit Katie en posant une main sur l'avant-bras de Blake. Je suis à blâmer. Elle m'a suppliée de changer de rôle avec elle. Et j'ai accepté.

Elle tourna la tête vers Samson.

— Je suis désolée, poursuivit-elle. Tout s'est fait à la dernière minute. Je—

Samson la stoppa d'un brusque mouvement de la main. Ensuite, il regarda à nouveau Blake.

— Fouille chaque centimètre de ce bâtiment, de même que les soussols. Elle doit être ici. Il le *faut*.

— Samson !

La voix tendue de Delilah se fit entendre derrière lui.

Il se retourna.

Katie remarqua leur silencieux échange. En tant que couple de sangmêlé, ils étaient capables de communiquer télépathiquement. Les secondes passèrent dans un silence pesant. Cela conscientisa davantage Katie de ce qui se passait autour d'elle : des machinistes fouillaient la zone où se trouvaient des accessoires de rechange en retournant chaque objet. Le personnel de Scanguards se précipitait dans les couloirs, ouvrait chaque porte, vérifiait chaque placard. On pouvait entendre différentes voix appeler Isabelle dans tout le bâtiment. Katie savait que d'autres personnes se trouvaient à l'extérieur de l'immeuble, en train de chercher dans le parking environnant, les rues et buildings adjacents. Il y avait une foule d'endroits où se cacher, bien que Katie sût qu'Isabelle ne se cachait pas. Elle le ressentait dans ses tripes. Pouvait le sentir dans ses veines. Tout comme le sentaient Samson et Delilah.

À chaque seconde qui passait, la réalité empiétait sur le monde imaginaire présent sur la scène derrière elle : Isabelle avait disparu.

Katie observa Samson en train de prendre sa femme dans ses bras et la serrer contre lui tout en lui caressant doucement la tête.

— Nous allons la retrouver, ma douce, promit-il.

Davantage de personnes envahirent les coulisses. Zane, le vampire chauve qui pouvait foutre une trouille bleue à n'importe qui, se dirigea vers Samson, visiblement tourmenté. Il avait une connexion particulière avec Isabelle : il était son parrain, la première personne qu'Isabelle avait mordue. Hormis ses parents, il était son plus proche confident.

Un sanglot déchira Delilah. Grayson échangea alors un regard avec son père. Ce dernier hocha la tête et blottit son épouse dans les bras de son fils.

— Elle doit être là, maman, dit Grayson afin de réconforter sa mère.

— Rien au sous-sol, rapporta Zane à Samson, avant de se tourner vers Blake. Et les caméras de surveillance ?

— J'ai déjà envoyé Eddie vérifier les enregistrements vidéo, répliqua Blake, juste au moment où Amaury les rejoignait.

Le vampire à la taille d'un footballer américain et aux cheveux à longueur d'épaules échangea un rapide regard avec Samson.

— Les étages supérieurs sont également vides.

Blake toucha son oreillette et écouta pendant un instant.

— Amenez-le ! Qu'est-ce que vous attendez ? Maintenant ! dit-il ensuite.

Instantanément, Katie put voir tous les vampires présents en coulisses se mettre en état d'alerte, une lueur rouge apparaissant dans leurs yeux et leurs canines s'allongeant.

— Qui ? demanda Samson à Blake.

— Mes gars ont trouvé un vampire inconnu en train de rôder dans le parking. Ils l'amènent tout de suite.

Lorsque les yeux des vampires rassemblés se plissèrent quelques instants plus tard, Katie réalisa qu'ils pouvaient déjà entendre que l'on traînait l'intrus à l'intérieur, alors qu'il lui fallut quelques secondes supplémentaires pour que ses oreilles pussent percevoir le bruit que faisait l'individu en se débattant.

Anticipant l'arrivée du suspect, tout le monde se précipita vers la porte. La largeur des dos obstrua la vue de Katie. Anxieuse de découvrir ce qui se passait, elle monta sur un tabouret et regarda par-dessus les têtes des vampires, juste au moment où trois des hommes de Blake faisaient entrer l'inconnu.

Oh Dieu ! Il semblait féroce. Ses cheveux et ses cils noirs ainsi que sa peau mate le faisaient ressembler au diable. Ses yeux rouges lançaient des regards furieux, et ses canines étaient allongées. Il était grand, musclé et large d'épaules. Il portait des vêtements décontractés, mais il n'y avait rien de décontracté dans son comportement. Le pouvoir et la force transpiraient de chacun de ses pores. Katie fut inexplicablement attirée par ce pouvoir. Charmée par le vampire sous-jacent.

Le soudain silence dans la pièce l'extirpa de sa fascination et la fit brusquement relever les yeux sur le visage du vampire. Cet homme étrange avait cessé de lutter et dévisageait Samson.

— Luther ! siffla le patron de Scanguards.

4

Luther réalisa à présent que l'idée de se pointer à San Francisco dans le but d'arranger les choses n'avait pas été une bonne idée. Apparemment, les vingt années écoulées n'avaient en rien aidé à atténuer la haine de Samson à son égard. Pas plus que celle d'Amaury. Ses deux anciens amis le regardaient méchamment, comme s'ils étaient prêts à lui arracher la tête. Peut-être le devaient-ils. Peut-être était-ce ce qu'il y avait de mieux à faire.

— Oh mon Dieu, c'est lui, c'est Luther.

La voix en pleurs d'une femme brisa ce silence empli de haine.

Luther n'eut pas à rompre le contact visuel avec Samson pour reconnaître cette voix : celle de Delilah, la femme qu'il avait presque tuée, tant d'années auparavant.

— C'était lui, c'était lui ! hurlait-elle à présent avec une furie qu'il ne put vraiment comprendre.

S'il avait su que le tout Scanguards avait la rancune aussi tenace, jamais il ne serait venu.

— J'en ai payé le putain de prix, dit-il, les dents serrées.

Qu'attendaient-ils d'autre de lui ? Le Conseil l'avait condamné à vingt ans, bien qu'il eût pu lui en donné cinquante, mais la compagne d'Amaury, Nina, avait plaidé la clémence. Peut-être ne l'aurait-elle pas dû. Peut-être ne méritait-il aucune mansuétude.

— Relâchez-le ! ordonna Samson aux gardes qui le retenaient.

— C'est un ordre ! ajouta-t-il, alors qu'ils hésitaient.

Lorsque les hommes le libérèrent de leurs griffes, Luther fut surpris. S'était-il trompé au sujet de Samson ?

Un coup de poing vint le percuter si rapidement et si violemment au visage qu'il fut catapulté en arrière. Il perdit l'équilibre et vint s'écraser contre le mur. Avant qu'il n'eût pu se redresser, Samson se retrouva déjà sur lui.

— Où est ma fille ? hurla ce dernier en délivrant un second coup dans la mâchoire de Luther.

Sa tête fut brusquement projetée sur le côté, et il perçut le goût du sang. Son propre sang.

— Bordel, mais comment je pourrais le savoir ?

Lorsque le coup suivant arriva, Luther le bloqua de l'avant-bras et le repoussa. Mais Samson n'abandonnait pas si facilement. La colère parcourut Luther à toute vitesse, lui donnant des ailes. Il bondit et fonça en direction de son ancien ami, lui délivrant un uppercut au menton tout en réprimant toutefois sa véritable force.

Les yeux de Samson brillaient d'une rage effrénée, tandis que ses amis reculaient de quelques pas afin de permettre à leur patron d'agir comme il l'entendait. Luther grinça des dents. Il n'était pas venu pour en découdre avec Samson comme deux voyous. Il n'avait pas prévu cela. Loin de là.

Mais, apparemment, telle était la volonté de Samson.

Un autre coup de poing visa la tempe de Luther mais, en un mouvement rapide comme l'éclair, celui-ci souleva le bras, empêchant ainsi les griffes de Samson d'atteindre leur cible. Dans la foulée, il riposta d'un coup de pied sur le genou de son adversaire. Mais Samson ne tomba pas comme prévu. Agile, il tituba à peine avant de tirer le bras en arrière afin d'asséner un autre coup.

— Arrête ! hurla Luther.

— Qu'est-ce que tu as fait à ma fille ? répéta Samson en lui montrant ses canines.

— Je ne sais absolument pas de quoi tu parles !

Mais ses paroles tombèrent dans l'oreille d'un sourd. Les griffes de Samson s'abattirent sur lui. Luther bougea, mais le mur situé derrière lui de même qu'un autre vampire qui se tenait trop près l'empêchèrent de se sortir suffisamment vite de la trajectoire de cet instrument létal. Des serres acérées, aussi mortelles que des couteaux, vinrent lui trancher l'épaule, laissant de profondes entailles desquelles le sang se mit immédiatement à suinter. Une odeur métallique imprégna l'air du couloir, excitant ainsi le besoin qu'avaient les vampires rassemblés de montrer le côté obscur propre à leur espèce.

Des canines s'affichèrent. Des doigts se transformèrent en griffes. Des yeux devinrent rouges. Des hommes se transformèrent en vampires sanguinaires. Il avait vu cela suffisamment fréquemment ; la prison s'était révélée être un parfait microcosme de ce qui se passait à l'extérieur.

Samson vint jeter tout le poids de son corps sur Luther, le plaquant ainsi contre le mur.

Bien que Luther eût pu le repousser, à quoi cela aurait-il servi, quand sept autres vampires au moins les entouraient, prêts à intervenir au cas où leur patron se fût retrouvé en danger ? Même lui, Luther, ne pouvait vaincre ces difficultés. Il n'essaya donc même pas.

— Vas-y, charcute-moi ! défia-t-il son vieil ami. Mais ma réponse ne changera pas. Je n'ai aucune putain d'idée d'où se trouve ta fille.

À présent, il savait au moins que ce traitement légèrement hostile qu'on lui prodiguait n'avait rien à voir avec ce qui s'était passé vingt ans auparavant. Il semblait plutôt être tombé au milieu d'un incident qui venait seulement de se passer. Et il n'avait certainement pas envie de rester dans les parages pour découvrir de quoi il s'agissait. Si Samson ne pouvait surveiller sa fille, ce n'était pas son fichu problème.

Les yeux plissés, Samson l'observait attentivement, comme s'il pouvait découvrir la vérité en le dévisageant. Luther ne broncha pas. Il n'avait rien à cacher.

Un autre vampire apparut derrière Samson. Luther ne l'avait jamais vu auparavant, mais il sut néanmoins de qui il s'agissait. En effet, il était une version plus jeune de Samson lui-même— et un hybride. Ce devait être son fils.

— Il ment. C'est sûr qu'il ment ! cracha le jeune hybride. Papa, tu ne peux raisonnablement pas croire Luther ! Pas après tout ce qu'il a fait !

La progéniture de Samson semblait savoir qui il était, et ce qu'il avait fait par le passé. La méfiance se lisait dans les yeux du garçon.

— Grayson ! grogna Samson en lançant un regard d'avertissement à son fils. Tu t'occupes de ta mère et de Patrick. Je me charge de ceci.

À contrecœur, Grayson recula de quelques pas. Ce faisant, il permit à Luther d'apercevoir les personnes qui se tenaient un peu plus en retrait. Dans l'encadrement de la porte de ce qui semblait être les coulisses, se tenait une femme vêtue d'une longue robe bleue d'époque avec une taille empire accentuant la fermeté de ses seins. À l'extérieur, quand il était arrivé, il avait vu les affiches d'une pièce de théâtre. Elle était visiblement une des étudiantes-actrices.

Pendant un instant, la vue d'une telle perfection au féminin lui fit oublier qu'il se trouvait au milieu d'une confrontation. Une évidence se manifesta immédiatement : elle n'était pas un vampire. Elle ne semblait toutefois pas bouleversée par cette démonstration d'agressivité dont les vampires autour d'elle faisaient preuve.

Luther releva lentement les yeux du décolleté vers le cou gracieux et le beau visage ovale encadré de cheveux brun foncé relevés desquels retombaient des boucles. Elle semblait ne pas appartenir à ce siècle.

Comme si elle était une voyageuse à travers le temps, un mirage provenant d'une autre époque. Pas tout à fait humaine, car elle avait quelque chose en plus. Elle était belle, et sa vue l'emplit d'une étrange sensation de désir. Un désir qu'il ne comprenait pas.

— Je le redemande, où est ma fille ?

Intrigué et irrité à la fois, Luther décrocha les yeux de cette beauté aux cheveux foncés et regarda de nouveau furieusement Samson.

— Je ne sais pas, bordel. Alors, retire tes mains.

— Luther ?

Au son de la voix d'Eddie, Luther tourna la tête sur le côté. Son protégé, le jeune homme qu'il avait transformé en vampire plus de vingt années plus tôt, venait vers lui.

— Salut Eddie, ça fait un bail, dit-il sèchement.

Eddie ne lui avait rendu qu'une seule visite en prison et, cette fois-là, ils s'étaient battus. Luther ne s'attendit donc pas à ce qu'Eddie se mît à présent de son côté.

— Que fais-tu ici ?

Son protégé semblait vraiment étonné et intéressé.

— Il a enlevé Isabelle, affirma Samson.

— Non, il ne l'a pas fait, le contredit Eddie.

Surpris qu'Eddie pût lui accorder le bénéfice du doute, Luther haussa un sourcil. Le jeune vampire se rapprocha afin de s'adresser directement à Samson.

— Blake m'a demandé de vérifier tous les enregistrements de surveillance des caméras postées à l'intérieur et à l'extérieur du bâtiment. Nous avons un visuel. Isabelle a été enlevée. Mais pas par Luther. S'il est derrière ça, il n'a pas fait le sale boulot lui-même.

Eh bien, il avait fallu toute cette histoire pour qu'Eddie lui fît confiance !

— Qui ? Qui l'a enlevée ? A-t-elle été blessée ? demanda Samson en relâchant Luther avant de tendre la main vers celle de son épouse.

Luther lut une véritable crainte sur le visage de son vieil ami.

— Tout ce que j'ai pu voir sur la bande, c'est qu'un type l'a attrapée par le bras et l'a fait sortir du vestiaire. Elle luttait, mais elle n'a pas pu s'en débarrasser. Ce qui nous laisse supposer que c'est un vampire ou un hybride. Nous n'en sommes pas sûrs, une vidéo ne pouvant capturer l'aura d'un vampire. Mais avec sa force d'hybride, Isabelle aurait pu se défaire de n'importe quel humain.

— Tu l'as reconnu ?

Eddie secoua la tête.

— Je n'ai qu'une partie de son visage. Et aucune voix. Il n'y a pas de son sur l'enregistrement.

— Entrez ce que vous avez dans notre base de données au quartier général ; voyez si nous obtenons quelque chose grâce à la reconnaissance faciale.

Eddie hocha la tête.

— J'ai déjà envoyé toutes les séquences au serveur du QG.

Samson se retourna vers Luther en plissant les yeux.

— Qui a emmené Isabelle ?

— Tu n'as pas entendu Eddie ? Ce n'était pas moi !

— Un de tes hommes ? continua de le cuisiner Samson.

Luther inspira davantage.

— Je n'ai aucun homme. J'étais en prison depuis vingt ans. Tu te souviens ?

— Oh, je m'en souviens, répliqua Samson, une dangereuse nuance dans la voix. Et maintenant, tu es dehors. Et de retour ici. La nuit où ma fille disparaît.

— Je n'ai rien à voir avec ça.

— On verra.

Samson fit signe à Zane et Amaury.

— Menottez-le et emmenez-le au QG.

— Tu commets une grossière erreur, l'avertit Luther.

Samson vint nez à nez contre lui.

— Non. C'est toi qui commets une erreur en te pointant ici.

Il lança un regard latéral à ses subordonnés.

— Interrogez-le quand vous serez au QG, ordonna-t-il.

Ensuite, il se retourna et regarda de nouveau Eddie.

— Le gars sur la vidéo, est-ce qu'il a touché quelque chose ? Des portes ? Des murs ? Quoi que ce soit ?

— Il se peut qu'on trouve des empreintes sur la porte, mais ça veut dire que nous devrons également prendre les empreintes de tout le monde afin d'exclure certaines personnes.

— Fais-le !

— Je vais mettre une équipe là-dessus, l'interrompit Blake avant de hocher la tête à l'intention d'Eddie. Thomas et toi, analysez l'enregistrement et passez-le dans le système.

Sans trop de douceur, Zane et Amaury saisirent les bras de Luther.

— Bon retour, dit Amaury en serrant les dents.

— J'ai entendu dire que nous étions apparentés, à présent, répliqua Luther.

En effet, Eddie, son protégé, étant le beau-frère d'Amaury, cela faisait d'eux presque une famille.

Visiblement guère enchanté par ce fait, Amaury lui montra rapidement ses canines.

— Fais-moi confiance, cela n'aura aucune influence sur la façon dont je te traiterai.

D'une poussée, Zane catapulta Luther plus près de la porte des coulisses. La femme à la robe bleue s'y tenait toujours, ses lèvres se muant, alors qu'elle murmurait quelque chose à elle-même.

Ses yeux étaient bordés de larmes.

— Tout ça est ma faute.

Luther capta ces mots, mais ceux-ci n'eurent aucun sens. Il hésita pendant un instant, résistant toujours à la poigne de Zane et d'Amaury, puis inspira.

Le parfum qui emplit ses narines le fit tressauter.

La femme n'était pas humaine.

5

Le souffle frémissant, Katie sentit son cœur s'arrêter brusquement. Luther la dévisageait, les yeux écarquillés, les lèvres entrouvertes, dévoilant toujours le bout de ses canines. Ses narines se dilataient. Quoiqu'habituée à être entourée de vampires et n'ayant jamais eu peur d'eux, ici, c'était différent. Luther était différent. Il n'était pas civilisé comme les autres. Au contraire. *Sauvage* fut ce qui lui vint à l'esprit. Cela cadrait avec son aveu d'avoir séjourné en prison pendant vingt ans.

Ses yeux étaient sombres, presque noirs, mais une teinte dorée commençait à briller autour des iris. C'était une vision de laquelle elle ne pouvait se détacher. Presque comme si Luther utilisait un pouvoir invisible pour l'attirer vers lui. Pour l'inciter à s'approcher. Pour l'attraper dans son filet.

Elle se sentit paralysée, incapable de bouger, de respirer, par crainte qu'il ne resserrât les chaînes invisibles qu'il avait enroulées autour d'elle afin de l'étouffer. Dans son esprit, elle pouvait se l'imaginer. Son instinct lui dit de reculer, de se dégager de ce sortilège. Mais quelque chose d'autre en elle, quelque chose de purement féminin et totalement injustifié, prenait le pas sur son instinct d'auto-préservation.

Cet homme était le danger personnifié. Durant toute sa vie, Katie avait tenté d'éviter les situations périlleuses, tenté de demeurer en sécurité mais, soudainement, cette simple notion lui paraissait lâche. Tout à coup, le danger l'appelait. La tentait. Lui disait d'abandonner toute prudence. De vivre un peu. De prendre un risque.

Luther plissa les yeux et se mit à remuer les lèvres.

Toi, articula-t-il sans émettre le moindre son.

Mais avant qu'elle n'eût pu deviner ce qu'il voulait dire par cela, une voix vint briser le sortilège sous l'emprise duquel elle semblait se trouver.

— Katie !

C'était son frère Wesley.

La tête de Luther tourbillonna en direction de Wes, le regard traduisant sa promptitude à se battre.

Dès l'instant où Wes les rejoignit, il déposa un rapide baiser sur le haut de la tête de sa sœur.

— Hé, ma puce, tu vas bien ?

Katie ne put que hocher la tête avant d'être interrompue par Samson.

— Nous avons besoin de toi pour la retrouver, Wes.

Avec un regard empreint de regret, ce dernier secoua la tête.

— Désolé, Samson, mais elle est hybride. Son côté vampire m'empêche de la chercher avec ma boule de cristal. Je n'ai aucun moyen de la localiser. Du moins pas avec la sorcellerie.

Lorsqu'un grognement sourd émana de Luther, le regard de Katie le fusilla immédiatement. Mais Zane et Amaury étaient déjà en train de l'emmener de force.

— Ne peux-tu pas essayer, Wes ? insista Delilah en le suppliant des yeux. S'il te plaît, ne peux-tu pas retrouver mon bébé ?

Wes ferma les yeux un instant.

— J'aimerais pouvoir aider. Mais mon art a ses limites.

— Oh non ! Bébé, elle était télépathique, mais cela s'est dissipé quand elle a commencé à parler. J'aimerais qu'elle puisse toujours communiquer avec moi. Oh Isabelle, où es-tu ?

Un sanglot déchira Delilah, et elle posa la tête sur la poitrine de son fils.

Grayson échangea rapidement un regard avec son père.

— Papa, qu'est-ce qu'on fait, maintenant ?

Samson se tourna vers Blake.

— Je veux que chacun de nos hommes parte à la recherche d'Isabelle. Rappelle tous ceux qui sont en congé. Je veux que chaque coin de cette ville soit fouillé. Exploitez chaque caméra de surveillance, chaque caméra de circulation, chaque flux vidéo. Je veux qu'on retrouve ma fille.

— Je m'en occupe, dit Blake en hochant la tête, le regard assurément déterminé.

Il regarda Delilah.

— Nous allons la retrouver. Je te le promets.

Il fit ensuite signe à John, un vampire qui avait rejoint les rangs de Scanguards deux ans plus tôt, après avoir quitté La Nouvelle Orléans et Cain, le roi qu'il avait servi pendant presque deux décennies. John avait eu besoin d'un nouvel environnement après avoir été frappé par une tragédie, et Samson lui avait procuré une nouvelle maison et un nouvel objectif au sein de Scanguards.

— Que veux-tu que je fasse ? demanda John avec son toujours très prononcé accent du Sud.

— Prends quelques hommes et interrogez le public, les acteurs, ainsi que tous les machinistes et chacun des employés de l'université qui se trouvaient sur le site.

— D'accord, répondit John en s'éloignant.

Tandis que Blake proférait d'autres ordres, Katie serra la main de son frère avant de la relâcher et de s'approcher de Samson.

— Samson, je veux aider. S'il te plaît, dis-moi comment.

Il jeta un œil sur elle, la gratifiant du plus furtif des regards.

— Il n'y a rien que tu puisses faire. Scanguards va s'en occuper.

Il se tourna vers sa femme et son fils.

— Où est Patrick ?

— Il est avec Benjamin et Damian.

Samson hocha la tête.

— Allez les rejoindre et assurez-vous que tout le monde rentre à la maison sans encombre, ajouta-t-il.

Katie sentit quelqu'un lui tirer la manche et se tourna.

— Tu devrais également rentrer à la maison, suggéra Wesley.

— Je ne peux pas, Wes. C'est ma faute. J'ai changé de rôle avec Isabelle. Je ne l'ai pas dit à Blake.

— Rentre à la maison, Katie, lui dit Samson, derrière elle, d'un ton brusque.

Elle se retourna et le dévisagea. Il avait le regard furieux.

— Je ne veux pas te voir pour le moment. Tu ne peux pas comprendre ça ? dit-il, les dents serrées.

Oh Dieu, oui, elle le comprenait. Il savait que c'était sa faute, et il tentait difficilement de ne pas abattre sa colère sur elle. Elle avait brisé le protocole en n'avertissant pas Blake du changement de rôle afin que ce dernier eût pu adapter son équipe de sécurité en conséquence. C'était sa faute si, à certains moments, Isabelle n'avait pas été sous surveillance.

— Je suis tellement désolée.

— Tu as entendu mon père ? interrompit Grayson, un bras protecteur dans le dos de sa mère. Pars !

— Allons-y, dit Wesley en enroulant un bras autour d'elle. Je vais te ramener à la maison.

À contrecœur, Katie autorisa son frère à l'emmener vers le vestiaire. Dès qu'ils furent hors de portée de voix des vampires, elle s'arrêta et se tourna vers lui.

— Wes, s'il te plaît, je veux aider. Je me sens coupable. Si je n'avais pas changé de rôle avec Isabelle, elle aurait été sur scène, et peut-être que tout ceci ne serait jamais arrivé.

— Tu n'en sais rien. Celui qui l'a enlevée attendait juste probablement le bon moment.

— Mais un des hommes de Blake aurait été là s'il avait su qu'Isabelle allait être seule en coulisses. J'aurais dû le lui dire.

Elle sentit les larmes se former dans ses yeux. Mais elle ne pouvait pas pleurer, car cela aurait signifié qu'elle s'avouait vaincue.

Wes lui ouvrit la porte et désigna l'intérieur de la pièce.

— Change-toi. Je vais t'attendre ici et, ensuite, je te ramènerai à la maison.

Lorsque la porte se referma derrière elle, le silence l'accueillit soudain. Les voix et les bruits du couloir étaient étouffés dans cette petite pièce. Elle tendit la main derrière le dos, tentant de saisir la fermeture éclair de sa robe, mais le tissu lui serrait la poitrine, l'empêchant dès lors de parvenir à ses fins.

Un sanglot lui déchira la poitrine.

— Foutue robe ! jura-t-elle.

Frustrée, elle ouvrit violemment la porte.

— Je ne parviens pas à enlever cette stupide robe, hurla-t-elle à Wesley, qui se tenait là.

— Oh, Katie, murmura-t-il en lui tendant les bras.

— Je m'en occupe, Wes, l'interrompit soudain Yvette.

Reconnaissante de sa sollicitude, Katie regarda sa belle-sœur, tandis que celle-ci venait vers eux. Yvette, si belle avec ses longs cheveux noirs et élégante dans sa robe rouge moulante, la fit rentrer dans la pièce et referma la porte derrière elles.

— Salut ma chérie, murmura Yvette en l'étreignant fraternellement. Ça va aller. Nous allons la retrouver. Scanguards prend soin des siens.

Katie renifla et leva la tête pour regarder la compagne de Haven.

— Je me sens coupable.

— Il ne faut pas, exigea Yvette. Maintenant, enlevons cette robe.

Avec ses mains expertes, Yvette l'aida à se déshabiller.

Katie s'essuya les larmes des yeux.

— Est-ce que les enfants sont effrayés ?

Yvette roula des yeux, tandis qu'elle tendait un tee-shirt à Katie.

— Les plus jeunes, peut-être, mais les garçons les plus âgés se transforment soudain en Rambo. Même Cooper.

— Mais il n'a que seize ans !

Aux yeux de Katie, son neveu était toujours un enfant, bien qu'il n'eût probablement pas aimé entendre cela.

— Tu crois que je ne le sais pas ? Mais il entend les jumeaux parler de se joindre aux recherches, et le voilà qui part prier son père de le laisser aider aussi.

— Mais les gamins d'Amaury sont des garnements ! Ils ne sont pas comme Cooper.

Celui-ci était beaucoup plus raisonnable. Davantage du genre réfléchi.

— Ouais, et devine de qui ils tiennent ça. Damian est taillé dans le même tissu que son père, et Benjamin est juste comme Nina. Ensemble, ils ne peuvent plus s'arrêter une fois qu'ils se sont mis quelque chose en tête. Pas étonnant qu'Amaury et Nina aient cessé d'en avoir d'autres après ces deux-là.

Katie soupira et remonta son jeans.

— Tous les hybrides ne sont-ils pas comme ça ? À penser qu'ils sont invincibles ?

— Tous les hybrides de la famille de Scanguards le sont certainement. Ils voient ce que font leurs parents pour gagner leur vie, et ils pensent que chaque vampire est comme ça : une machine de combat capable de redresser tous les torts. Un jour, ils vont avoir un dur réveil quand ils réaliseront qu'on ne peut combattre et vaincre tous les maux. J'essaie d'inculquer cela à Lydia et Cooper mais, à chaque fois qu'ils retrouvent le reste de la troupe, ils veulent être des super-héros !

— Peux-tu les en blâmer ?

Reconnaissante envers sa belle-sœur de l'empêcher de perdre le contrôle, Katie posa une main sur l'avant-bras d'Yvette.

— Ils voient leurs parents comme des super-héros, et ils veulent juste leur ressembler. Tes enfants veulent t'imiter, ajouta la jeune sorcière.

Yvette haussa un sourcil et inclina la tête sur le côté.

— Pourquoi ai-je soudain le sentiment que tu essaies de m'amadouer, sœurette ?

— Je ne ferais jamais ça, affirma Katie. Bien qu'il y ait une chose que tu puisses faire pour moi, étant donné que tu as une habilitation Niveau A au QG.

Yvette secoua la tête.

— La réponse est non.

— Tu ne sais même pas de quoi il s'agit.

— La réponse est toujours non.

6

De toute évidence en rage, Zane claqua du poing sur la table, faisant cliqueter, sous l'impact, les chaînes en argent avec lesquelles Luther était attaché. Ses chevilles étant recouvertes par son pantalon, le métal ne leur causait aucun dégât mais, quant aux menottes entravant ses poignets, il en allait d'une autre histoire. Elles le brûlaient douloureusement dans sa chair. Mais il ne bronchait pas. Il n'y avait rien que Zane pût dire ou faire qui pût l'amener à changer de réponse.

— Comme je l'ai déjà dit, je n'ai rien à voir avec la disparition de la fille de Samson.

Il cligna des yeux face aux lumières éblouissantes de la salle d'interrogatoire souterraine. La pièce avait une hauteur de deux étages et n'était pourvue que d'une seule porte. Face à la table où Luther était assis, tout en haut, trônait une fenêtre-miroir. Il supposa que quelqu'un les observait depuis là-haut.

— Très étrange coïncidence, alors, que tu te sois pointé ici la même nuit, tu ne penses pas ? lui demanda Zane en lui montrant ses canines. Envie de t'expliquer ?

Pas particulièrement.

— Peut-être que j'étais d'humeur à faire une balade en cable-car ou une promenade le long de l'Embarcadero.

Le revers de la main de Zane vint cogner la joue de Luther, lui fouettant la tête sur le côté. Mais Zane se devait d'être beaucoup plus énergique s'il voulait causer des dommages corporels. Le temps passé en prison avait augmenté la résistance à la douleur de Luther à un tel point que cela aurait pu sembler impossible à la plupart des autres vampires.

— Ça suffit, Zane ! ordonna une voix depuis la porte.

Luther jeta un œil vers le nouvel arrivant.

Eddie entra dans la pièce.

— Va faire un tour, Zane, je vais m'expliquer avec lui.

Zane grogna, mais recula.

— Je reviendrai plus tard avec mes instruments.

Il se tourna et sortit, claquant la porte derrière lui.

Ce qu'il voulait dire par instruments était plutôt clair : le vampire chauve irascible avait l'intention de le torturer. Quelle perte de temps pour tout le monde.

— N'ai pas eu l'occasion de te saluer tout à l'heure, dit plutôt Luther à Eddie, tournant ainsi son attention vers son protégé. Tu as l'air en pleine forme.

— Pas toi.

Luther haussa les épaules en désignant l'une d'elle ainsi que son visage, tous deux présentant des blessures fraîches qui avaient déjà cessé de saigner. Dans quelques heures, il serait comme neuf.

— Les risques du métier.

Eddie demeura debout et se pencha par-dessus la table, les mains à plat sur celle-ci.

— Pourquoi es-tu ici, Luther ?

— Ne puis-je pas passer voir mon protégé ?

— Tu n'es pas venu pour me voir. Pas après ce qui s'est passé la dernière fois que nous nous sommes rencontrés. Nous le savons tous les deux. Alors, arrête tes conneries !

Luther baissa le regard sur les mains d'Eddie. Il était difficile de ne pas remarquer la bague en or qu'il portait à son annulaire.

— Ainsi, tu es marié, maintenant ? Avec qui ?

— Il est marié avec moi !

La voix de Thomas traversa le haut-parleur et fit écho dans la pièce vide.

— Maintenant, réponds à ses questions.

À peine surpris, Luther leva les yeux vers Eddie.

— Félicitations. Alors, j'avais raison, à l'époque.

Et bien qu'il ne voulût pas l'admettre, il était content pour Eddie. Au moins, son protégé s'était trouvé et avait récolté le bonheur qu'il méritait.

— Pourquoi es-tu ici, Luther ? Tu les hais toujours tellement que tu veux les faire souffrir ? C'est ça ?

— Je n'ai plus de haine.

C'était la vérité, mais il ne se sentait pas mieux pour autant. Car en son for intérieur, la déception était toujours bien présente, s'emparant de lui jour et nuit sans le lâcher. Quoi qu'il eût tenté, il ne pouvait s'en débarrasser, ne pouvait oublier ni la trahison ni la culpabilité qui l'accompagnait. Car il était également à blâmer, du moins en partie.

— Bien, tu ne veux pas parler. Alors, regardons un petit film ensemble.

La voix d'Eddie semblait à présent plus calme. Il désigna la fenêtre au-dessus de la porte, faisant un signe à son amant présent derrière l'impénétrable vitre.

— Thomas, lance l'enregistrement de surveillance.

Un instant plus tard, un panneau incorporé dans le mur coulissa, et un écran surdimensionné apparut à sa place. L'image en noir et blanc avait du grain, mais Luther n'eut aucun mal à reconnaître l'endroit où la vidéo avait été tournée : dans le couloir de l'université.

La fille de Samson, vêtue d'une longue robe bordeaux, les cheveux relevés sur la tête, n'était pas différente de Katie. En fait, avec leurs cheveux coiffés de la même manière et avec leurs robes similaires, elles pouvaient aisément être prises pour des sœurs. Quoique Luther ne pût évidemment jamais confondre les deux. Quelque chose en Katie l'avait frappé. Quelque chose qu'il n'avait pas vu chez Isabelle, quelque chose à propos des yeux.

Mais avant qu'il n'eût pu y réfléchir davantage, un homme apparut sur la vidéo. Il semblait dire quelque chose à la fille de Samson, bien qu'aucun son ne fût audible. Luther s'y était attendu. Eddie avait, en effet, mentionné un peu plus tôt que la vidéo était dépourvue de son.

La lutte fut courte. En dépit de ses pouvoirs hybrides, Isabelle ne pouvait se dégager de l'emprise de son assaillant. Mais elle remuait les lèvres. Luther se pencha alors en avant.

— Qui est-ce ? demanda Eddie.

Luther secoua la tête, observant les lèvres d'Isabelle qui remuaient encore et encore. *Je ne suis pas à Berlin* ? Cela n'avait aucun sens. Lisait-il correctement sur ses lèvres ? Pourquoi Berlin ? Non, il devait se tromper. *Je ne suis pas Amberly* ? Cela ne sonnait pas juste non plus. Pendant un instant, il quitta l'écran des yeux.

— Je ne le connais pas. L'angle de la caméra. Il empêche de voir son visage.

Il observa l'homme en train d'emmener sa victime de force, la main à présent sur sa bouche afin de l'empêcher de crier.

— Je ne peux pas vous aider.

— Ce n'est pas suffisant.

Eddie se tourna vers la fenêtre d'observation.

— Détecteur de mensonge ?

— Je vais le régler, dit la voix de Thomas à travers les haut-parleurs.

— Détecteur de mensonge ? se moqua Luther. N'avez-vous pas oublié un minuscule détail ? Je suis un vampire. Les polygraphes ne fonctionnent que sur les humains.

Une expression de fierté traversa le visage d'Eddie.

— Thomas en a inventé un spécial pour les vampires.

Il se pencha plus près.

— Juste un mot d'avertissement : une rafale de rayons UV, c'est très douloureux.

— Bien, c'est tout simplement parfait, n'est-ce pas ?

Comme s'il avait besoin de davantage de brûlures sur son corps.

7

Katie se tapit dans une niche en voyant Thomas quitter la salle d'interrogatoire. Dès l'instant où il bifurqua au coin du couloir, elle se précipita vers la porte qui était en train de se refermer et coinça un pied entre celle-ci et le chambranle. Elle regarda attentivement par l'entrebâillement et vit son frère, Haven, assis au pupitre de commandes.

Soulagée, elle se glissa dans la petite pièce et referma la porte derrière elle.

Haven tourna la tête vers elle en grognant.

— Que fais-tu ici, Katie ? Tu n'as pas entendu Samson ?

Elle se rapprocha et tira la chaise qui se trouvait à côté de lui, sous la console.

— Comment as-tu même fait pour entrer ici ? Le QG est pratiquement en confinement.

Katie haussa les épaules, le gratifiant d'un sourire penaud.

— Désolée, mais je devais venir. Je sais au plus profond de moi que je peux aider. Je dois le faire.

Elle se pencha vers lui et le serra rapidement dans ses bras.

Haven était un grand sentimental qui l'aimait et ne pouvait lui refuser quoi que ce soit. Comme s'il voulait se rattraper de l'époque où il n'avait pas été présent pour elle. Longtemps auparavant, il avait risqué sa vie pour la retrouver après qu'elle eût été enlevée alors qu'elle n'était encore qu'un bébé. Il avait, depuis lors, fait la paix avec l'homme qui l'avait emmenée, car il avait été vital de préserver l'équilibre du pouvoir dans un monde où vampires et sorciers cohabitaient.

— S'il te plaît, murmura-t-elle, faisant usage de tout le charme qu'une sœur pût exercer sur son frère. Laisse-moi juste regarder. Peut-être que je verrai quelque chose qui nous aidera à retrouver Isabelle.

Haven soupira.

— Si Samson t'attrape ici, tu te débrouilleras.

Elle l'embrassa sur la joue.

— Tu es le meilleur.

Il roula des yeux.

— Apparemment, quelqu'un d'autre l'est encore plus que moi. Sans quoi, tu n'aurais même pas réussi à pénétrer dans le quartier général.

Elle ouvrit la bouche pour répondre, mais Haven leva une main.

— Je ne veux pas savoir si c'est Wes ou Yvette. Ainsi, je n'aurai pas à me fâcher avec l'un d'entre eux.

Katie afficha un sourire narquois.

— C'est pour ça que nous t'aimons tous.

— Ouais, exact.

Il se retourna vers la fenêtre et regarda ce qui se passait dans la pièce située par-dessous.

— Qu'est-ce qu'ils lui font ?

— Test du détecteur de mensonges.

— Quoi ?

Katie scruta attentivement la pièce. Luther n'avait plus de chemise. Ses mains étaient enchaînées à la table, et ses pieds, au sol. Une grosse machine sur roues se trouvait juste à côté. Thomas, assisté d'Eddie, plaçait des électrodes sur la poitrine de Luther. Katie se pencha plus près de la fenêtre, focalisant ses yeux sur la peau du prisonnier.

— Oh, mon Dieu, se murmura-t-elle.

La poitrine de Luther était toute marquée par des cicatrices. Elle s'étira afin de mieux voir. Des brûlures ? À ce qu'il y paraissait, il y en avait beaucoup, des grandes et des petites. Elle ne put qu'imaginer la douleur qu'elles avaient causée lorsqu'on les lui avait infligées.

— Je pensais que les vampires ne cicatrisaient pas.

Katie échangea un regard avec son frère.

— Peut-être qu'elles remontent au temps où il était humain.

Elle hocha la tête et changea de sujet.

— Est-ce que le détecteur de mensonges fonctionne sur un vampire ?

— Celui-ci, oui, affirma Haven. C'est Thomas qui l'a conçu.

— C'est une espèce de génie, pas vrai ?

— Ouais, plutôt brillant. Bien qu'Eddie ne soit pas loin derrière.

— Comment ça marche ?

Haven haussa les épaules.

— Je ne peux pas l'expliquer aussi bien que Thomas mais, en gros, quand un vampire a l'irrépressible envie de répondre à une question par un mensonge, les électrodes lui administrent une rafale de lumière UV sur sa peau et le brûlent.

— Donc un détecteur de mensonges et un instrument de torture tout en un ? Mais comment est-ce que la machine sait qu'un vampire est en train de mentir ?

— Le principe est similaire au fonctionnement du détecteur de mensonges pour humains. Cela a quelque chose à voir avec de subtils changements dans l'aura du vampire qui sont indétectables à l'œil nu, mais qui le sont par la machine. Et dès qu'elle les repère, elle envoie un signal sous la forme d'une rafale d'UV. Plutôt efficace, serais-je tenté d'ajouter. Je l'ai vu en action.

— Comment ça ?

— Eddie et Thomas l'ont testé l'un sur l'autre. Logique. Grâce à leur lien, ils pouvaient immédiatement ressentir quand l'autre allait mentir et ont ensuite pu programmer la machine en conséquence.

Curieuse, Katie scruta attentivement la pièce. Luther paraissait calme, comme s'il s'était résigné à son sort. Comme s'il ne se souciait pas de ce qui lui arrivait. Un calme étrange se dégageait de lui. Un calme apaisant. Cela la fascina, la rendit désireuse d'en savoir plus à son sujet et de découvrir ce qui se cachait derrière l'illisible façade de ce beau visage.

— Il a dit à Samson qu'il avait été en prison pendant vingt ans. Pourquoi ? demanda-t-elle en se tournant vers son frère.

— Tentative de meurtre.

Elle haleta suite à cette courte réponse d'Haven.

— De meurtre ?

Son frère inclina la tête.

— C'était avant que je n'arrive, et personne n'en parle vraiment. Mais, apparemment, il avait essayé de tuer Nina et Delilah qui était enceinte d'Isabelle à cette époque. Scanguards l'en a empêché, et Luther a été enfermé.

La bouche ouverte, Katie dévisagea Luther.

— Pas étonnant que Samson ait été si furieux. Tu crois que Luther est revenu pour finir le boulot ? Peut-être pour tuer Isabelle à la place ?

Cette pensée lui glaça le sang.

— Il nie avoir quoi que ce soit à voir avec ça et, de ce que j'en ai vu jusqu'ici, je suis enclin à le croire.

Haven désigna le moniteur sur sa gauche, et Katie suivit son regard. L'image du couloir était figée sur l'écran. Elle la reconnut. C'était le secteur proche des vestiaires.

— Il nie connaître le type qui a emmené Isabelle. Et à partir de ce visage partiel que nous avons, nous n'avons, jusqu'ici, pas trouvé de correspondance dans les bases de données. Nous en saurons plus après le test du détecteur de mensonge. Mais peu importe le résultat. Luther est dangereux. Il n'est pas comme nous. C'est un criminel.

Katie frissonna involontairement suite à l'affirmation de son frère. Elle pouvait blâmer l'air conditionné de la pièce, mais elle savait que c'était la réaction de son corps face à cet homme que l'on était en train d'interroger.

Thomas et Eddie s'écartèrent de Luther, gratifiant une fois de plus Katie d'une meilleure vue sur son torse balafré. Ses doigts la démangèrent du besoin de caresser cette peau scarifiée, de ressentir par elle-même les dégâts qui avaient été causés à son corps. Comme si elle avait besoin d'une preuve qu'il était quelqu'un dont elle devrait demeurer éloignée. Quelqu'un qu'elle ne devrait pas trouver aussi fascinant que cela.

Le téléphone sonna, et Haven y répondit.

— Ouais ?

Dans la salle d'interrogatoire du dessous, Thomas fit signe à Eddie d'allumer la machine. À côté de Katie, Haven bondit.

— J'y serai.

Elle tourna la tête dans sa direction.

— Qu'est-ce qui ne va pas ?

— On a une piste. Quelqu'un a repéré une femme qu'on trainait dans une voiture, pas loin de l'université.

Il était déjà à la porte lorsqu'il regarda par-dessus son épaule.

— Reste tranquille et hors de vue.

Ensuite, il soupira avant de poursuivre.

— Et, Katie, je sais que tout ceci doit être particulièrement difficile pour toi. Mais ne laisse pas ça t'entraîner dans le côté obscur. C'est derrière toi. C'est fini.

Frissonnant face à ces souvenirs, elle hocha automatiquement la tête et regarda la porte se refermer derrière lui. Elle tourna ensuite à nouveau les yeux vers la fenêtre. Bien que Thomas parlât à Luther, il n'y avait aucun son. Haven avait probablement coupé les haut-parleurs avant de quitter son poste. Ne voulant pas alerter quiconque de sa présence à l'étage, Katie n'osa pas appuyer sur les boutons de la console afin de trouver celui qui permettait d'espionner la pièce du bas.

Elle se tourna plutôt vers l'écran et s'installa dans le fauteuil d'Haven. D'un clic de souris, elle sélectionna le bouton « play » sur l'écran et visionna l'enregistrement retraçant l'enlèvement d'Isabelle.

Elle s'étira afin d'obtenir une meilleure vue du kidnappeur, mais l'image noire et blanche graineuse et l'angle de la caméra n'aidèrent pas. De plus, l'homme gardait la tête baissée comme s'il savait qu'il y avait une caméra. Isabelle luttait, et il était évident qu'elle faisait usage de sa force de vampire contre son assaillant, mais l'homme semblait plus fort qu'elle. Un vampire ou un hybride.

— Oh Dieu, Isabelle, se murmura-t-elle. Je suis si désolée.

Elle tendait la main vers le visage de son étudiante sur le moniteur, désireuse de la réconforter, de lui dire qu'elle ferait n'importe quoi pour la retrouver, lorsqu'elle toucha accidentellement à nouveau la souris, relançant dès lors la vidéo depuis le début.

C'en était presque trop d'avoir à la regarder à nouveau. Impuissante, elle dévisageait Isabelle, lorsqu'elle remarqua qu'elle remuait les lèvres, répétant sans cesse la même chose. *Kimberly*. C'était cela, le nom de scène de Katie. Appelait-elle à l'aide ?

Katie utilisa la souris pour revenir en arrière et relancer la vidéo. Cette fois, elle regarda uniquement les lèvres d'Isabelle. Du temps où elle était sur scène, elle avait appris à lire sur les lèvres. En effet, au début de sa carrière, elle avait éprouvé des difficultés à se souvenir de ses répliques et avait souvent eu besoin de l'aide d'un souffleur.

Je ne suis pas Kimberly.

Katie s'enfonça dans son fauteuil. Isabelle ne l'avait pas appelée pour qu'elle lui vînt en aide. Elle avait dit au kidnappeur qu'elle n'était pas Kimberly. Qu'elle n'était pas celle qu'il cherchait.

Le vampire qui emmenait Isabelle l'avait prise pour Katie.

— Oh mon Dieu, non. C'est ma faute.

— Qu'est-ce que tu fais ici ?

Au son de cette voix masculine, Katie tourbillonna et dévisagea le grand vampire qui entrait dans la pièce.

— Je suis la sœur d'Haven…

— Nous sommes en confinement. Seul le personnel de Scanguards est autorisé.

Il l'attrapa sèchement par le bras.

Elle tenta de se libérer, mais il était trop fort. Furieuse, elle jeta un œil au badge qui pendait à sa poche de poitrine et lut son nom.

— Mon frère m'a autorisée à être ici, Jake, et je suis certaine qu'il ne sera pas content que tu me jettes dehors.

Jake sourit avec un air de supériorité.

— Bien essayé, jeune femme, mais Haven ne ferait pas cela. Allons-y !

— Bordel ! jura-t-elle tout bas.

Juste au moment où elle venait de découvrir quelque chose, un idiot la jetait dehors.

Haven était sorti afin de suivre la piste qu'ils avaient trouvée ; Yvette était probablement rentrée à la maison avec sa fille et son fils, et Wesley avait disparu. Il était, plus que probablement, toujours à l'université, en train d'aider à interroger les étudiants et les spectateurs.

Katie tira sur son t-shirt après que Jake l'eût relâchée, sans ménagement, sur le trottoir à l'extérieur du QG de la Mission. Pour l'instant, il n'y avait aucun moyen de retourner à l'intérieur des brillants quartiers de Scanguards. Mais elle savait comment elle pouvait néanmoins aider, car le fait de savoir que le kidnappeur était après elle et non pas après Isabelle lui avait rappelé quelque chose qu'elle avait tenté d'oublier.

Katie fouilla pour retrouver ses clés et se dirigea vers sa voiture. Si le trafic le permettait, elle serait à la maison en moins de dix minutes et de retour ici peu après cela. Et alors, Samson et le reste de Scanguards devraient l'écouter et accepter son aide. Parce qu'elle pouvait retrouver Isabelle.

Elle savait qui l'avait enlevée.

8

Torse nu, Luther demeura enchaîné à la table et au sol de la salle d'interrogatoire. On lui avait ôté les électrodes, et on avait sorti le polygraphe de la pièce. Thomas et Eddie l'avaient quitté depuis quelques minutes, tous deux affichant une expression impassible sur le visage.

Lorsque la porte s'ouvrit à nouveau, ce fut Samson, en personne, qui entra. Gabriel le suivait. Sa cicatrice qui s'étendait de l'oreille au menton luisait sous la lumière crue des néons, ce qui lui conférait un aspect plus prononcé.

Les regards des visiteurs s'abattirent immédiatement sur la poitrine mutilée de Luther, lui rappelant dès lors la laideur du haut de son corps. Un air étrange traversa le visage de Gabriel et, pendant un instant, Luther pensa avoir remarqué que la cicatrice de son vieil ami s'était tordue en guise de compassion fraternelle. Mais ce devait être dû à la lumière.

Samson s'arrêta devant la table, les yeux rivés sur lui. Le stress de ces dernières heures se marquait sur son visage.

— Tu as réussi le test du détecteur de mensonge.

Samson mangeait ses mots, les mâchoires serrées, et il était évident qu'il détestât admettre une telle chose.

Luther leva les mains, agitant bruyamment ses chaînes.

— Eh bien, alors je suppose que nous n'avons plus besoin d'elles.

— Mais je ne te fais pas confiance, gronda Samson. Tout ce que je sais, c'est que tu t'es débrouillé pour leurrer la machine.

— Pourquoi est-ce que ça ne me surprend pas ? répliqua sèchement Luther.

Dans un but de rendre sa réplique pertinente, il marqua une pause.

— Oh ouais, c'est parce que tu ne peux pas passer l'éponge !

Le revers de la main de Samson lui heurta la joue. Luther ravala cette insulte et lui fit face, stoïquement, puis tourna, délibérément lentement, le visage de l'autre côté.

— Aimerais-tu également l'autre joue ? ironisa-t-il.

Avant que Samson n'eût pu donner suite à son offre, Gabriel tira brusquement son ami par les épaules.

— Ne fais pas ça ! Il est juste en train de te provoquer.

Gabriel lança un regard sévère à Luther.

— Encore en train de pousser les gens à bout, n'est-ce pas, Luther ?

Ce dernier haussa légèrement une épaule.

— Aussi longtemps que je pourrai le faire.

Et à ce qu'il y paraissait, Samson pouvait être bien plus susceptible que par le passé. Était-ce ce qu'avoir une famille faisait à un homme ? Le transformer en poudrière ?

Les narines de Samson se dilatèrent, tandis qu'il tentait visiblement de se contrôler.

— Que fais-tu à San Francisco, Luther ?

— Comme je l'ai déjà dit à Zane, peut-être que j'avais envie de faire une balade en cable-car. Ce ne sont pas tes affaires, putain. Aux dernières nouvelles, c'est un pays libre, ici.

— Nous verrons ça.

Luther observa Samson échanger un regard avec Gabriel avant que son second ne hochât la tête.

Samson posa les mains sur la table et se pencha en avant.

— Voici ce que nous allons faire, maintenant. Gabriel va utiliser son pouvoir sur toi. Tu n'y résisteras pas. Et s'il voit que tu as quelque chose à voir avec l'enlèvement de ma fille, je te démolis.

Luther serra les mâchoires.

— C'est une atteinte à la vie privée.

— Tu n'as aucun droit à une vie privée. Tu y as renoncé quand tu as essayé de tuer Nina et Delilah !

— J'ai payé pour cette erreur.

Chèrement. Il la regrettait, même, mais pour rien au monde il ne l'admettrait à ce connard qui tournait autour de lui avec un air supérieur.

— Vraiment pas assez longtemps, affirma Samson. Si cela n'avait dépendu que d'Amaury et de moi, nous t'aurions enfermé et jeté la clé.

— Mais ça ne dépendait pas de vous.

— Cette fois, ce sera le cas. Cette fois, je ne te livrerai pas au Conseil, mais je m'occuperai personnellement de toi.

Luther expira par les narines.

— Même toi, tu ne pourras pas toucher un vampire innocent.

— Nous verrons à quel point tu l'es.

Samson fit signe à Gabriel et fit un pas en arrière.

Gabriel acquiesça d'un hochement de tête et s'approcha.

— Tu connais la chanson. Je peux creuser dans tes souvenirs, mais je ne verrai que ce que tu as vu et entendu. Je ne peux ni lire tes pensées ni—

— Ouais, ouais, l'interrompit Luther. Pourquoi ne commences-tu pas ? Et ne fais pas semblant de te soucier de mes droits. Comme si j'en avais quelque chose à foutre.

Il regarda Gabriel fermer les yeux et demeurer debout, inerte, devant lui. Il ne ressentit rien malgré cette intrusion dans ses souvenirs. C'était ce qui rendait ce pouvoir si dangereux : Gabriel pouvait l'utiliser sans que quiconque ne le sût.

Luther frissonna à la pensée de ce que Gabriel pût voir. Il ne voulait pas qu'il vît les cruautés qu'il avait endurées en prison, et il espéra que son vieil ami ne remontât pas suffisamment loin dans le temps pour voir comment ses cicatrices avaient été faites. Il ne voulait aucune pitié, de personne. Il avait mérité cette punition.

Luther concentra plutôt ses pensées sur quelque chose d'autre. Sur quelqu'un d'autre : l'actrice. Wesley, le sorcier qui s'était soudain pointé, l'avait appelée Katie et l'avait embrassée. Elle avait quelque chose de bizarre. Son odeur n'était pas totalement humaine, mais juste au moment où il avait cru la reconnaître, la puanteur de ce sorcier avait pollué l'air ambiant.

Cette femme semblait familière. L'avait-il rencontrée quelque part avant d'aller en prison ? C'était impossible. Elle n'était pas un vampire. Vingt ans plus tôt, elle devait être une enfant, et pas la jolie femme qu'elle était à présent. Il était impossible qu'il la connût. Peut-être qu'elle lui rappelait tout simplement quelqu'un de son passé.

— Il n'y a rien, Samson. Il a dit la vérité.

La voix de Gabriel ramena Luther à la réalité. Il souleva les paupières afin de regarder les deux patrons de Scanguards.

— Tu es sûr ? demanda Samson en se passant une main dans les cheveux.

— Il n'a rien à voir avec l'enlèvement d'Isabelle. Il n'a rencontré personne après avoir été libéré de prison, la nuit dernière.

— Et pourquoi pas avant ? Il aurait pu planifier cela depuis longtemps.

Gabriel secoua la tête.

— Je suis remonté suffisamment loin en arrière. Il n'y a rien.

Captant le regard latéral de Gabriel, Luther voulut jurer. Le numéro deux de Scanguards en avait vu plus qu'il ne l'avait voulu.

— Tu dois le laisser partir.

Luther leva les mains, le regard ostensiblement dirigé vers les menottes.

Samson prit une inspiration.

— Tu es libre. Mais ça ne change rien. Quitte cette ville ! Si jamais tu reviens, je trouverai une raison pour te tuer. Tu comprends ça ?

— Tu es parfaitement clair.

Luther savait identifier un réel danger lorsqu'il en voyait un. Samson était versatile. Aussi longtemps que l'on ignorerait où se trouvait sa fille, il s'en prendrait à toute personne à l'égard de laquelle il éprouvait de la rancune. Et Luther n'était pas désireux de rester dans les parages pour servir de bouc émissaire.

— Ôte-lui ses chaînes !

Samson se retourna et sortit de la pièce, laissant son commandant en second exécuter son ordre.

— Tu ferais mieux de tenir compte de son avertissement et de t'en aller ce soir, dit Gabriel à Luther tout en le détachant.

Les chaines cliquetèrent en tombant à terre.

Tout en se frottant les poignets, Luther se leva de cette inconfortable chaise en plastique.

— Je n'ai aucune raison de rester.

Il tendit la main vers sa chemise et l'enfila sans se soucier de la boutonner. Il attrapa ensuite sa veste.

— Vraiment ?

Luther enfonça son index dans la poitrine de Gabriel.

— Il se peut que tu aies vu mon passé, mais ne t'imagine pas savoir quoi que ce soit à mon sujet. Je ne suis plus l'homme que tu as connu autrefois.

Gabriel désigna la porte.

— Tu es libre de partir. Le garde derrière cette porte t'escortera jusqu'à l'extérieur.

Sans un mot, Luther se dirigea vers la porte et l'ouvrit. De l'autre côté de celle-ci, un vampire armé d'un pistolet semi-automatique fixé sur la hanche, l'invita à prendre à gauche. En silence, Luther le précéda, le labyrinthe de couloirs lui rappelant une fois de plus la prison. Ceci n'était guère différent, quoiqu'il y eût davantage d'activité et de bruit dans les quartiers généraux de Scanguards.

Lorsqu'ils arrivèrent à l'accueil, lequel se trouvait dans un chic hall d'entrée pourvu de grands panneaux en verre du côté rue, le garde s'arrêta un instant. Luther profita de cette opportunité pour laisser vagabonder ses yeux. Il était étrange que l'entrée de Scanguards fût faite en verre. Que faisaient-ils, durant la journée, quand les rayons du soleil inondaient cette zone ?

Peut-être que le verre était fait d'un matériau spécial résistant aux UV. Vingt années s'étaient écoulées depuis sa sortie de la prison pour vampires et, même à l'intérieur de ses quatre murs, il avait remarqué des changements techniques au fil des ans. Peut-être que quelqu'un avait inventé un verre résistant aux UV.

Involontairement, désireux d'inspecter ce matériau de plus près, il fit quelques pas en direction de la sortie conçue en panneaux de verre. Mais avant que ses yeux n'eussent pu zoomer sur la surface brillante, ils furent attirés par un poster apposé à côté d'une double-porte.

C'était une publicité pour la pièce qui avait eu lieu ce soir. *Songe d'une Nuit d'Été*, y était-il inscrit. Une photo de ce qui semblait être une répétition en costumes trônait sur la moitié supérieure de l'affichette, alors qu'une liste des acteurs principaux ornait le fond de celle-ci. Cependant, au milieu, on pouvait lire en grandes lettres : *Réalisé par l'ancienne star hollywoodienne, Kimberly Faifax.*

Les mots rebondirent dans sa tête.

Hollywood.

Actrice.

Kimberly.

Ses yeux se posèrent d'un coup sur la photo. Et ensuite, il le vit. Il la vit. La femme aux yeux verts semblables à ceux d'un chat. L'actrice sur les posters dans la cellule. Quoique la couleur de ses cheveux fût différente, ses yeux étaient facilement reconnaissables.

Kimberly.

Ce n'était pas *Je ne suis pas à Berlin* ou *Je ne suis pas Amberly.*

Je ne suis pas Kimberly. Voilà ce qu'Isabelle avait tenté de dire à son ravisseur. Kimberly avait été la cible, pas Isabelle.

— Allons-y, mon pote, dit, derrière lui, le vampire qui l'escortait tout en le poussant vers la porte.

Luther obtempéra automatiquement et sortit. Un autre vampire montait la garde. Derrière lui, la porte se referma. L'air frais de la nuit tourbillonna autour de lui, et il enfila sa veste. Il tourna à gauche et se dirigea vers le prochain carrefour. Hésitant, il s'y arrêta.

Pas étonnant qu'il eût pensé connaître Katie, lorsqu'il l'avait rencontrée dans le couloir de l'université. Elle était Kimberly Fairfax, l'actrice dont les posters avaient recouvert les murs de la cellule de l'autre V-PRISO. Les posters que Summerland avait déchirés.

Katie était la victime désignée. Elle avait été la cible et l'était plus que probablement toujours.

Bon sang ! Ce n'était pas son combat. Il partait ce soir. Samson avait été clair à ce sujet : leur prochaine rencontre serait sanglante. La prochaine fois, il frapperait en premier et poserait les questions plus tard.

Fermement résolu à s'en aller, Luther relevait les revers de sa veste, lorsqu'une voix de femme se fit entendre depuis l'entrée des quartiers généraux de Scanguards.

— Mais je dois parler à Samson. C'est important.

Luther jeta un œil par-dessus son épaule. Katie. Ou Kimberly. Quel que fût son nom.

— Désolé, Madame mais, ce soir, j'ai pour ordre de refuser l'accès à toute personne qui n'est pas membre de Scanguards.

Faisant usage de sa corpulence, le vampire bloqua l'entrée.

— S'il vous plaît, je suis la sœur d'Haven. Laissez-moi le voir.

— Aucun membre de la famille sur les lieux, ce soir. De plus, Haven n'est pas ici pour l'instant.

Katie jura.

— Blake, alors. Je parlerai à Blake.

Le vampire ne bougea pas.

— Bon sang, pourquoi êtes-vous si obstiné ? J'ai des informations vitales au sujet de l'enlèvement. Je dois les transmettre à Samson ou à Blake. Je dois leur montrer ceci.

Pour la première fois, Luther remarqua les lettres qu'elle tenait en main et qu'elle agitait à présent devant le garde.

— Vous avez un portable, Madame ? demanda calmement le garde.

— Oui, pourquoi ?

— Je suggère que vous l'utilisiez et que vous appeliez Blake. Mais je ne peux pas vous laisser entrer, ce soir. Nous sommes en confinement.

Katie grinça des dents.

— Bien !

Elle marcha ensuite quelques mètres en direction de Luther et s'arrêta au bord du trottoir, le visage détourné de lui.

Luther demeura caché dans l'ombre du bâtiment adjacent. Il l'observa, tandis qu'elle sortait son portable de sa poche.

Avec son ouïe de vampire, il n'éprouva aucune difficulté à capter le moindre mot qu'elle prononçait dans le téléphone.

— Blake, bon sang, pourquoi ne décroches-tu pas le téléphone ?

Elle soupira.

— C'est Katie, poursuivit-elle. J'ai découvert quelque chose. Tu dois vérifier l'enregistrement vidéo de l'enlèvement d'Isabelle. Lis sur ses lèvres. Elle dit au ravisseur qu'elle n'est pas Kimberly. Blake, le kidnappeur me voulait, moi, pas Isabelle. Il a pris la mauvaise personne.

Elle leva la main qui tenait les lettres, comme si elle voulait les montrer à Blake à travers son téléphone portable.

— Je pense que je sais qui c'est. J'ai reçu des lettres. Un obsédé de fan. Elles sont différentes des lettres habituelles que je reçois encore de mes admirateurs. Je pense qu'il me menaçait. Me menaçait de venir me chercher. Blake, s'il te plaît, tu dois vérifier ça. Les lettres ont été postées quelque part dans la Sierra. Il n'est pas loin. Il se peut qu'il ait appris pour la représentation de ce soir. S'il te plaît, appelle-moi dès que tu auras ce message. Il faut que tu voies ces lettres.

Elle raccrocha.

Postées quelque part dans la Sierra.

Ces paroles résonnèrent dans la tête de Luther. La Sierra, là où se trouvait la prison pour vampires.

Merde !

9

Katie frissonna. Trop excitée par sa découverte pour chercher une veste plus épaisse dans un de ses nombreux placards, elle n'avait enfilé qu'un cardigan par-dessus son t-shirt avant de quitter son domicile et sauter à nouveau dans sa voiture. De plus, elle ne s'était pas attendue à se voir refuser l'entrée de Scanguards et à devoir patienter dans le froid pendant qu'elle discuterait avec un garde de la sécurité.

Enroulant ses bras autour d'elle afin de se protéger du froid, elle retourna en courant jusqu'au bloc suivant, là où elle avait parqué sa voiture dans une allée tranquille. Ayant passé la moitié de sa vie en Californie du Sud, elle devait encore s'acclimater aux froids hivers de San Francisco, lesquels étaient si différents du doux climat du Sud.

Sa main trembla légèrement, tandis qu'elle fouillait dans son sac à main, là où elle avait remis les lettres, à la recherche de sa clé de voiture. Elle se tournait vers la portière côté conducteur de son Audi, lorsqu'un mouvement dans sa vision périphérique lui fit pivoter brusquement la tête.

Il n'y avait… rien.

Elle tenta de se débarrasser de cette étrange sensation, mais un frisson lui parcourut la colonne vertébrale à toute vitesse et vint buter contre son coccyx. Le bruit d'une respiration la fit se retourner.

Tout son souffle fut expulsé de ses poumons, lorsqu'elle aperçut l'homme qui se tenait à moins de trente centimètres d'elle.

Non, pas un homme. Un vampire. Et un ex-V-PRISO.

— Luther, dit-elle, davantage dans un souffle qu'en le prononçant.

— Je vois que je n'ai pas à me présenter. Ça fait gagner du temps.

Katie recula instinctivement. Son dos vint heurter la voiture, la piégeant entre le véhicule et cet imposant vampire.

Dieu ! De près, il semblait encore plus imposant qu'avant. Large de carrure et grand. Elle détourna le regard de ses yeux pénétrants et de ses lèvres pleines jusqu'à son cou, et plus bas encore. Jusqu'à sa peau entachée de cicatrices. Elle remarqua ensuite que, bien qu'il fût vêtu d'une chemise et d'une veste, toutes deux étaient déboutonnées et la gratifiaient d'une vue dégagée sur son torse balafré. Curieusement, cette vision ne la dégoûta pas. Ne la rebuta pas. Elle la fascina, plutôt. Lui procura l'envie de le toucher.

— Le spectacle de monstres est fini, grogna-t-il.

Soudain embarrassée, elle sentit ses joues chauffer en dépit de l'air frais de la nuit. Elle éprouva automatiquement l'irrépressible envie de se défendre.

— Je ne…

Elle changea de tactique en le voyant plisser les yeux.

— Je pensais qu'ils vous avaient enfermé.

— Ils n'ont pas pu me mettre ça sur le dos. Parce que je n'ai rien à voir avec ça.

Le timbre grave de sa voix résonna dans l'allée et envoya de minuscules vibrations à travers le corps de Katie. Telles de petites ondes de choc palpitant en elle.

— Alors, peut-être que vous ne devriez pas espionner les personnes proches de Scanguards, ou ils pourraient changer d'avis.

— Et en quoi es-tu proche d'eux ?

Elle souleva le menton.

— Ça ne vous regarde pas.

— Tu n'es pas une hybride. Franchement, je ne suis pas vraiment sûr de ce que tu es, mais tu n'es certainement pas humaine.

Il renifla afin d'argumenter ses propos.

— Qu'est-ce que vous voulez ?

Luther désigna son sac à main.

— Vous êtes un vulgaire voleur ? Ici pour me voler ? Oh, mon Dieu ! Comme c'est ignoble !

— Je veux les lettres ! Donne-les-moi ! Je veux les voir.

— Les lettres ?

Comment était-il au courant pour les lettres ?

— Je sais que tu les as.

En un mouvement vif, il voulut saisir le sac à main.

Elle tenta de s'y accrocher, mais Luther était trop fort. En quelques secondes, il avait sorti les missives et les parcourait.

— Que voulez-vous en faire ?

Il ignora cette question et extirpa une des lettres de son enveloppe. Ses yeux survolèrent l'écriture griffonnée.

— Ah, merde ! jura-t-il tout bas avant de regarder à nouveau l'enveloppe. Il examina chacune d'elles.

— Toutes timbrées à Grass Valley.

— Et alors ?

Luther la regarda furieusement.

— Tu ne peux pas les montrer à Scanguards.

— Vous n'avez pas à me dire ce que je peux montrer à Scanguards ou pas ! Le ravisseur me voulait, moi, pas Isabelle.

— Je sais.

— Vous savez ?

— L'enregistrement de surveillance. J'ai lu sur ses lèvres. Elle lui disait qu'elle n'était pas Kimberly.

— Alors, vous comprendrez à quel point il importe que j'apporte ces lettres à Samson.

Elle tendit la main pour les reprendre, mais il s'y accrocha.

— Ces lettres nous mèneront au ravisseur, poursuivit-elle. Ce doit être lui. Les choses qu'il dit dans ses lettres. Il dit qu'il vient pour s'en prendre à moi. Je ne l'ai pas pris au sérieux. Je pensais que c'était juste un admirateur fou.

— Ouais, les risques du métier, je suppose.

Le rictus sur son visage réfutait toute notion d'empathie.

— Rendez-les-moi.

— Je ne peux pas faire ça.

— Pourquoi pas, bon sang ?

— Parce que ces lettres mèneront de nouveau directement à moi.

Sous le choc, Katie haleta.

— Vous les avez écrites ?

— Je n'ai pas dit ça, gronda Luther en se penchant plus près. Mais le cachet sur ces enveloppes suggèreront que je l'ai fait. Samson n'a pas un comportement rationnel pour le moment. Dès qu'il verra ces lettres, il m'accusera et empêchera ses hommes de continuer à rechercher le vrai coupable. C'est ça que tu veux ?

— Vous mentez.

Il rapprocha son visage de celui de Katie.

— Sais-tu ce qu'il y a près de Grass Valley ?

Se pressant fermement contre la voiture, elle secoua la tête.

— La prison d'où j'ai été libéré la nuit dernière.

D'un coup, elle réalisa.

— Si ce n'est pas vous qui avez écrit ces lettres, alors vous savez qui c'est.

— Non, je ne sais pas.

Incrédule, elle secoua la tête. Les intenses regards qu'ils avaient échangés plus tôt dans la nuit lui revinrent à l'esprit.

— Quand vous m'avez vue à l'université, vous m'avez reconnue. Vous saviez qui j'étais, n'est-ce pas ? Vous le saviez parce que le vampire qui a emmené Isabelle vous avait montré ma photo, pas vrai ?

— Non.

— Qui protégez-vous ?

— Personne !

Elle sentit la chaleur de son souffle sur son visage et frissonna à nouveau.

— Rendez-moi mes lettres ou je vais vous causer de sacrés ennuis.

— Tu ne sais pas quand il faut laisser tomber, ou quoi ?

Il leva une main et la tendit vers une mèche de cheveux qui s'était échappée de cette coiffure démodée qu'elle arborait toujours.

— Non, tu n'es pas du genre à laisser tomber, n'est-ce pas? ajouta-t-il.

Il la regarda, le visage impassible.

— Je dois te prévenir. Je suis dangereux. Et si tu crois que tu peux te battre contre moi, tu as tort. Comparée à moi, tu n'es pas assez forte. Alors, abandonne. Rentre chez toi.

Katie plissa les yeux à son intention.

— Je suis une sorcière. Je suis plus forte que vous. Alors, vous feriez mieux d'être prudent.

Elle remarqua la surprise sur son visage. Il ne la croyait pas. Et à juste titre : bien qu'elle fût née sorcière, elle n'avait, pour ainsi dire, aucun pouvoir. Alors que Wes avait recouvré les siens par le biais d'un travail effréné et avait, de ce fait, à présent retrouvé une odeur de sorcier, elle avait appris, par d'autres vampires de son entourage, que son odeur de sorcière était si légère qu'elle échappait à la plupart d'entre eux. Elle ne put qu'espérer que Luther la crût. Cela la protégerait, car aucun vampire ne s'attaquait à un sorcier. Et Katie savait qu'elle avait besoin de cette protection.

— Une sorcière. Intéressant. Tout comme cet autre sorcier. Celui qui t'a embrassée.

Ce commentaire sembla étrange à Katie. Pourquoi souligner le fait que Wesley l'eût embrassée?

— Bien, au moins, ton odeur n'est pas aussi forte que la sienne. Qui est-ce ? Ton amant ?

— Ça ne vous regarde pas.

— Eh bien, voyons ça, tu veux bien?

Avant qu'elle n'eût pu comprendre la signification de ces paroles, les lèvres de Luther se retrouvèrent sur les siennes, la privant de son prochain souffle et de toute capacité à parler.

Instinctivement, elle leva les mains, venant claquer des poings contre la poitrine du vampire. Une fourmi percutant un éléphant aurait davantage réussi à faire bouger cette énorme bête. Le vampire qui, par sa bouche, la maintenait en ce moment captive ne bougea pas d'un centimètre. Du moins pas d'un centimètre d'elle. Il la poussa contre la voiture et ne laissa aucun espace entre eux.

La chaleur de sa poitrine la brûla, attirant davantage l'attention de Katie sur le fait que sa chemise fût ouverte. Ses doigts furent attirés vers cette chaleur, vers le confort qu'elle procurait en repoussant le froid de la nuit. Ses poings se relâchèrent, non désireux de cogner plus longuement la dureté de cette chair. Les paumes de ses mains recherchèrent plutôt le contact peau contre peau.

Peut-être était-ce son parfum dopant qui l'incitait à le toucher. Ou peut-être l'implorante pression de ses lèvres sur les siennes et les implacables caresses de sa langue. Quand avait-elle entrouvert les lèvres afin de lui permettre de l'explorer ? Quand avait-elle incliné la tête afin de le gratifier d'un meilleur accès à sa bouche ?

Il avait le goût d'un vrai homme, du pouvoir et de la domination. Et du danger. Cela, elle pouvait également le goûter. Et pourtant, cela ne l'empêcha pas de continuer à lui répondre. L'excitation se répandit dans tout son corps. L'envie et le besoin se percutèrent. Le désir éclata. La passion déferla. Pas même dans le monde imaginaire des films, un des personnages qu'elle avait interprétés n'avait été autorisé à ressentir cela.

Le baiser de Luther était tant une demande qu'un défi. Si elle venait à reculer, elle perdrait. Il la croirait faible. Elle n'avait aucune idée de comment elle le savait. Et lui donner un coup de genou dans les parties génitales, tout comme elle l'aurait fait avec n'importe quel autre homme dans cette situation, n'était pas une option. De plus, il n'était pas un homme ordinaire. Il était un vampire. Le plus dangereux qu'elle eût jamais rencontré. Et si elle savait une chose à propos des vampires, c'était qu'il ne fallait jamais courir, ou ils vous chasseraient comme leur proie.

Elle tenta de se souvenir des nombreuses choses que son frère lui avait enseignées à propos des vampires, mais une seule lui revint à présent à l'esprit : leurs envies de sexe et de sang étaient intimement liées. S'il ne pouvait en satisfaire une, il avait besoin de satisfaire l'autre. Et une fois l'une obtenue, l'autre suivrait. Aussi simple que cela. Quoi qu'elle fît, elle était condamnée.

Bien qu'à présent, cette condamnation fût plutôt excitante. Les mains de Luther erraient sur son corps, la touchaient, l'exploraient là où personne ne l'avait fait depuis des années. Elle n'avait pas aspiré aux caresses d'un homme depuis belle lurette. Mais le baiser de Luther réveillait ce besoin enfoui depuis si longtemps de ressentir les mains d'un homme sur elle, de goûter ses lèvres et sa langue, de sentir son sexe contre elle.

Le dur contour de l'érection du vampire poussait fermement contre le centre de sa féminité, faisant flageoler ses jambes et lui embrumant le cerveau. Sa bouche, avide, l'empêchait d'émettre la moindre protestation, au cas où son cerveau eût été capable de le faire. Et évidemment, il ne l'était pas. Il semblait ne faire qu'encourager ses mains à continuer d'explorer le torse de Luther. À caresser les méchantes cicatrices présentes sur sa peau afin d'y trouver la beauté qui s'y cachait. Afin de ressentir les battements de son cœur dans sa main.

Une vibration la percuta dans tout le corps. Était-ce les battements de cœur de Luther qui lui envoyaient ces ondes de part et d'autre ? Un grognement franchit les lèvres du vampire et vint se fracasser contre les siennes, la faisant trembler dans ses bras. Involontairement, Katie vint balancer le bassin contre son entrejambes et ressentit une autre vibration.

Elle réalisa alors que, dans les bras d'un vampire, elle était impuissante. Impuissante, car elle voulait ce qu'il avait à offrir. Une chance d'oublier.

10

Blake mit fin à l'appel vers sa boîte vocale et jura tout en parcourant le couloir de l'étage auquel se trouvait la direction des quartiers généraux de Scanguards du district de la Mission. Il s'arrêta brièvement près de la porte au bout de celui-ci.

Thomas Brown-Martens, chef du service informatique et Eddie Brown-Martens, chef-adjoint du service informatique y était inscrit en grosses lettres noires. Tous deux avaient associé leur nom de famille après leur mariage et leur lien par le sang. Non seulement ils partageaient à présent un bureau et, dans les faits, la direction du service informatique, mais ils passaient pratiquement vingt-quatre heures sur vingt-quatre en compagnie l'un de l'autre. Cela dépassa Blake qu'ils pussent supporter d'être autant ensemble.

Il secoua la tête et frappa rapidement à la porte avant de l'ouvrir et d'entrer.

Deux têtes se tournèrent vers lui. Eddie, lequel était en train de désigner quelque chose sur l'écran, se tenait derrière Thomas qui était assis à son bureau.

— Hé, le salua Thomas.

— On allait t'appeler. Je pense qu'on a trouvé quelque chose, dit Eddie en posant de nouveau le regard sur l'écran. Repasse-la, dit-il à Thomas.

Quoi qu'Eddie et Thomas eussent trouvé, cela pouvait attendre un instant.

— J'ai reçu un appel de Katie. Il faut que je visionne une nouvelle fois la vidéo d'Isabelle et du ravisseur, demanda Blake.

Thomas lui fit signe de se rapprocher.

— Nous la regardons juste en ce moment.

Blake fit le tour du bureau afin de pouvoir regarder l'écran et observa une nouvelle fois le déroulement de l'enlèvement. Son pire cauchemar était devenu réalité : une des personnes dont il était responsable avait été enlevée sous sa surveillance. Quelque chose comme cela n'était jamais censé se produire. Son équipe et lui protégeaient tous les enfants de Scanguards depuis presque deux décennies maintenant, et rien n'était jamais arrivé. Ils avaient été en sécurité. Que diable, sous sa surveillance, personne n'était même jamais tombé de bicyclette. Et maintenant, voilà ce qui arrivait. Un kidnapping.

— Regarde, là, dit Eddie en désignant la bouche d'Isabelle. Je ne suis pas expert en lecture sur les lèvres, mais je pense qu'elle dit *Je ne suis pas Kimberly*.

— Putain ! Katie avait raison.

Blake se passa une main dans ses courts cheveux. Pourquoi ne l'avait-il pas vu immédiatement, lorsqu'il avait regardé la vidéo pour la première fois ? Peut-être parce qu'il s'était trop focalisé sur le fait d'obtenir un meilleur visuel du visage du ravisseur.

Thomas regarda par-dessus son épaule.

— C'est le nom de scène de Katie. Ce type n'était pas là pour la fille de Samson. Il voulait Katie. Qu'est-ce qu'elle a dit ?

— Elle a parlé des lettres d'un admirateur obsédé. Mais ça n'a aucun sens ! Si cela avait été le cas, il aurait remarqué qu'il n'enlevait pas Katie.

Eddie acquiesça d'un hochement de tête.

— Exact. Surtout que le ravisseur devait être un vampire ou un hybride. Et dès lors, il aurait remarqué qu'Isabelle est hybride.

Thomas fit pivoter son fauteuil.

— Ouais, mais savait-il que Katie n'en est pas une ? Si c'est un obsédé de fan qui ne l'a jamais rencontrée face à face, comment pouvait-il savoir qu'elle n'en est pas une ? S'il l'a vue à la télé ou dans des films, il serait incapable de le dire. Les caméras ne peuvent ni capturer l'aura ni l'odeur d'un vampire.

— Eh bien, les pourquoi ou les comment n'ont plus d'importance, maintenant. Il a capturé la mauvaise femme. Nous devons le trouver et ramener Isabelle avant qu'il ne réalise qu'elle n'est pas Katie et qu'il lui fasse du mal.

Blake sortit son portable.

— Commençons par examiner les lettres, dit-il en composant le numéro de Katie. Prenons les empreintes qui s'y trouvent, passons-les dans nos bases de données et voyons si nous pouvons restreindre notre zone de recherche grâce aux cachets de la poste. Je doute qu'il ait écrit son adresse sur les enveloppes.

Le téléphone continua à sonner dans son oreille.

— Allez, Katie, décroche !

Thomas hocha la tête en signe d'encouragement.

— Nous allons analyser les lettres. Peut-être qu'il a laissé des indices dans son texte. Les harceleurs aiment montrer leur supériorité. Ils pensent qu'on ne les attrapera jamais, alors ils jouent avec leur proie. S'il y a quelque chose, nous le trouverons.

Vous êtes en communication avec le portable de Katie, laissez un message s'il vous plaît. Beep.

— Merde ! jura Blake. Katie, j'ai eu ton message. Appelle-moi immédiatement. Nous avons besoin de ces lettres.

Il raccrocha et regarda de nouveau ses deux collègues.

— Vous savez où est Wesley ? N'était-il pas censé ramener Katie chez elle ?

— John et lui sont probablement toujours à l'université, en train d'interroger l'auditoire et les acteurs. La scientifique a renvoyé le premier groupe d'empreintes, et nous les passons dans le système. Nous attendons toujours qu'on prenne celles des étudiants, des machinistes et de tous ceux qui se sont retrouvés en coulisses afin de pouvoir les éliminer et isoler celles du coupable. Nous avons celles d'Isabelle dans le dossier.

Tout comme ils possédaient des échantillons ADN de chaque membre de Scanguards et de sa famille dans une chambre forte au sous-sol. Blake hocha la tête et prit quelques inspirations.

— Bon. Les gars, je sais que vous contrôlez la situation, mais j'ai besoin que tout le monde fasse plus que de son mieux dans cette affaire. Isabelle est en danger. Et je sais qu'elle est effrayée. Nous devons la ramener à la maison. C'est notre priorité première. Je me fiche de ce que nous aurons à faire, de ceux sur les pieds desquels nous devrons marcher ou de quelles lois nous devrons violer pour y arriver.

— Nous ressentons tous la même chose, dit Eddie en échangeant un regard avec Thomas. Isabelle fait autant partie de notre famille que le reste de Scanguards.

— Katie a besoin de protection, ajouta Thomas en se levant de son fauteuil. Vous voulez que je lui assigne des gardes du corps ? Dès que le ravisseur aura réalisé qu'il a la mauvaise fille, il réessaiera.

Blake ne put qu'agréer le raisonnement de Thomas.

— Oui, allez demander à Wesley où elle se trouve. Qu'elle nous donne ses lettres. Et ensuite, Jake la protégera chez elle.

— Considère que c'est fait, dit Thomas.

On frappa à la porte et tous se retournèrent.

— Entre, répondit Thomas.

La porte s'ouvrit, et Haven entra. Son regard se posa immédiatement sur Blake.

— J'ai pensé que je te trouverais ici.

— Déjà de retour ? Et cette piste ?

Haven secoua la tête, du regret dans les yeux.

— Désolé, fausse alerte. C'était un cas de violence domestique. Ce n'était pas Isabelle. On a réglé le compte de ce con qui malmenait sa copine, mais ces deux-là n'avaient rien à voir avec l'enlèvement d'Isabelle.

Il fit ensuite signe à Thomas et Eddie.

— Du neuf, ici ? demanda-t-il.

Thomas et Eddie demeurèrent silencieux, leur regard se dirigeant vers Blake.

Ce dernier soupira.

— J'en ai peur. Nous venons juste de découvrir qu'Isabelle n'était pas la cible.

Haven plissa le front.

— Mais si ce n'était pas elle, qui était-ce alors ?

— Katie.

— Putain ! jura Haven en se retournant vers la porte.

— Qu'est-ce que tu fais ?

Haven ouvrit violemment la porte et regarda par-dessus son épaule.

— Tout à l'heure, elle était au poste d'observation. Je dois la trouver et la protéger.

Haven se rua dans le couloir, en direction de la cage d'ascenseur et enfonça le pouce sur le bouton pour descendre.

Blake courut derrière lui.

— Putain, mais qu'est-ce qu'elle faisait au QG ?

— Elle voulait aider.

— Tu l'as fait rentrer clandestinement ? C'est contre—

— Je ne sais pas qui elle a amadoué pour rentrer, mais tu connais ma sœur. Elle est ingénieuse.

— Ouais et, un jour, ce caractère lui vaudra des ennuis.

Haven hocha la tête.

— J'espère juste que ce ne sera pas aujourd'hui.

11

Luther était en train de perdre toute notion de temps et de lieu. La femme dans ses bras était tout ce qui comptait dans l'immédiat : la douceur de ses lèvres, le goût enivrant de sa bouche, l'envoûtant contact de ses doigts sur ses cicatrices. Comme si leur laideur ne la dérangeait pas.

Tout comme sa légère odeur de sorcière ne le gênait pas. Il avait toujours détesté les sorciers de toutes sortes. À l'instar de la plupart des vampires. Mais le parfum de Katie lui plaisait, le menait vers elle, en fait, telle une balise guidant un navire vers la côte. Un navire à la dérive dans un vaste océan. Un navire qui avait perdu sa boussole.

Bien que le baiser de Luther fût empreint d'exigence et que ses caresses fussent insistantes, Katie répondait avec passion.

En dépit du fait qu'il fût un dangereux vampire, un étranger, en fait, elle se serrait contre son corps et l'encourageait à écraser son sexe dur contre elle en un rythme sans cesse croissant. Les doux cris de passion et de désir qui émanaient de sa gorge le pressaient de parcourir son corps, d'explorer ses jolies courbes, tandis que l'odeur de son excitation rendait le vampire qui était en lui fou de désir.

Le corps de Luther s'enflammait à chaque coup de langue contre celle de Katie. De plus en plus profondément, il explorait la cavité de sa délicieuse bouche, laissant courir sa langue le long de ses dents, lui mordillant les lèvres, la goûtant. Il était affamé de ce baiser, ne pouvait s'en rassasier. Pendant plus de vingt ans, il n'avait pas embrassé une âme, n'avait pas ressenti cette sorte de connexion intense avec un autre être vivant. En prison pendant plus de deux décennies, il n'avait connu que la caresse de sa propre main, alors qu'il satisfaisait ses besoins charnels durant les journées de solitude, lorsqu'il faisait calme et que la plupart des vampires dormaient.

Mais aucun des orgasmes prodigués à la force du poignet n'avait été comparable au plaisir qu'il éprouvait en ce moment en embrassant cette femme, cette sorcière, l'actrice aux yeux de chat. Aux yeux verts. Les yeux qui l'avaient dévisagé depuis les posters de la cellule de la prison.

Merde !

Tout à coup, il relâcha Katie. Tout ceci n'allait pas du tout. La respiration lourde, il la dévisagea. Les lèvres de la jeune femme semblaient meurtries par ses baisers. Ses cheveux retombaient à présent sur ses épaules. Était-ce lui qui avait défait sa coiffure médiévale ?

Lorsqu'il croisa son regard, il put clairement voir ce qu'il avait éveillé en elle : le désir et la passion.

Que lui était-il arrivé, bon sang ? Il ne pouvait se souvenir de la raison pour laquelle il avait commencé à l'embrasser. Mais il savait pourquoi il se devait d'arrêter : il devait demeurer loin des femmes. Un jour, l'une d'elles avait causé sa perte, et il n'allait pas commettre deux fois la même erreur.

— Va-t'en ! exigea-t-il brutalement en rompant le contact visuel. Rentre chez toi.

— Pas question !

Cette réponse résolue lui fit de nouveau tourner brusquement la tête vers elle. Il plissa les yeux.

— Qu'est-ce que tu as dit ?

— Tu m'as entendue, lui répondit-elle, se surprenant à le tutoyer.

Elle croisa les bras sur sa poitrine, détournant ainsi l'attention de Luther de son visage vers ses seins voluptueux qui, à peine quelques instants plus tôt, s'étaient retrouvés écrasés contre son torse. Quelle douceur, quel confort ils lui avaient prodigués !

— Je ne partirai pas avant que tu me dises ce que tu sais à propos du gars qui a écrit ces lettres.

Les narines de Luther se dilatèrent.

— Tu n'es pas en position de revendiquer quoi que ce soit. De plus, je n'ai aucune idée de qui il s'agit.

Prêt à partir, il se retourna car, au plus il demeurait en sa compagnie, au plus il lui serait difficile de s'extirper de tout ceci. Il ne se connaissait que trop bien ; vingt années, seul dans une cellule, le lui avaient assuré. Katie était le genre de femme qui pouvait l'atteindre, et il ne l'autoriserait pas.

— Mais tu as un soupçon.

— Je le savais, ajouta-t-elle, tandis qu'il hésitait une fraction de seconde.

Luther pivota et la regarda furieusement.

— Écoute-moi. Je pense qu'il vaut mieux que tu rentres chez toi et que tu ne te mêles pas de mes affaires. Et pour ce que ça vaut, excuse-moi de t'avoir embrassée. Mets ça sur le compte de mes vingt années de prison.

Il marqua une pause pendant un instant avant d'ajouter un mensonge à son affirmation.

— Franchement, au point où j'en suis, j'aurais embrassé n'importe quoi doté d'une paire de seins. Cela n'a rien de personnel. Mauvais moment, mauvais endroit.

Visiblement mécontente, Katie pinça les lèvres. Bien ! Elle avait finalement compris le message. Se relaxant déjà, il fit mine de se tourner.

— Pas si vite, mon pote ! dit-elle plutôt calmement. Bien trop calmement pour une femme à qui l'on venait juste de dire que le baiser passionné qu'ils avaient échangé ne signifiait rien.

— Samson apprendra ça. Je lui montrerai les lettres et, ensuite, il te pourchassera comme un chien.

Luther inclina la tête sur le côté et la regarda longuement avant d'ouvrir la bouche.

— Puis-je préciser une chose ?

Curieuse, Katie haussa les sourcils.

Il leva une main.

— C'est moi qui ai les lettres. Alors, il semble que tu n'aies rien pour étayer tes allégations.

Pendant un instant, il pensa voir quelque chose s'afficher dans les yeux de Katie. Mais ensuite, cela disparut, et elle sourit, de surcroît.

— Oh, j'ai des copies à la maison. Alors, fais ce que tu veux de celles-là.

Il grogna de mécontentement.

— Aide-nous à trouver Isabelle. Tu as la clé. Tu sais des choses que nous ne savons pas, poursuivit-elle.

— Même si je détenais la moindre information pouvant vous aider à la retrouver, Samson a été très clair quant au fait qu'il me tuerait la prochaine fois qu'il me verrait. Cette fois, il ne se contentera pas de poser des questions. Il frappera d'abord. Et malgré tout, je tiens à ma vie. Alors, la réponse est non.

— Si tu ne veux pas nous aider, je dirai à Samson que tu lui as menti. Que tu omets de dire que tu sais qui est derrière tout ça.

— J'ai passé leur putain de test au détecteur de mensonges !

— Je sais pour sûr que la machine n'est pas si précise, affirma-t-elle.

Luther plissa les yeux, mais ne put dire si elle bluffait ou pas.

— Gabriel a passé en revue mes souvenirs. Il m'a blanchi. Alors, tu n'as rien.

Katie leva une main et fit semblant d'inspecter ses ongles.

— Tu oublies que je suis une sorcière.

— Qu'est-ce que ça a à voir avec mon innocence ?

— Et si je te jetais un sort pour te faire confesser ton crime ?

Il inspira de l'air par les narines. Avait-il bien entendu ? Elle le menaçait d'utiliser la sorcellerie contre lui ? Les vampires ne pouvaient absolument pas se défendre contre cela et, comme tous ceux de son espèce, il la craignait.

— Toi, espèce de sournoise petite—

— Garce ? proposa-t-elle, poliment. Oh, de grâce, on m'a dit bien pire.

— J'allais dire traînée, la corrigea Luther.

Katie s'écarta de la voiture en une poussée avant de se diriger vers lui.

— Maintenant, voilà comment ça marche : tu vas me mener au gars qui a écrit les lettres. Je ferai l'appât, et tu l'attraperas. Si tu ne le fais pas, je mettrai tout Scanguards à tes trousses.

Incrédule, Luther secoua la tête.

— Oh, mon Dieu, tu es folle, en fait. Complètement folle, je veux dire ! As-tu la moindre idée de ce que tu fais ? Ce genre de trucs peut te tuer. C'est vrai quoi, ça peut nous tuer tous les deux.

— Non. Parce que *tu* nous protègeras. Tu as survécu vingt ans dans une prison pour vampires. Cela n'a pas dû être une sinécure.

Non, cela n'avait pas été facile. Mais dans l'immédiat, il souhaitait presque y retourner afin ne pas avoir à s'occuper d'une merde pareille.

— Je suis certaine que tu sais comment te protéger, ajouta-t'-elle. Fais-le, ou Samson te pourchassera.

Il s'étouffa.

— Sais-tu pourquoi j'étais en prison ?

— Tentative de meurtre.

— Alors, tu sais. Et pourtant, tu ne veux pas laisser tomber. Qu'est-ce qui te fait penser que je ne vais pas te tuer avant que tu n'envoies Scanguards à mes fesses ?

— Si tu avais voulu me tuer, tu l'aurais déjà fait.

Elle baissa ensuite les yeux et fixa son entrejambe.

— Et parce que tu bandes encore, poursuivit-elle. Je suppose que tu préférerais t'introduire sous ma petite culotte que me tuer. Alors, je pense que je serai en sécurité aussi longtemps que je ne te laisserai pas me sauter.

Luther serra les poings, furieux qu'elle fût parvenue à le manipuler. Il laissa échapper un grognement.

— Monte dans cette putain de voiture ! Je vais conduire.

— Bien sûr, répondit gentiment Katie. Je suppose que tu n'auras pas besoin de guidage ?

Il plissa les yeux à son intention.

— Et que plus aucun mot ne sorte de ta bouche avant qu'on ne soit sorti de la ville, ou je serai tenté de te balancer par-dessus le Bay Bridge.

12

Environ trois heures plus tard, Katie observa Luther, tandis qu'il refermait la porte d'entrée d'une maison unifamiliale. Il se retourna ensuite vers elle.

— Tu ne peux être sérieux. Ça s'appelle casser et entrer, murmura-t-elle.

— L'endroit est vide.

D'un geste brusque du pouce par-dessus son épaule, il désigna le couloir.

— Le courrier s'empile. Ces personnes sont probablement en croisière ou à la plage pour les vacances.

— Tu n'en sais rien. Ils pourraient rentrer d'un moment à l'autre.

Luther s'avança dans le living.

— Aucun sapin de Noël en vue. Dans le voisinage, tout le monde a un sapin de Noël, à moins d'être absent pendant les vacances. Tous les volets sont fermés, et les voitures sont dans le garage. Pour aujourd'hui, nous sommes en sécurité, ici.

Katie secoua la tête.

— Au fait, pourquoi nous sommes-nous arrêtés ? Nous étions presque arrivés.

Impatient, Luther roula des yeux en lui lançant un regard furieux.

— Laisse-moi le dire avec des mots que tu comprendras : parce que je ne veux pas que le soleil me grille le cul. Il faut attendre la tombée de la nuit pour pénétrer dans la prison.

— Nous ne devons pas perdre de temps. Tu pourrais rester dans la voiture. Elle a des fenêtres qui ne laissent pas entrer la lumière, comme toutes les voitures de Scanguards. Dis-moi juste à qui parler. Il doit y avoir des gardes qui nous laisserons rentrer durant la journée.

Soudain, Luther gloussa.

— Nous laisserons rentrer ?

— Qu'est-ce qu'il y a de si drôle ?

Luther secoua la tête.

— Tu penses vraiment que nous n'aurons qu'à sonner et leur demander de nous laisser entrer ? J'y ai passé vingt ans. J'ai des ennemis. Si les gardes découvrent que j'ai divulgué la localisation de la prison à un étranger, ils m'enfermeront pour vingt années supplémentaires.

Il souffla d'un air désapprobateur.

— Et une fois qu'ils auront déterminé ton odeur, ils tireront à vue. Ils n'aiment pas vraiment les sorciers, ajouta-t-il.

— Tu as dit que je n'avais pas l'odeur d'une sorcière.

— Elle est légère, ouais mais, si on leur laisse suffisamment de temps, ils comprendront. Tu ne peux tout simplement pas entrer là-bas et t'attendre à en sortir indemne.

Le cœur de Katie commença à marteler l'intérieur de sa poitrine, se contractant à l'idée qu'il ne serait pas aussi aisé qu'elle ne l'eût espéré de découvrir l'identité de celui qui avait écrit ces lettres.

— Mais alors, comment allons-nous obtenir les informations nécessaires ? Comment allons-nous trouver ce type ?

— Ne tracasse pas ton joli petit cerveau avec ça. J'entrerai. Tu resteras ici à m'attendre.

Katie mit les mains aux hanches tout en le regardant furieusement. Cette grosse brute allait la laisser là ?

— Ce n'était pas le marché. Je viens avec toi. Penses-tu vraiment que tu peux me laisser ici et espérer que je vais t'attendre comme une petite femme docile qui n'a pas deux neurones capables de fonctionner ensemble ?

Il se dirigea vers elle jusqu'à ce que le bout de ses bottes vinssent presque toucher les chaussures de la jeune rebelle.

— Oui, c'est exactement ce que j'espère. Quoique le mot docile ne me vienne pas précisément à l'esprit quand je pense à toi.

Katie prit une bouffée d'air.

— Oh ouais, qu'est-ce qui te vient à l'esprit, alors ? Vas-y, dis-le. Tu t'es retenu de le dire durant tout le voyage en voiture.

Et elle en avait marre de ses ruminations et du silence qui lui avaient fait paraître le trajet plus long que les quasi trois heures qu'il leur avait fallu pour atteindre les collines.

Ce silence avait contribué au fait qu'elle n'avait pu penser à autre chose qu'au baiser qu'ils avaient échangé. Bon sang, elle aurait dû le repousser et le gifler, plutôt que l'autoriser à l'embrasser de la sorte. Cela avait réveillé des choses en elle qu'elle ne savait pas comment gérer.

— Si tu penses que tu peux me manipuler, tu as tort. Peut-être que ça fonctionne avec les humains avec qui tu sors d'habitude, mais pas avec moi.

Surprise par cette allégation, Katie changea de sujet.

— Nous ne parlons pas de ma vie amoureuse. Je viens avec toi, que ça te plaise ou non.

Luther inclina la tête sur le côté.

— Ouais, ce sera non. C'est-à-dire que…

Il se rapprocha et amena le visage à quelques centimètres du sien.

— … tu resteras là pendant que je pénètre dans la prison pour aller chercher ce qu'il me faut.

— Pas sans moi, non.

Elle pinça fermement les lèvres, ignorant son odeur masculine qui la tentait de faire quelque chose de stupide.

— Ou as-tu déjà oublié que je suis une sorcière, et que je peux te faire faire ce que je veux ? ajouta-t-elle.

C'était du bluff, mais elle espéra qu'il le gobât tout comme il l'avait fait plus tôt.

Lorsque les lèvres de Luther s'entrouvrirent, Katie eut le choc de voir que ses canines s'étaient allongées, et que leurs pointes affûtées dépassaient de leurs alvéoles. Elle en eut la respiration bloquée, et son pouls commença à tambouriner frénétiquement, réveillant tout ce qu'il y avait de féminin en elle.

— Est-ce ce que tu as fait tout à l'heure ? Utiliser ta sorcellerie pour que je t'embrasse ?

Luther plissa les yeux mais, mais elle put néanmoins voir la lueur orange tout autour de ses iris. Son côté vampire émergeait.

— Ta vie n'est pas assez mouvementée telle quelle ? Avec ces nichons et ces yeux, les hommes devraient faire la queue autour du pâté de maison. Je suppose que ce n'est pas assez. Tu dois prendre de force celui qui ne veut pas de toi.

Sans même réaliser ce qu'elle faisait, elle lui gifla si fortement la joue que la paume de sa main se mit à piquer sous l'impact. La colère l'envahit. Prendre quelqu'un de force ? Non, non. Elle était la dernière personne à pouvoir jamais faire cela, car elle, mieux que quiconque, savait à quoi cela ressemblait. Ce que l'on ressentait, lorsqu'on était forcé à faire quelque chose contre son gré.

~ ~ ~

Bien que Luther fût habitué à la douleur— et la gifle d'une femme pesant à peine soixante kilos n'était, selon lui, pas considérée comme telle — le mal qu'elle provoqua se répandit dans tout son corps. Pas physiquement, mais bien d'une autre manière. Comme si elle lui avait giflé le cœur.

Il était allé trop loin en tentant de la repousser. Diable, pourquoi avait-il fallu qu'elle le poussât à bout ?

— Je suppose que je l'ai mérité, dit-il avec un calme qui ne lui était pas propre en tournant de nouveau le visage vers elle. Il fut tenté de lui tendre l'autre joue, comme il l'avait fait avec Samson, mais il craignit qu'elle ne comprît pas son tranchant sens de l'humour.

Alors qu'elle gardait le silence, il chercha ses mots. Il serait fichu s'il venait à s'excuser. Les excuses étaient pour les mauviettes, et il gèlerait en enfer avant qu'il ne s'excusât pour quelque chose qu'elle avait provoqué.

— Pourquoi ne peux-tu pas tout simplement accepter qu'il est trop dangereux que tu m'accompagnes ? Si je me fais prendre, au moins, seul mon cul sera en jeu. Mais toi. As-tu la moindre idée de ce qu'ils te feront ?

Se faire tirer dessus serait le moindre de ses problèmes. Les gardes s'en donneraient à cœur joie, joueraient avec elle avant de la tuer. Et il n'avait certainement pas besoin d'une autre mort sur la conscience.

— Je peux me débrouiller toute seule. Mon frère m'a appris.

— Également un sorcier ?

Hésitante, elle secoua la tête, comme si elle n'était pas sûre qu'il fût sage de le lui dire.

— Haven est un vampire.

Luther fit instinctivement un pas en arrière. Elle avait un vampire pour frère ? Si cela n'était pas original, alors il ne savait pas ce qui l'était.

— Donc, c'est pour cette raison que Samson tolère ta présence, affirma-t-il en hochant la tête. Et cet autre sorcier ? Wesley ? Tu lui es aussi apparentée ? Parce qu'il n'est certainement pas ton amant.

— Comment diable…

Elle s'arrêta, laissant échapper un souffle avant de secouer la tête.

— Oh, et pourquoi est-ce que je me tracasse ? poursuivit-elle. Comme si j'en avais quelque chose à foutre de ce que tu penses.

Il haussa les épaules.

— Idem pour moi.

Et il aurait préféré se mordre la langue plutôt que de la questionner une fois de plus à propos de ce sorcier. Toutefois, à en juger par la manière dont Katie l'avait embrassé, il était certain qu'elle n'eût aucun amant. Une femme engagée dans une relation intime n'embrasserait pas un étranger de cette façon. Pour sûr, aucune femme n'embrasserait un étranger de cette façon, et particulièrement pas un qu'elle savait être un ex-escroc.

— Bien, maintenant que nous avons éclairci cela, revenons à notre projet de pénétrer dans la prison. Je suppose que tu as un plan ? demanda-t-elle.

Désapprouvant, il souffla.

— Est-ce que quelqu'un t'a déjà dit que tu étais une emmerdeuse ?

— C'est arrivé une fois ou deux.

— J'ai le sentiment que tu t'es entourée de personnes qui sont bien trop polies pour être honnêtes. Juste pour ta gouverne : la politesse n'est pas mon fort.

N'ayant visiblement pas peur de lui, elle se rapprocha. Bon Dieu, comme il admirait une femme qui ne baissait pas les bras dès les premiers signes de contrariété. Qui tenait bon, en toutes circonstances.

— Sans blague, Sherlock, dit Katie, d'une voix aussi douce que celle d'un ange.

Luther savait néanmoins qu'il n'y avait rien d'angélique chez elle. Enfin, rien mis à part ses jolies courbes. Ou ses lèvres pulpeuses. Sa douce langue.

Putain !

Elle recommençait : elle le piégeait avec ses ruses de sorcière. En lançant son filet. Mais cette fois, il était prévenu. Il ferait attention à ne pas être attiré par le séduisant regard de ses yeux verts, lesquels promettaient d'inimaginables plaisirs. Il avait survécu vingt ans sans les caresses d'une femme. Il pourrait donc survivre durant les douze prochaines heures, jusqu'à ce qu'ils pussent atteindre la prison, obtenir l'information convoitée et sortir.

Après cela, elle se débrouillerait toute seule. Quoi qu'elle fît avec les informations qu'ils auraient dénichées n'était pas son problème. Il s'en laverait les mains. En aurait fini avec cela.

Il quitterait la Californie, irait vers le Nord, peut-être au Canada, recommencer une nouvelle vie. Loin des vampires que, jadis, il appelait ses frères.

— Bien, nous partirons au coucher du soleil. Repose-toi un peu. Tu en auras besoin. Nous devrons marcher.

— Je ne suis pas encore fatiguée, affirma-t-elle.

— Fais comme tu veux.

— J'aimerais te demander quelque chose.

La voix de Katie était à présent calme, presque amicale. Cela suffit à lui hérisser les cheveux de la nuque, tant il était méfiant.

— Plus de questions pour aujourd'hui.

Elle marcha— non, marcha en se déhanchant— jusqu'au grand canapé et s'assit dans un coin tout en éjectant ses chaussures, avant de replier les jambes sous elle.

— Tu as dit que tu avais une vague idée de celui qui avait écrit les lettres. Pourquoi ?

— Je n'ai jamais dit que j'avais une vague idée. C'est ce que tu as supposé.

— Mais tu *as* des soupçons. Est-ce que c'est quelque chose que le gars a dit ?

— Je ne l'ai jamais rencontré. La plupart du temps, nous étions maintenus en isolement. Afin qu'on ne puisse pas s'unir contre les gardiens. Les protocoles étaient stricts.

— Quel genre de protocoles ?

— Le nombre de V-PRISOs admis, en même temps, à l'extérieur de leur cellule.

— V-PRISOs ?

— Vampires prisonniers.

Elle hocha la tête, son visage arborant un regard sérieux.

— On devait se sentir seul.

— Je préfère ma propre compagnie à celle des autres.

Ce n'était même pas un mensonge. Bien que cela ne signifiât pas qu'il ne s'était pas senti seul.

— Je comprends ça, murmura-t-elle en regardant au loin.

Surpris par ces paroles, il la regarda. Que savait Katie à propos de la solitude ? De toute évidence, elle avait été une actrice à succès, adorée par ses fans, enviée par ses paires.

Elle détourna soudain le regard vers lui.

— Mais si tu dis que tu ne l'as jamais rencontré, pourquoi penses-tu qu'il a écrit ces lettres ?

— Sa cellule. Elle était tapissée de photos et de posters de toi.

Il désigna ses cheveux.

— Tes cheveux étaient différents, ajouta-t-il. Blonds. C'est pour ça que je ne t'ai pas reconnue immédiatement.

Elle attrapa une mèche de ses cheveux entre le pouce et l'index et la tordit.

— Je les ai teints en blond pendant longtemps. Mais ceci est ma couleur naturelle.

— Ça te va mieux.

Ces paroles furent lâchées avant même qu'il n'eût pu les retirer.

— Un des gardes vidait sa cellule le jour où j'ai été relâché, ajouta-t-il rapidement afin de masquer ce compliment.

— Et le V-PRISO ? Tu ne l'as pas vu ?

— Apparemment, il avait été libéré une semaine plus tôt.

Katie hocha la tête.

— Suffisamment de temps pour planifier ceci.

Un air hagard lui traversa le visage.

— Les harceleurs. Ils adorent planifier. Ils adorent anticiper. Ça les excite.

À chaque mot que Katie prononçait, Luther réalisa qu'elle ne s'adressait plus à lui. Elle se souvenait de quelque chose. Quelque chose dont elle avait fait l'expérience par le passé.

13

À l'abri de la lumière du petit matin dans son SUV aux vitres spécialement teintées, Blake composa un code à dix chiffres sur le clavier du tableau de bord et attendit que la porte du garage du manoir de Samson, situé sur Nob Hill, s'ouvrît. En tant que chef de la sécurité du personnel de Scanguards, il avait accès à toutes les maisons où résidaient les personnes dont il était responsable, celle de Samson comprise.

Lorsque la porte s'ouvrit, Blake entra dans ce spacieux garage souterrain. La maison de Samson avait sensiblement changé au cours des vingt dernières années. Après la naissance de Grayson, Samson avait acheté la maison voisine et avait transformé les deux demeures en une seule de façon à disposer de davantage d'espace pour sa famille grandissante. À présent, la vieille maison victorienne pouvait vraiment être appelée manoir. Avec plus de cinq cents mètres carrés de surface, il n'abritait pas seulement la famille Woodford, mais possédait également un garage d'une capacité maximale de huit voitures, un centre de commande relié aux quartiers généraux de Scanguards, ainsi que de grands espaces de divertissement et de réunion au premier étage.

Blake se gara à l'endroit qui lui était réservé en permanence et jeta un œil vers les autres véhicules présents. Il ne fut pas surpris de voir la voiture de sport d'Amaury et le SUV de Gabriel stationnés à côté des trois véhicules de la famille Woodford. Mais il fut étonné de voir la BMW Z4 des jumeaux d'Amaury. Alors que ce dernier pouvait certainement se permettre d'offrir une voiture à chacun de ses fils, cela s'était avéré inutile : Damian et Benjamin allaient partout ensemble.

Dès l'instant où la porte de garage se referma derrière lui, laissant la lumière du soleil de ce milieu de matinée à l'extérieur, Blake bondit de sa voiture et marcha en direction des escaliers qui menaient au premier étage. Il entendit les voix avant même d'ouvrir la porte qui donnait dans le hall. Il la franchit et se dirigea directement vers le living à plan ouvert où la plupart des visiteurs étaient rassemblés.

Samson, Amaury et Gabriel se tenaient près de la cheminée, en pleine conversation, tandis que les hybrides étaient concentrés autour de la table de la salle à manger, en train d'engloutir des montagnes de nourriture. Contrairement aux vampires qu'ils avaient pour parents, lesquels ne pouvaient consommer que du sang, eux pouvaient se sustenter des deux.

Les jumeaux se goinfraient, tandis que Grayson faisait les cent pas. Son plus jeune frère, Patrick, était assis à table, la tête entre les mains, alors qu'à ses côtés, Vanessa, la fille de quinze ans de Maya et Gabriel lui tapotait le bras par sympathie. Les frères de la jeune fille, Ethan et Ryder, âgés respectivement de dix-sept et dix-huit ans, observaient Grayson comme s'ils s'attendaient à ce qu'il explosât à tout moment.

Ni Delilah ni Nina ou encore Maya n'étaient présentes. Blake écouta attentivement et perçut le faible bruit de pas provenant de l'étage du dessus. Ceci dit, il valait mieux, de toute manière, que Delilah fût à l'étage avec ses amies. Elle était trop agitée. Et, dans l'immédiat, il était primordial d'avoir la tête froide. Des décisions devaient être prises.

La porte donnant accès au garage se referma derrière Blake. Plusieurs paires d'yeux se posèrent immédiatement sur lui, tandis qu'il se dirigeait vers le centre du salon. Les hybrides bondirent et s'approchèrent, et les trois vampires adultes s'arrêtèrent de parler, le regardant dans l'expectative. Blake sentit le poids de la responsabilité pesant sur ses épaules, de même que la tension qui allait de pair avec celui-ci, mais il était déterminé à ne laisser tomber personne. Il se retrouvait face à son plus grand défi, celui pour lequel il s'était entraîné d'innombrables fois.

— Des nouvelles ? demanda Samson, sa voix serrée transperçant le silence régnant dans la pièce.

— Une caméra de sécurité dans une station essence a capté quelque chose. On y aperçoit sa robe rouge. Il est difficile de ne pas voir ce genre de robe.

Samson se rapprocha, les poings serrés, les épaules soulevées.

— Elle est blessée ?

— On ne sait pas. Nous n'avons pas vu son visage, et à cause de la couleur de sa robe… Désolé, nous n'avons pas pu dire si elle était blessée ou pas, mais nous savons qui est son ravisseur.

Plusieurs soupirs de soulagement firent écho dans la pièce.

— Qui ? demanda Samson, les dents serrées, les canines en extension, plus que probablement sans qu'il s'en rendît compte.

— On a fait passer sa photo dans le logiciel de reconnaissance faciale et avons obtenu une correspondance. Un petit escroc du nom d'Antonio Mendoza. Thomas est en train de pirater le site du Département des Véhicules Motorisés afin de trouver une adresse.

Samson hocha la tête.

— Il faut qu'on l'attrape. Maintenant.

— Je suis d'accord. N'attendons pas jusqu'à ce soir. Nous savons qu'il retient Isabelle, mais nous ne savons pas ce qu'il compte faire d'elle.

Blake se tourna vers les hybrides.

— Ce sera une mission diurne. Nous sommes donc exclus, précisa-t-il en désignant Samson, Amaury, Gabriel et lui-même. C'est réservé aux hybrides.

Damian et Benjamin se mirent immédiatement en position. Damian posa un bras sur l'épaule de son frère.

— Nous sommes partants.

— Moi aussi, ajouta Grayson en grinçant des dents. Je vais étriper ce salaud.

D'un pas, Patrick vint à côté de son frère.

— Pas si je l'étripe en premier.

— Hors de question !

La voix de Delilah émana du long escalier qui descendait du second étage.

Blake se retourna, observant la façon dont elle descendait, suivie par Maya et Nina.

— Maman ! protesta Patrick. Je les accompagne pour sauver Isa.

— Non, tu n'iras pas ! Tu es trop jeune. Et tu n'es pas encore entraîné.

Patrick tournoya, les mains sur les hanches, et fit face à Samson.

— Papa !

— Ta mère a raison, répliqua Samson. Aussi forte soit notre volonté d'y aller et de ramener Isabelle, nous ne le pouvons pas tous.

Il désigna les garçons plus âgés.

— Damian, Benjamin et Grayson peuvent s'occuper de ça, ajouta-t-il.

— Papa ? dit soudain Ryder en regardant Gabriel. Avec ta permission, j'aimerais me joindre à eux.

Blake observa Gabriel en train d'échanger un regard furtif avec sa compagne, Maya, avant de hocher la tête.

— Bien sûr.

— Ce n'est pas juste, protesta Patrick.

Grayson se tourna vers lui et lui serra l'épaule.

— Je la ramènerai pour nous, promis. Mais tu dois rester avec maman et papa. Ils ont besoin de toi, pour le moment.

Patrick regarda son frère.

— OK. Mais si quelque chose tourne mal, je te botterai le cul.

Grayson passa la main dans les cheveux de son jeune frère et les décoiffa.

— On n'en arrivera pas là.

— Eh bien, c'est bon, dit Blake, redirigeant la conversation sur la tâche à venir. Les garçons doivent retourner au QG pour se préparer. Équipez-vous des combinaisons renforcées en Kevlar et de semi-automatiques. Je veux que vous soyez protégés contre les balles en argent et les pieux. Nous ne savons pas encore si Mendoza a des complices. Et vous porterez des caméras afin que je puisse vous guider depuis le QG.

Gabriel lança un jeu de clés à Ryder.

— Prenez le SUV pour vous rendre au QG. Je veux que vous y alliez tous ensemble.

Il adressa un regard sans équivoque à Damian et Benjamin.

— La voiture de sport reste ici, précisa-t-il.

— Rabat-joie, grogna Benjamin, dans sa barbe.

— Allons-y, ordonna Grayson, prenant les commandes tout aussi naturellement que son père.

— Je te donnerai de plus amples instructions quand je rentrerai au QG, ajouta Blake.

Les quatre hybrides se dirigèrent vers les escaliers menant au garage et disparurent. Lorsque la porte se referma derrière eux, Blake se retourna sur les trois vampires masculins et leurs compagnes, les plus jeunes hybrides les observant avec intérêt.

— Il y a autre chose.

Delilah tendit la main vers celle de Samson, les yeux écarquillés par la peur.

— Qu'est-ce que c'est ?

Blake échangea un regard avec Samson, lequel hocha la tête. Il avait briefé son patron un peu plus tôt.

— Isabelle n'était pas la cible du ravisseur. C'était Katie. Il les a confondues. Je ne sais pas pourquoi ou comment, peut-être à cause de leur ressemblance avec leurs costumes et leurs coiffures. Cela n'a plus d'importance, à présent.

Il soupira et poursuivit.

— Katie m'a appelé tout à l'heure. Elle a quelques lettres qui pourraient désigner le kidnappeur. Une espèce d'admirateur fou. Nous essayons de découvrir si Mendoza est cet homme.

— Je ne comprends pas, l'interrompit Delilah. Tu viens juste de dire que Mendoza retient Isabelle. Donc, ce doit être lui.

Blake secoua la tête.

— Il est possible qu'il n'ait pas agi seul. Il se peut qu'on l'ait engagé. Penses-tu qu'un dingue, un fan du genre harceleur prendrait vraiment Isabelle pour Katie ? J'en doute. Il aurait immédiatement réalisé son erreur. C'est pour cela que je suspecte Mendoza de travailler pour quelqu'un.

— As-tu déjà tiré quelque chose des lettres ? Des empreintes ? Quelque chose ? demanda Samson en attirant sa femme plus près de lui.

Blake se frotta l'arrière du cou.

— Nous n'avons pas les lettres.

— Mais Katie—

— Katie ne répond pas au téléphone. Haven est en route pour aller chez elle afin de vérifier que tout va bien et prendre les lettres pour qu'on puisse les analyser. Si Mendoza ne travaille pas seul, nous devons le savoir car, dans ce cas, nous mettons les garçons en trop grand danger.

Blake chercha le regard de Samson.

Une seconde plus tard, le boss acquiesça d'un hochement de tête.

— Je veux qu'on couvre nos arrières. Nous devons être préparés au moment où Mendoza découvrira qu'il détient la mauvaise femme.

La mine de Blake s'assombrit jusqu'à ce que sa bouche ne formât plus qu'un seul trait. Oui, une fois que Mendoza réaliserait qu'il avait la mauvaise femme pour captive, il s'en prendrait alors à Katie, et Isabelle deviendrait un fardeau. Ils devaient le trouver avant que cela ne se produisît.

Son téléphone portable sonna. Blake le sortit de sa poche et y jeta un œil.

— Oh, bien, c'est Haven.

Il prit l'appel.

— Hé, qu'est-ce que tu as pour moi ?

— Katie n'est jamais rentrée chez elle.

Blake sentit son sang se glacer dans ses veines.

<h1 style="text-align:center">14</h1>

L'appel téléphonique résonnait toujours dans ses oreilles.

Tu dois venir, Luther ! l'implorait la voix de Samson. *Elle est dans un sale état.*

Avant que le dernier mot n'eût été prononcé, Luther était sorti à toute vitesse dans l'obscurité et avait sauté sur sa moto.

Les buildings défilèrent devant lui à toute allure, les lampadaires et les phares des autres véhicules croisèrent son chemin en un éclair, le vent dans ses oreilles étouffa tous les bruits, sans toutefois engloutir ses pensées.

Vivian, je suis en route ! J'arrive.

Les minutes devinrent des heures. Ses doigts, agrippés au guidon, se transformaient en glace, s'y cramponnant comme si sa vie en dépendait. Son dos était aussi raide qu'un mur de briques, son cou figé dans sa position, ses yeux uniquement concentrés sur la route devant lui.

Une seule pensée occupait son esprit tout entier et repassait en boucle. *Ce n'est pas encore le moment.*

Le bébé arrivait trop prématurément. Deux mois trop tôt.

C'était la raison pour laquelle il n'était pas avec elle, la raison pour laquelle il avait accepté une autre mission, pensant qu'elle serait en sécurité, sans lui, pour quelques jours.

Elle lui avait assuré qu'elle allait bien juste avant qu'il ne l'eût quittée.

— Vas-y, Luther. Je n'ai pas besoin que tu tournes dans la maison comme un lion en cage.

Ses yeux avaient rencontré les siens, et il avait su qu'elle avait raison. Ils s'étaient fréquemment disputés durant les mois précédents. Naturellement, cela avait été sa faute, et il le savait.

Il avait été trop exigeant, avait voulu continuer sans rien changer, comme avant la grossesse. N'était-ce pas ce que les couples liés par le sang faisaient ?

Il avait eu besoin d'elle, avait voulu lui faire l'amour chaque jour. Mais plus Vivian avait avancé dans sa grossesse, moins elle lui avait démontré d'affection et d'attention. Moins elle avait eu envie de lui.

— J'ai peur pour le bébé, avait-elle expliqué. Je ne veux pas qu'on le blesse.

Le bébé qui grandissait dans son ventre était devenu sa priorité première.

Luther avait su que ce n'était que temporaire. Il s'était accroché à cette idée. Il l'avait donc accepté, l'avait soutenue en tant qu'époux et avait mis ses propres besoins de côté. Il ne s''était autorisé qu'à satisfaire son besoin en sang de Vivian car, en tant que vampire lié par le sang à une humaine, il ne pouvait consommer que le sang de cette dernière. Toute autre chose le rendait malade.

Alors qu'il accélérait dans un virage, il ressentit la faim. Il ne s'était pas nourri depuis deux nuits, mais cela n'était pas la raison pour laquelle la faim le tenaillait subitement avec une indubitable urgence. Tandis qu'il entrait en ville et s'arrêtait à un feu rouge, il le ressentit au creux de son estomac. Il savait que quelque chose clochait.

Lorsqu'il posa un pied sur l'asphalte et tourna la tête vers la gauche, une odeur de sang humain dériva vers lui. Elle provenait d'un couple qui marchait, bras dessus, bras dessous jusqu'à sa voiture. Et elle le tentait, alors qu'elle ne l'aurait pas dû. Car aucun vampire de sang-mêlé ne désirait un autre sang que celui de sa compagne.

— Vivian ! s'époumona-t-il en redémarrant brutalement, traversant le carrefour tout en ignorant les voitures qui tentaient d'éviter la collision.

— Vivian ! Tiens bon !

Il se visualisa en train de lui tendre la main.

Vivian ! S'il te plaît ! Reste avec moi. Je suis là. Je t'aime. S'il te plaît, ne me quitte pas.

Mais alors même qu'il lui communiquait télépathiquement ces pensées, il sut qu'il n'obtiendrait aucune réponse.

Vivian était morte.

Seule la rage guida alors son corps, le conduisant jusqu'à sa maison, laquelle était éclairée à chaque niveau. Il ouvrit brusquement la porte. À l'étage, dans le lit où il lui avait, tant de fois, fait l'amour, Vivian était allongée, sans vie.

Samson et Amaury se tenaient près du lit, le dévisageant en silence lorsqu'il entra.

Peut-être aurait-il pu l'accepter, si elle était morte seule. Mais ses amis avaient été là et n'avaient rien fait.

— Vous l'avez laissé mourir !

Son cœur se transforma en pierre.

— Vous auriez pu la sauver !

S'ils l'avaient transformée en vampire, Vivian aurait vécu.

— Je vous hais !

Ils ne se justifièrent pas.

Luther n'entendit pas leurs condoléances, leurs fausses paroles de réconfort. Fausses, car ils ne pouvaient imaginer ce qu'il était en train de traverser. Aucun d'eux n'avait de compagne et ne savait ce que le vrai amour signifiait.

Il avait perdu Vivian, sa compagne, l'amour de sa vie. La femme avec laquelle il allait partager l'éternité.

— L'enfant ? demanda-t-il, ne regardant même pas par-dessus son épaule, tandis que Samson et Amaury se dirigeaient vers la porte.

L'hésitation de Samson et sa respiration presque audible lui révéla tout ce qu'il devait savoir.

Tout en grognant, il sentit ses canines s'allonger.

— Quittez ma maison !

— Luther, quand tu iras mieux, nous parlerons, dit Amaury.

Luther pivota en regardant furieusement les deux vampires qui avaient, autrefois, été ses meilleurs amis.

— Partez, ou je vous tuerai tous les deux !

Ils tinrent finalement compte de l'avertissement.

Le silence s'abattit sur la maison. Il ne pleura pas très longtemps et ne fit que fixer le pâle visage de la femme qu'il aimait plus que sa propre vie. Lorsqu'il laissa courir les doigts sur son visage, la froideur de sa peau le bouleversa jusqu'au plus profond de lui-même. Plus jamais, il ne ressentirait sa chaleur, ne goûterait la douceur de son sang, ne sentirait son corps frissonner d'extase sous le sien.

— Un jour, nous serons de nouveau ensemble. Je te le promets. Dès que j'aurai vengé ta mort !

Mais Samson et Amaury n'étaient pas les seuls responsables : lui, Luther, était également coupable. *Son* enfant l'avait tuée. Cela était *sa* faute. Dès lors, *il* devait être puni, lui aussi.

15

Blake regarda avec insistance la rangée d'écrans d'ordinateurs qu'il avait devant lui. Samson était assis à sa gauche, tandis que Thomas avait pris place à sa droite. Mais ceci était son opération. C'était lui qui l'orchestrait. Et les quatre jeunes hybrides, Grayson, Damian, Benjamin et Ryder étaient ses marionnettes. Il regrettait de ne pas être avec eux, mais une mission comme celle-ci était trop imprévisible, et il ne pouvait risquer d'être exposé à la lumière du soleil si quelque chose venait à mal tourner. Les hybrides, en revanche, ne présentaient pas ce genre de faiblesses. Le soleil ne pouvait leur faire de mal, mais les balles en argent ou un pieu pouvaient toutefois les tuer aussi sûrement qu'ils tuaient un vampire de sang pur.

C'était la raison pour laquelle il les avait fait se vêtir de combinaisons renforcées en Kevlar afin de protéger leurs organes vitaux. Bien qu'ils eussent revêtu des gants, leurs bras et leurs jambes n'étaient pas protégés et ce, afin de jouir d'une mobilité suffisante. Il en était de même pour leur tête. Malheureusement, tous les risques ne pouvaient être écartés. Blake avait donc insisté pour que les hybrides fussent pourvus de bandeaux spéciaux, chacun équipé d'une caméra intégrée de tout au plus trente grammes. Les caméras envoyaient les images en direct vers les quatre moniteurs placés au centre du mur face à lui. Blake avait étiqueté chaque écran avec un nom. De cette façon, ce que chaque hybride voyait relevait d'une évidence immédiate, et Blake et ses collègues pouvaient ainsi intervenir et les rediriger, si nécessaire.

En sus, un logiciel sur lequel Thomas avait travaillé avait été installé dans la console. Conjointement aux sources vidéo provenant des caméras des hybrides et à la transmission constante de leurs coordonnées GPS précises au QG, une vidéo live 3D était créée et projetée sur un plus grand écran placé plus au-dessus. Elle consistait en un mélange d'images individuelles et offrait une vision plus concrète, gratifiant Blake d'une vue complète sur ce qui se passait avec et autour de ses protégés.

Blake zooma sur Damian, lequel conduisait le mini-van équipé d'une petite cellule et de chaînes en argent permettant le transport d'un prisonnier.

— N'oubliez pas, attrapez-le vivant si vous le pouvez, rappela Blake aux quatre jeunes hommes via le micro qui alimentait directement leurs écouteurs.

Quelques grognements furent émis en guise de réponse.

Samson se pencha afin d'utiliser le micro.

— J'insiste, souligna-t-il.

— Oui, Monsieur, répondit Ryder.

— Grayson ? poursuivit Samson.

— Oui, papa. C'est très clair.

Blake échangea un regard avec Samson et coupa le micro.

— Il s'en sortira, le moment venu. Tu dois lui faire confiance. Il est tout simplement comme toi.

Bien qu'une fière expression lui traversât le visage durant un bref instant, Samson souffla, de manière désapprobatrice.

— C'est ce qui me fait peur.

Blake observa à nouveau les écrans. Le mini-van s'était arrêté.

— Nous sommes arrivés, annonça Benjamin.

— Comme nous l'avons dit, respectez le plan. Allez-y, dit Blake.

Les quatre jeunes hybrides sortirent du van.

Il y avait peu d'endroits où s'abriter durant la journée. La maison ressemblait à un ranch et était dans un état quelque peu délabré. Le voisinage n''était guère mieux : certains endroits de l'Excelsior district étaient convenables, mais il y avait des quartiers où l'on vendait du crack et des propriétés qui, abandonnées depuis longtemps par les propriétaires, étaient occupées par des gangs. Au moins, aucun voisin n'appellerait la police en voyant Grayson et ses amis, tels des ninjas, s'approcher de la maison.

Le jardin en façade du bâtiment était bruni et envahi de mauvaises herbes. Quelques buissons longeaient l'allée pavée et, sur le côté de la bâtisse, un sentier menait à l'arrière de celle-ci.

— Deux par derrière, deux par devant, dit Blake dans le micro.

Les jumeaux se dirigèrent vers la porte d'entrée, tandis que Grayson et Ryder prirent rapidement, et en toute discrétion, le sentier étroit menant à l'arrière de la maison. De vieux appareils électroménagers, les pièces d'une bicyclette et d'autres déchets jonchaient le jardin.

— Apparemment, Mendoza ne sait pas repérer un bon investissement dans l'immobilier, commenta Blake.

— Quand tout ceci sera terminé, il n'aura plus besoin d'investir.

Cette sèche remarque émana de Zane, lequel se tenait derrière eux.

— Tout à fait, répliqua Blake sans ôter les yeux des moniteurs.

Il appuya ensuite sur le bouton du micro.

— Entrez dès que Grayson en donnera l'ordre.

Il y avait un silence absolu dans la salle des commandes. Personne ne parlait, pas plus qu'on ne respirait. L'air était lourd tant la tension était forte. Tous les yeux étaient rivés sur les moniteurs.

Blake se concentra sur la vidéo 3D. À l'aide d'un joystick, il fit bouger l'image sur l'écran, la tournant de façon à pouvoir inspecter la maison sous tous les angles.

— On entre, confirma Grayson en faisant signe à Ryder.

D'un coup de pied dans la porte arrière, Ryder la fit sortir de ses gonds. Simultanément, les jumeaux firent de même à l'avant. Armes au poing, tous quatre se précipitèrent à l'intérieur.

Telle une équipe militaire, ils se couvrirent mutuellement en passant d'une pièce à l'autre. Ils s'étaient entraînés pour des actions comme celle-ci, mais Blake fut surpris de constater à quel point ils étaient calmes, en dépit de l'enjeu de cette mission. Sa poitrine se gonfla de fierté. Un jour, bientôt, ils feraient de bons gardes du corps.

La cuisine était en désordre, les deux chambres à coucher semblaient inoccupées. Blake découvrit les différentes images retransmises par les caméras au rythme des mouvements des hybrides à travers la propriété.

— Vide ! annonça Damian.

— Ouais ! jura Samson avant de se tourner vers Blake. Nous l'avons manqué. Il doit l'avoir emmenée ailleurs.

— Il se peut qu'il n'ait jamais été là, concéda Blake en appuyant sur le bouton du micro. Les garçons, cherchez toute trace de la présence de Mendoza ou d'Isabelle sur place.

— OK, répliqua Benjamin.

Samson se pencha sur le micro.

— Peux-tu sentir son odeur ? Grayson ?

Grayson entrait dans le living, lorsqu'il s'arrêta soudain net. La caméra sur son front capta ce qu'il voyait.

— Oh, mon Dieu, non ! murmura le jeune homme. S'il vous plaît, faites que ce ne soit pas elle.

Une boule dans la gorge de Blake l'empêcha de parler. La poussière qui recouvrait la vieille carpette usagée était reconnaissable entre toutes.

En l'absence d'une cheminée dans la maison, elle ne pouvait provenir que d'une seule source : un vampire mort — ou un hybride, ceux-ci se désintégrant en cendres lorsqu'ils mouraient, tout comme les vampires.

Aux côtés de Blake, Samson avait bondi.

— Non ! Non !

Le son de la douleur et du chagrin dans sa voix déchira presque le cœur de Blake en un million de morceaux. À présent, il devait être fort et faire preuve de clairvoyance, car son patron n'était plus en mesure de le faire.

— Ratissez l'endroit ! Maintenant ! les commanda-t-il. Retournez tous les meubles. Vérifiez son ordinateur. Fouillez partout !

Grayson hocha la tête d'un air hébété, tandis que Ryder lui serrait l'épaule.

— Peut-être qu'elle a réussi à le tuer.

Grayson tourna la tête vers lui.

— Où est-elle, alors ?

Il désigna le canapé.

— Je peux toujours la sentir. Elle était ici, ajouta-t-il.

Il leva la tête vers le plafond.

— Papa, Isabelle était ici. Nous arrivons trop tard. Trop tard !

Un chapelet de jurons roula sur les lèvres de Grayson.

— Il a laissé son portable. Je me demande pourquoi, dit soudain Damian en sortant un téléphone de sous une pile de papiers. Il doit l'avoir oublié. Il était caché en-dessous de toute cette merde. Je ne l'avais même pas vu, au départ.

Son frère le rejoignit en tendant la main pour se saisir de l'appareil.

— Laisse-moi voir.

Damian le tendit à Benjamin, lequel appuya sur le bouton *Accueil* de l'iPhone.

— Hé, il n'est pas verrouillé.

Blake zooma dessus.

— C'est un enregistrement audio qui est ouvert ?

— Ouais, confirma Benjamin. Il devait être en train d'enregistrer quelque chose.

Damian regarda par-dessus son épaule.

— Hé, il tourne toujours. Regarde !

— Laisse-moi voir, exigea Grayson en arrachant le téléphone des mains de son ami.

— Quelle est la longueur de l'enregistrement ? demanda Blake.

— Plus de six heures, lui répondit Grayson. Étrange…

— Remonte au début et—

Mais Grayson avait déjà eu la même idée et pressait le bouton pour relancer l'enregistrement vocal depuis le début.

Il y avait des bruits d'ouverture et de fermeture de portes, de pas, de pieds que l'on traînait, de voix lointaines qui se rapprochaient.

— Enfin, ensuite, la voix d'un homme proclama : *La voilà.*

Au milieu de ces paroles, le portable de Thomas se mit à sonner, et celui-ci se détourna afin d'y répondre discrètement. Blake fit la sourde oreille et se concentra sur le moniteur.

Un grognement de colère.

— *Qui est-ce, putain ? Ce n'est pas Kimberly Fairfax !*

C'était la voix d'un deuxième homme.

— *Je te paie bien, et pour quel résultat ?*

Le premier homme, lequel devait être Mendoza, répondit.

— *Mais c'est elle. Elle était juste à l'endroit où tu as dit qu'elle serait.*

— *Cette garce n'est pas Kimberly. Qui sait qui elle est, bordel ! Putain d'idiot ! J'aurais dû le faire moi-même !*

— *S'il vous plaît, laissez-moi partir.*

— Isabelle, murmura Samson.

— *Je lui ai dit que je n'étais pas Kimberly, mais il n'a pas écouté !*

— *Ferme-la, espèce de garce !* s'exclama à nouveau Mendoza avant d'être interrompu par le deuxième homme.

— *Non !*

Cela ressembla à une gifle. L'étranger avait-il retenu Mendoza, l'empêchant ainsi de frapper Isabelle ?

— *Tu devras quand même payer pour elle*, exigea Mendoza. *J'ai fait mon boulot. Pas ma faute si elle a changé de place avec cette autre garce.*

— *Naturellement.*

Les paroles de l'homme non identifié semblèrent juste un peu trop douces et accommodantes.

— *Tu recevras ce qui t'est dû.*

Une seconde plus tard, le cri aigu d'Isabelle déchira les haut-parleurs.

— *Oh mon Dieu, non !*

Un gloussement. Puis le silence. Des pas.

— *Toi et moi sommes seuls, maintenant.*

C'était la voix de l'étranger.

— S'il vous plaît, laissez-moi partir, supplia Isabelle. *Je ne parlerai pas de tout ça. À personne. Je le promets. Mon père vous donnera beaucoup d'argent si vous me relâchez indemne.*

L'homme rit, d'un rire froid dénué de toute émotion.

— Je suis certain qu'il le fera. Mais ce n'est pas l'argent que je recherche.

— S'il vous plaît, ne me tuez pas !

— Oh, je n'ai aucune intention de te tuer. Du moins pas encore. Tu peux m'être utile. Tu peux m'aider à obtenir ce que je veux réellement.

Un bruit de pieds ou de mains venant cogner les meubles se fit entendre.

— Pas la peine, ajouta l'homme. *Je suis plus fort que toi. Maintenant, partons, et ne me cause pas d'ennuis, ou je changerai d'avis.*

Quelques instants plus tard, le bruit d'un claquement de porte se fit entendre. Puis, le silence. Blake échangea un regard avec Samson.

— Elle est vivante.

La douleur brillait dans les yeux de Samson.

— Et aussi longtemps qu'il n'aura pas Katie, Isabelle sera en sécurité. Il va utiliser ma fille comme monnaie d'échange.

— C'est ce que je pense également, agréa Blake. Des nouvelles de Haven ou de Wes ? demanda-t-il en regardant par-dessus l'épaule, en direction de Thomas, lequel était en train de remettre son téléphone en poche.

— Merde ! jura le génie en informatique.

Sur le qui-vive, Blake se leva.

— Qu'y a-t-il ?

— Puisque Haven n'a pas retrouvé Katie chez elle, nous avons mis quelques hommes à sa recherche et demandé qu'ils ratissent le secteur afin de retracer ses derniers pas…

La porte s'ouvrit brutalement. Haven déboula à l'intérieur, une sombre expression sur le visage. Il serrait fortement quelque chose dans la main.

— Où est ta sœur ? demanda Blake.

Haven tendit la main, et Blake focalisa son regard sur l'objet qu'il tenait dans la paume ouverte de celle-ci.

— Nous avons trouvé son portable dans une allée au coin de la rue. Aucun signe de lutte.

— Et sa voiture ?

Haven secoua la tête.

— Introuvable. Katie est partie.

Samson jura et claqua du poing contre le mur.

— Putain ! Nous devons la trouver. Il se peut qu'elle soit notre seul lien avec ce fou qui détient ma fille.

Aucun de ceux présents dans la pièce ne dit ce qu'ils pensaient tous : et si le kidnappeur avait déjà attrapé Katie ?

— Il se peut qu'elle soit juste sortie mener sa propre enquête. Elle était résolue à aider, admit Haven, bien qu'il ne semblât pas aussi sûr de lui qu'il ne l'était habituellement.

Depuis le couloir, des bruits de pas se rapprochèrent rapidement.

Blake serra l'épaule de Samson.

— Nous la trouverons. Comme l'a dit Haven, il se pourrait qu'elle soit juste sortie en pensant pouvoir aider. Ça ne veut pas forcément dire que le gars l'a retrouvée. Elle m'a laissé le message vocal vers quatre heures et demie, trois heures avant le lever du soleil.

Il désigna alors le moniteur, indiquant l'endroit où les garçons venaient juste de découvrir des preuves du passage d'Isabelle. Ensuite, il jeta un œil à l'horloge murale, faisant de rapides calculs mentaux.

— Le soleil s'est levé à sept heures vingt. Selon l'enregistrement, le kidnappeur n'avait découvert que peu avant le lever du soleil que son complice avait attrapé la mauvaise fille. Il n'aura pas eu la moindre occasion d'arriver jusqu'à Katie, pas durant la journée.

Il s'adressa ensuite à Thomas.

— Lancez un avis de recherche sur sa voiture.

Wes se rua à l'intérieur de la pièce.

— J'ai une meilleure idée.

Toutes les têtes se tournèrent vers le sorcier.

— Je peux la chercher dans ma boule de cristal. Ça me prendra une heure ou deux. Il me faut quelque chose de personnel pour la repérer. Cela nous mènera aux alentours de l'endroit où elle se trouve. Dès que nous serons plus près, je pourrai à nouveau consulter ma boule de cristal afin d'obtenir une localisation plus précise. Ce n'est pas tout à fait comme un GPS, mais c'est mieux que rien. Je peux la trouver.

— Fais-le ! ordonna Samson.

— Je vais demander qu'une équipe se prépare, interrompit Blake. Et ensuite, nous la localiserons, où qu'elle soit, et nous ne la perdrons plus de vue. Elle doit avoir les lettres avec elle. Dès que nous les aurons récupérées, nous verrons si elles contiennent des indices pouvant nous mener au kidnappeur.

— J'accompagne Wes, proposa Haven.

Wes secoua immédiatement la tête.

— On pourrait avoir besoin de toi, ici. Mais je pourrais avoir besoin de quelqu'un qui sait se battre, juste au cas où. On ne sait jamais dans quoi notre chère sœur s'est fourrée.

Il désigna les moniteurs.

— Je vais emmener un des garçons avec moi.

— Pas tout seul, non, objecta Blake en faisant un mouvement d'épaule en direction de l'écran. Aucun d'entre eux ne suivra tes règles. Je viens avec toi. Il te faudra plus d'un seul hybride pour te soutenir.

Il se tourna alors vers les moniteurs.

— J'ai entendu, commenta Grayson.

— Tu étais censé entendre.

Blake s'abstint de rouler des yeux.

— Les gars, la mission est terminée. Retournez au QG. Rapportez le portable et l'ordinateur de Mendoza et déposez-les chez Thomas. Il parcourra l'enregistrement en utilisant la reconnaissance vocale et verra si nous pouvons trouver une correspondance.

Il échangea un regard avec le chef du service informatique, lequel acquiesça d'un hochement de tête.

— Nous partons, répondit Ryder.

— Et je vous accompagne pour retrouver Katie, ajouta Grayson.

Blake haussa un sourcil et se mit à rire ironiquement.

— Bien sûr.

Il coupa le micro et se tourna vers Samson.

— Il te ressemble beaucoup, tu sais.

— Ouais, j'en ai peur.

16

Katie adressa un regard latéral à Luther, tandis qu'il arrêtait la voiture à l'extrémité d'un chemin de terre. Dehors, il faisait nuit noire. La lune était masquée par des nuages, et la seule lumière artificielle présente était prodiguée par les phares de la voiture.

Luther s'était débarrassé de la chemise déchirée et tachée de sang qu'il avait portée la nuit précédente et s'était servi en en prenant une nouvelle dans la penderie de la maison où ils avaient dormi.

— Nous y sommes, annonça-t-il en coupant le moteur.

Katie s'apprêtait à saisir la poignée permettant d'ouvrir la portière, lorsqu'elle sentit une main sur son avant-bras. Elle tourna la tête vers Luther. Même dans l'obscurité, de petites particules dorées semblaient étinceler dans ses yeux.

— Tu peux toujours changer d'avis et m'attendre ici.

— Même pas en rêve.

Comme s'il s'était attendu à sa réponse, il grogna.

— Comme tu veux.

Il ouvrit la portière côté conducteur et sortit. Katie suivit par le côté passager.

Le froid de l'air de la nuit en décembre était plus rigoureux, ici. Ils se trouvaient à une altitude légèrement plus élevée qu'à San Francisco et, bien qu'il ne neigeât pas à cette hauteur, Katie put ressentir la différence de température. Instinctivement, elle frissonna, malgré son gilet. Elle gardait toujours des vêtements de rechange dans le coffre de sa voiture mais, malheureusement, une veste épaisse ne faisait pas partie de son bagage de voyage improvisé.

— Tu aurais dû prendre cette veste dans la penderie.

À ces paroles, elle le regarda.

— Je ne vole pas.

Désapprouvant, Luther souffla de manière désapprobatrice, un regard moqueur dans ses sombres globes oculaires.

— Tu ne voles pas ? Pas vrai ? N'as-tu jamais pris ne fût-ce qu'un bonbon quand tu étais enfant ? Jamais commis le plus minuscule des crimes ?

Le pouls de Katie commença à s'emballer, tandis que les souvenirs refaisaient surface. Elle crispa les mâchoires.

— Je ne vole pas, répéta-t-elle.

Luther hocha la tête, comme s'il l'avait surprise à mentir.

— Bien sûr que non. Tu es blanche comme neige. Est-ce pour ça que tu veux à présent devenir ma complice ? Parce que tu veux savoir ce que ça fait de commettre un crime ?

Un grognement sourd retentit dans la nuit. Luther s'écarta de la voiture et se dirigea vers le bosquet.

Katie marcha derrière lui.

— Je ne commets pas de crime.

Il regarda par-dessus son épaule.

— Ah ouais ? Comment appelles-tu ce que nous sommes sur le point de faire ?

— Investiguer.

Elle le rattrapa et fit de son mieux pour suivre la cadence de ses longues enjambées.

Luther secoua la tête.

— Donc, tu ne voles pas, mais tu es d'accord d'entrer par effraction. Quels autres crimes parviens-tu à te justifier ? Juste afin que j'y sois préparé.

— Je ne sais pas ce que tu veux dire.

— Est-ce que tu considères que tuer un vampire est un crime ?

— Qu'es-tu en train d'essayer de dire ?

— Je veux juste savoir si ta notion de la justice s'étend aux vampires. Autrement dit, si je devrai surveiller mes arrières pour m'éviter un pieu dans le cœur.

— Je ne t'ai pas poignardé pendant ton sommeil.

— Je ne dormais pas, affirma-t-il.

Mais Katie savait qu'il mentait.

— À tout moment, je savais où tu étais, ajouta-t-il. Si tu avais tenté quoi que ce soit, je t'aurais plaquée au sol en un millième de seconde.

— C'est étonnant, répliqua-t-elle, étant donné que tu faisais un cauchemar duquel je n'ai pas pu te réveiller.

Luther tourna brusquement la tête vers elle, la regardant furieusement.

— Mensonge !

Ce ne l'était pas. En fait, elle s'était réveillée après quelques heures d'un sommeil agité lorsqu'elle avait entendu la voix de Luther. Il se reposait sur le divan. Et lorsqu'elle était entrée dans le living, elle l'avait trouvé en train de s'agiter. Ses mains s'étaient transformées en griffes, et ses canines s'étaient complètement allongées. Mais il avait les yeux fermés.

— Je t'ai secoué par les épaules, mais tu ne t'es pas réveillé.

— Je te préviens. Je ne fais pas de cauchemars.

Il regarda devant lui et accéléra le rythme, la colère émanant de lui si violemment que Katie eût pu apercevoir son aura. C'était comme si des flammes le léchaient, tentant de le consumer.

À la fois effrayée et fascinée, Katie laissa courir le regard sur ce puissant vampire tout en tentant difficilement de ne pas être distancée. Elle n'était pas habituée à ce genre de rythme, n'avait jamais été une joggeuse et sentait que, malheureusement, elle n'avait pas la forme pour ce genre d'exercice nocturne. Si Luther ne ralentissait pas, il la laisserait dans la poussière. Il continuait à avancer rapidement comme s'il ne se souciait pas qu'elle suivît ou pas.

— Ralentis ! lui cria-t-elle.

Mais il ne sembla pas l'entendre.

Cela la contraria qu'il ne prît pas ses limites en considération. Après tout, elle était humaine, ou sorcière, et pas un vampire qui pouvait courir sans transpirer une goutte.

Désespérée de le faire ralentir, elle chercha quelque chose qui pût l'amener à écouter. Elle se raccrocha à une chose qu'elle l'avait entendu crier dans son cauchemar.

— Qui est Vivian ?

Luther s'arrêta net. Il tira les épaules en arrière, serra les poings. Mais il ne tourna pas la tête, ne regarda pas par-dessus son épaule. Ce qui était presque pire que s'il s'était retourné pour la regarder furieusement.

Seul le craquement des brindilles sous ses chaussures fut audible lorsqu'elle le rattrapa. Lorsqu'elle parvint à sa hauteur, elle entendit des souffles délibérés qui émanaient de sa personne. Elle les reconnut. C'était les souffles d'une personne qui tentait désespérément de ne pas succomber à un mouvement de rage ou de panique. Elle le savait, parce qu'elle s'était déjà retrouvée dans cet état, par le passé. À un point tel que la simple mention d'un nom, d'un événement, l'avait projetée vers ce moment du passé, la faisant revivre son calvaire.

Et à ce moment précis, elle regretta d'avoir posé cette question.

— Je suis désolée, murmura-t-elle en ravalant une larme. C'était déplacé. Ça ne me regarde pas. Je m'excuse.

— Non, ça ne te regarde pas. Alors, reste hors de ma vie, ou tu le regretteras.

Elle le regrettait déjà. Mais il était trop tard pour retirer quoi que ce soit. Trop tard pour tourner sa langue dans sa bouche et recommencer. Maintenant, ils étaient tous deux impliqués là-dedans, et ils devaient aller jusqu'au bout. Bientôt, elle connaîtrait le nom de l'homme qui avait kidnappé Isabelle et, avec l'aide de Scanguards, ils l'attraperaient et sauveraient la fille de Samson.

— Maintenant, bouge ! ordonna Luther d'un ton bourru. Si tu ne peux pas me suivre, tu ferais mieux de faire demi-tour immédiatement.

Katie concentra toute son énergie sur ses jambes. Elle devait aller jusqu'au bout. Elle le devait à Isabelle et, à plus forte raison, elle le devait à Samson. Il avait fortement contribué à lui sauver la vie, vingt ans auparavant et, maintenant, le temps était venu de rembourser sa dette.

Même si cela signifiait de devoir en découdre avec un vampire qui ne pouvait vraiment pas la supporter.

— J'arrive, murmura-t-elle à elle-même.

17

Luther ravala un juron. Il savait que Katie amènerait des ennuis. Il ne s'était tout simplement pas attendu à ce que ces ennuis eussent pu commencer si tôt. Ou que sa réaction face à ceux-ci fût si incontrôlée.

Les cauchemars étaient devenus moins fréquents que vingt ans auparavant, mais ils ne s'étaient jamais arrêtés. Au moins, cette fois, il n'avait pas rêvé de la scène dans laquelle ses mains sanglantes s'enfonçaient dans le ventre rond de Vivian. Le symbolisme de ce rêve particulier ne lui échappait pas. Il traduisait sa propre culpabilité, car c'était *son* enfant à naître qui l'avait tuée. Luther avait autant de sang sur les mains que s'il avait tué Vivian de ses propres griffes.

Il en était arrivé à la conclusion qu'il n'y avait qu'un seul moyen pour que l'histoire ne se répétât pas : il ne s'engagerait plus avec une femme.

— Tu vas bien ? grogna Luther en jetant un œil vers Katie, laquelle marchait à ses côtés.

Conscient que sa colère l'avait rendu déraisonnable, il avait ralenti la cadence. Ce n'était pas la faute de Katie s'il avait fait un cauchemar, et qu'elle l'avait entendu prononcer le nom de Vivian. En fait, il était surpris qu'elle eût tenté de le réveiller plutôt que de déguerpir.

Par chance, Katie n'y était pas parvenue. Dans le cas contraire, il aurait pu inconsciemment décharger sa colère sur elle. Un co-V-PRISO s'était une fois retrouvé à la merci des griffes de Luther, lorsque ce dernier s'était réveillé en plein cauchemar. À cause d'une surpopulation temporaire au sein de la prison, quelques V-PRISOs avaient dû partager les cellules pendant plusieurs semaines, jusqu'à ce qu'un nombre de prisonniers fussent déplacés dans d'autres parties du pays.

Katie ne répondit pas. Bon, peut-être méritait-il qu'elle le traitât par le silence.

— Nous y sommes presque.

Il ne s'attendit pas à une réponse.

— Je n'avais pas l'intention d'écouter ce que tu disais dans ton sommeil.

Il grommela, ne sachant comment répondre à ces excuses. *Merci ?* Ouais, cela ne sonnait pas bien. Il fut content de voir apparaître un mur en béton, au loin, face à eux. Sa vision de vampire lui permettait déjà de le voir, mais il savait que les yeux de Katie ne pouvaient pénétrer l'obscurité comme les siens. Il tendit la main et lui attrapa le coude afin de l'arrêter.

Surprise, Katie émit un hoquet.

— Quoi ?

Ses yeux verts brillaient, telles de précieuses émeraudes dans un lit de velours noir. Succulents et attirants. Plus beaux que n'importe quel bijou.

— Dès que nous serons à l'intérieur, tu devras suivre mes ordres à la lettre. Tu comprends ?

Katie acquiesça d'un hochement de tête.

— Il y a un tunnel d'accès pour les cas d'urgence qui mène au centre de la prison. Nous l'emprunterons pour entrer.

— Comment en as-tu connaissance ?

— Je l'ai conçu.

Elle en demeura bouche bée.

— Quoi ?

— Tu m'as entendu.

— Mais je ne comprends pas. Tu l'as creusé pour pouvoir t'échapper ?

Luther secoua la tête.

— J'étais l'ingénieur de formation quand le Conseil a décidé de construire des pénitenciers à l'épreuve des vampires. Mes plans ont servi de base à toutes les prisons actuelles que le Conseil exploite. Cependant, j'ai abandonné le projet afin de rejoindre Scanguards avant que la première pierre ne soit posée.

Surprise, Katie le dévisageait toujours.

— Comment peux-tu être certain qu'ils n'ont pas modifié les plans après ton départ ?

— Parce que le Conseil ne voulait pas dépenser plus d'argent pour des plans.

Il marqua une pause.

— Et parce que la conception était géniale.

— Mais si tu savais qu'il y avait un moyen de sortir, pourquoi y es-tu resté pendant vingt ans ?

Il expulsa un souffle.

— Je n'ai pas dit que je savais qu'il y avait un moyen de sortir.

— Mais tu as dit que tu peux nous faire entrer.

Un ton de panique se faufila dans sa voix.

Luther hocha la tête.

— Je le peux. Mais c'est uniquement accessible depuis l'extérieur. Une sécurité, en cas d'émeute dans la prison. Personne ne peut sortir en cas de confinement, mais les renforts auront un moyen d'entrer pour aider les gardes présents à l'intérieur.

— Et tu en parles seulement maintenant ?

Katie plaça les mains sur ses hanches, un geste qui, involontairement, fit baisser le regard de Luther sur sa poitrine en train de se soulever. Ce n'était pas la première fois qu'il remarquait la perfection de ses mensurations, ses seins bien formés, sa fine taille et l'harmonie de ses hanches. Une parfaite morphologie.

Il haussa les épaules, détournant finalement les yeux.

— Tu n'as pas demandé.

— Eh bien, c'est tout simplement génial, grommela-t-elle. Qu'as-tu encore omis de me dire ?

L'exigence du ton employé agaça Luther.

— Un tas de trucs qui ne te regardent absolument pas.

Lorsqu'elle pinça les lèvres en une fine ligne tout en plissant les yeux, il ne put s'empêcher de poursuivre.

— Tu voudrais savoir pour ces putes que les gardes faisaient venir de temps en temps en ferry afin de les donner à ces V-PRISOs qui pouvaient se permettre de se les payer ? Tu aimerais en connaître les détails sordides ? ajouta-t-il.

Bon sang, il ne savait pas pourquoi elle l'agaçait ni pourquoi il se rebiffait en la provoquant. Mais il ne pouvait juste pas s'en empêcher.

Katie leva le menton.

— Je n'en ai rien à faire de qui tu as baisé en prison, ou de qui les gardes ou les autres prisonniers ont sauté. Tout ce dont je me soucie, c'est d'entrer dans ce foutu bâtiment pour découvrir qui a kidnappé Isabelle. Peux-tu t'enfoncer ça dans le crâne ?

— Aussi longtemps que tu pourras t'enfoncer dans le crâne que je suis le seul à donner des ordres, ici.

Il se tourna et se dirigea vers le mur.

— Tu viens ou quoi ?

Avec satisfaction, il l'entendit le suivre en piétinant.

Pour l'instant, il avait le dessus. Et il était absolument nécessaire que cela demeurât ainsi. Elle devait l'écouter afin de pouvoir survivre dans l'enceinte de la prison. Katie le savait. Mais dès qu'ils auraient ce qu'ils étaient venus chercher, il aurait hâte que tous deux pussent prendre des chemins séparés. Car une femme comme Katie pouvait s'incruster dans la peau d'un homme, de plus d'une manière. Et c'était encore une chose qu'elle ne savait que trop bien. Ou pourquoi balançait-elle les hanches de façon si aguichante et agitait ses seins devant lui comme si elle les lui offrait ?

Luther réprima un autre juron. Peut-être avait-il *déjà* Katie dans la peau car, autant il voulait regretter de lui avoir volé un baiser, autant il ne le pouvait. Pour la première fois en plus de vingt ans, il s'était senti vivant. Et la pensée de ne plus jamais ressentir cela le rendait à moitié fou. Il lui fallut tout son sang-froid pour se retenir de ne pas la prendre dans ses bras et de prolonger ce baiser jusqu'à une conclusion bien plus satisfaisante. Une de celles qu'il pouvait garantir satisfaisante pour tous deux.

18

L'entrée cachée était exactement comme il l'avait conçue. Le mécanisme s'ouvrait par une séquence facilement déchiffrable si on en comprenait le système. C'était une combinaison qui changeait quotidiennement et dépendait d'un nombre de facteurs comme la longitude et la latitude de la prison, l'heure et la date. Simple, mais efficace.

Luther ne fut pas surpris qu'ils n'eussent pas changé ce système en le remplaçant par un code aléatoire contrôlé par les gardes présents à l'intérieur ; il comprit pourquoi. En cas d'émeute dans la prison, les renforts devaient supposer que tous les gardes étaient morts ou neutralisés. L'accès au bâtiment s'en trouverait donc retardé si c'était quelqu'un de l'intérieur qui devait leur donner le code.

Lorsque la lourde porte en béton et acier retomba derrière eux, Luther ne regarda pas en arrière. Il savait qu'il n'y avait aucun renfoncement, aucune strie, aucune rainure de ce côté qui pût indiquer qu'il s'agît d'une porte. Il n'y avait aucun moyen de sortir. Tenter même de la faire exploser au C-4 s'avérerait un exercice futile. Et mortel, de surcroît : la force de la déflagration ne pouvait se propager que tout le long de ce grand tunnel qui démarrait de la porte. Quiconque se trouvant sur son passage mortel serait incinéré.

Le tunnel était équipé de néons de faible éclairage disposés tout le long, à même le sol. Ils étaient similaires à ceux qui guidaient les passagers d'un avion vers les sorties de secours.

Luther regarda par-dessus son épaule. Telle une balise, les yeux d'émeraude de Katie scintillaient dans l'obscurité. Il n'était pas difficile de deviner la raison pour laquelle elle avait obtenu des rôles au cinéma. Lui-même pouvait dire que la caméra aimait les yeux comme les siens, expressifs et plein de mystère. Avec de tels yeux, elle pouvait captiver son public et lui faire oublier tout ce qu'il y avait autour.

— Qu'est-ce que c'est ? demanda-t-elle soudain en regardant par-delà lui.

Luther se força à regarder le bout du tunnel et fit un geste dans cette direction.

— Dès que nous serons sortis du tunnel, tu devras faire exactement ce que je dirai. Ta vie en dépendra.

Elle hocha la tête, les mâchoires serrées.

— Tu vois suffisamment bien ?

— Je me débrouillerai.

Il tendit la main pour lui prendre le coude et remarqua qu'elle tressauta à ce contact.

— Je te guiderai jusqu'à ce que nous soyons sortis du tunnel.

— Je n'ai pas besoin—

Il commença à marcher sans lui laisser une chance de terminer sa protestation.

— Bon sang, accepte juste mon aide quand je la propose. La prochaine fois, il se pourrait que je ne te l'offre plus.

Il n'avait jamais entendu une femme grogner mais, par Dieu, ses oreilles ne l'y trompèrent pas.

— De rien, dit-il, les dents serrées en continuant d'avancer vers l'extrémité du tunnel.

Sous sa poigne, le bras de Katie sembla raide. Comme si elle était dégoûtée par son toucher. Moins de vingt-quatre heures plus tôt, elle avait chanté une toute autre chanson. Elle avait succombé à ses caresses. Il n'y avait, à présent, plus aucune trace visible de cette soumission. Enfin. Apparemment, embrasser Katie contre son gré avait été un geste stupide. Un geste qu'il n'allait pas réitérer.

— Où mène ce corridor ? dit-elle soudain au milieu de ce silence.

— Nous allons arriver dans la chambre froide.

Elle lui lança un regard oblique.

— Qu'est-ce que c'est que ça ?

— Tu verras.

Il ralentit lorsqu'ils arrivèrent au bout du tunnel.

— Il n'y a pas de porte !

La voix de Katie était prise de panique.

Luther lui serra le bras.

— Si. Elle n'est juste pas visible. Fais-moi confiance.

Il la lâcha et laissa courir les mains le long du côté gauche du mur. Presque immédiatement, il sentit des renfoncements. Ses doigts s'y glissèrent. De la plus légère des pressions, il appuya sur un mécanisme.

Un petit clavier numérique apparut, et Luther encoda la même combinaison que par le passé. Une série de clics lui confirma l'exactitude du code.

— Recule.

Le mur se déplaça vers eux avant de glisser sur le côté. Une lumière bleue inonda le corridor, l'obligeant à ajuster sa vision. De l'air frais s'engouffra, et le bruit du léger vrombissement d'un moteur se fit entendre.

— Serre-toi derrière moi, ordonna-t-il en faisant un pas en avant.

Un nuage de brume se forma devant son visage lorsqu'il expira.

— C'est un réfrigérateur, dit Katie, surprise.

— J'espère que tu n'es pas une âme sensible.

— Pourquoi serais-je—

Elle s'arrêta et laissa errer ses yeux dans la grande réserve réfrigérée.

— Oh ! s'exclama-t-elle.

Luther désigna les sacs de sang soigneusement empilés sur des étagères en acier inoxydable, rangés par groupe sanguin et âge.

— Ils ne peuvent pas laisser les prisonniers mourir de faim.

Bien que certains gardes eussent certainement essayé.

— Combien de prisonniers gardent-ils ici ?

Il haussa les épaules sans la regarder.

— L'installation est prévue pour garder 480 prisonniers.

— Ce n'est pas beaucoup de sang pour autant de prisonniers.

Curieux, Luther se tourna pour la regarder.

— Fais-moi confiance, c'est suffisant.

Katie désigna les sacs de sang.

— Peut-être pour un jour. Haven dit—

— Quoi que t'ait dit ton frère, cela ne s'applique pas ici. Les règles sont différentes en prison. Les rations quotidiennes… elles sont…

Ne sachant pas pourquoi il se souciait même de donner une explication, il hésita et décida de ne plus rien dire.

— Elles sont quoi ?

La saine curiosité dans le regard de Katie le fit reconsidérer la question. Il ne pouvait à présent plus l'envoyer promener, alors qu'elle montrait de l'intérêt pour des hommes qu'elle ne connaissait même pas, des forçats, des prisonniers, des *vampires*.

Il tendit la main vers un sac de cinq cents millilitres et le souleva.

— Ceci nourrira un prisonnier pendant quatre jours.

Le menton de Katie retomba lentement, et sa lèvre inférieure frémit de froid.

— Ça ne se peut pas. Je connais la quantité consommée par Haven et sa compagne. Aucun vampire adulte ne peut survivre avec si peu.

— C'est une prison, pas un country club.

Il se tourna vers la porte.

— Allons-y, tu as froid, ajouta-t-il.

Les lèvres tremblantes et le claquement de dents de Katie n'étaient pas la seule indication de sa sensibilité à la fraîcheur de cet environnement. Sous son gilet, ses tétons étaient durs. Et autant cette vision excitait Luther, autant ce n'était ni le moment ni le lieu de succomber à cela. Pas plus qu'il ne s'attendît à un accueil chaleureux de sa part au cas où il serait assez stupide pour la toucher à nouveau.

Il ne comprenait pas pourquoi il avait laissé ses plus bas instincts le guider, vingt-quatre heures plus tôt. Si la prison lui avait appris une chose, c'était comment contrôler ses émotions et ses besoins. Mais même les meilleures choses avaient une fin. Et cela ne signifiait pas qu'il fallût que ça se reproduisît.

Luther se dirigea vers la porte. Cette dernière était pourvue d'une petite fenêtre lui permettant de voir dans l'antichambre. À l'intérieur de celle-ci, se trouvaient des chariots et des plateaux que l'on utilisait pour distribuer quotidiennement le sang. Il connaissait bien le programme. Ce dernier ne changeait jamais. Dans une heure, quatre gardes entreraient dans la chambre froide et partageraient les rations, puis les distribueraient aux prisonniers affamés.

À la vue de cette hémoglobine, une vive fringale se fit ressentir dans son estomac. Il s'était gavé du sang d'une personne dans la rue, juste avant d'être arrêté par Scanguards et, considérant la quantité qu'il avait puisée, soit plus que ce qu'il n'avait eu, en tout temps, durant ses vingt années en prison, il aurait dû être complètement repu, mais il ne l'était pas.

Katie se tenait à présent à côté de lui. Bien trop près, bon sang. Il pouvait sentir son sang, et même l'entendre, alors qu'il se précipitait dans ses veines. Il pouvait sentir le lent battement de son cœur, le tap-tap-tap de son pouls. La tentation le submergea. Il s'y arracha et tourna la poignée de la porte.

Luther entra dans la salle de préparation.

— Ferme la porte, dit-il, par-dessus son épaule, Katie derrière lui. Si la température augmente là-dedans, les gardes recevront un signal et se pointeront.

Katie s'exécuta.

— Où va-t-on maintenant ?

— Suis-moi, tout simplement. Et reste silencieuse. L'ouïe d'un vampire est dix fois plus sensible que celle d'un humain. Ils t'entendront, même si tu murmures.

— Je le sais.

L'expression de son visage fit comprendre à Luther qu'elle n'appréciait pas la leçon.

Il décida de ne faire aucun commentaire et n'ouvrit qu'un tout petit peu la porte menant dans le couloir. Suffisamment pour pouvoir écouter les bruits.

Des pas. Qui se rapprochaient et ne faisaient pas demi-tour.

Luther posa un doigt sur ses lèvres et focalisa ses oreilles sur les bruits qui se faisaient plus proches.

— …pourrais prendre congé.

Cette voix appartenait à Dobbs.

— Quoi ? Et pour aller où ? répliqua MacKay.

— Dans un endroit sympa.

— Tu veux dire comme Norris ? Est-ce qu'il t'a dit où il allait ?

— Non. Il a été très énigmatique à ce sujet. Il a seulement dit qu'il laisserait tout le monde dans son sillage.

— Soit ! dit MacKay.

Les voix des deux vampires résonnèrent dans le couloir vide. Ils étaient à présent presque près de la porte.

— Alors, qu'est-ce que tu ferais pendant tes vacances ? demanda MacKay.

Un gloussement déchira la bouche de Dobbs.

— New York ou Chicago. Avec toutes leurs allées sombres, la nuit, hé, ce sont d'idéaux terrains de chasse. Beaucoup de gonzesses et de drogués qui ne te voient même pas venir. C'est ce que j'appelle des vacances !

Dobbs et MacKay se trouvaient, à présent, juste de l'autre côté de la porte.

— Super, grogna MacKay. Tu veux un snack ?

Merde !

Luther réprima un juron. Il avait bien besoin de cela : deux gardes vampires lourdement armés dévalisant le frigo ! Ses doigts s'allongèrent automatiquement, et des griffes acérées émergèrent du bout de ceux-ci, se préparant à une bataille sanglante.

— Tu sais qu'ils comptent ces trucs-là, l'avertit Dobbs.

— On pourra toujours blâmer Summerland, suggéra MacKay.

— Ne sois pas stupide. Ce con sera à ton cul si rapidement que tu ne l'auras même pas vu venir.

— Ne me dis pas que tu as peur de Summerland.

MacKay se mit à rire.

Dobbs émit un grognement.

— Fais ce que tu as à faire, mais ne t'attends pas à ce que je te couvre.

Des pas s'éloignèrent.

— Hé, attends, Dobbs.

Une deuxième série de pas suivit la première.

Luther attendit que les bruits s'atténuassent avant de souffler. Il posa ensuite le regard sur Katie.

Elle avait les yeux rivés sur ses mains. Il les regarda alors fixement. Elles s'étaient complètement transformées en griffes. En instruments mortels. Luther leva les yeux et rencontra ceux de Katie. Il n'y vit aucune crainte, mais bien quelque chose qu'il put interpréter comme de la fascination.

19

Katie soutint le regard de Luther. Le contour rouge-orange entourant ses iris disparaissait lentement, ramenant la couleur de son œil à un marron intense. Elle l'avait observé de près lorsqu'il avait écouté ces gardes passer dans le couloir et avait vu tout son corps se raidir sous la tension, se préparant au combat.

Peut-être n'était-elle pas effrayée par cette image de Luther parce que, à ce moment précis, il lui rappelait tellement son frère, Haven, et la manière dont celui-ci avait fait usage de son côté vampire afin de la protéger d'un humain qui avait voulu lui faire du mal. Peut-être était-ce la raison pour laquelle elle associait les yeux rouges, les canines perforantes et les mains qui prenaient la forme de griffes à la sécurité plutôt qu'au danger.

Katie tendit la main vers celle de Luther, mais avant qu'elle n'eût pu la serrer, ce dernier lui tourna le dos et ouvrit la porte.

— Viens, dit-il, silencieusement, en pénétrant dans le couloir.

Elle le suivit, ses yeux parcourant toute la longueur du couloir telle une flèche. Elle n'entendait rien. Le calme régnait étrangement. Elle avait toujours supposé qu'une prison fût bruyante. Mais peut-être n'était-ce le cas que pour une prison humaine.

Le couloir était bordé de portes. Alors qu'elle passait devant elles tout en demeurent près de Luther, elle lut les panneaux apposés sur celles-ci. Apparemment, ce n'était pas des cellules, mais bien des réserves, des locaux mécaniques et électriques, et plus que probablement des bureaux administratifs. Ce devait être la zone de la prison à laquelle les V-PRISOs n'avaient pas accès.

Luther la guida à travers un dédale de couloirs, tournant à gauche, puis à droite, encore et encore. En quelques minutes, elle avait perdu tout sens de l'orientation. Mais Luther semblait savoir exactement où il allait.

À l'angle suivant, il plongea dans un des nombreux interstices pourvus de placards. Il ouvrit rapidement une des portes, tira Katie d'un coup brusque vers lui et la poussa derrière la porte ouverte du placard. Elle ouvrait déjà la bouche en vue de protester, lorsqu'il pressa une main sur celle-ci tout en la protégeant de son corps. Ses yeux lui dictèrent ce qu'il ne pouvait exprimer par la voix : garder le silence.

Elle acquiesça d'un clignement, et il ôta la main de sa bouche, mais continua à la maintenir fermement contre son large corps. Quelques secondes plus tard, elle entendit des gens marcher dans le couloir. Involontairement, elle retint sa respiration. Mais les battements de son cœur commencèrent à marteler si fort dans ses oreilles qu'elle fut certaine que chaque vampire de toute la prison pourrait l'entendre.

Sous ses doigts qu'elle surprit à s'agripper soudainement à la chemise de Luther, les pectoraux du vampire se contractaient. En dépit de la crainte d'être découverte, elle ne put s'empêcher de s'émerveiller devant la force qui pulsait sous ses doigts tremblants. Si elle avait sa force, elle n'aurait plus jamais à avoir peur. Un désir ardent la parcourut et lui fit prendre conscience de ses propres points faibles : elle était une sorcière dépourvue de pouvoirs et, dans l'immédiat, elle haïssait sa mère de l'avoir privée de la magie qui lui avait été donnée à la naissance. Si seulement…

Luther la relâcha.

Le couloir était à nouveau vide. Les gardes étaient passés sans les remarquer.

— Pourquoi ne m'ont-ils pas flairée ? murmura-t-elle à Luther.

Il désigna le placard ouvert.

Elle dévisagea les étagères et remarqua les bouteilles d'eau de javel, les savons, les éponges et les chiffons utilisés pour le nettoyage.

— Tu connais vraiment bien le coin.

Il posa un doigt sur ses lèvres avant de lui prendre la main et l'emmener sans un mot. L'endroit où son doigt s'était trouvé pendant un si bref instant se mit à picoter, et elle voulut y frotter la main, non pas parce qu'elle n'aimait pas la sensation, mais bien parce qu'elle voulait que celle-ci s'étendît au reste de son corps.

C'est dingue, pestait-t-elle silencieusement contre elle-même, lorsque Luther stoppa soudain et regarda sa montre. Elle lui lança un regard empreint de curiosité, puis examina l'endroit. D'un côté du couloir, il y avait trois portes et, de l'autre, une seule. *REC-1* était peint en lettres noires à côté de cette dernière, juste au-dessus d'un clavier numérique.

Katie échangea un regard avec Luther, lequel se détournait à présent de cette porte afin d'ouvrir celle située au centre du mur opposé. Il entraîna Katie avec lui, pénétra dans la sombre pièce, puis tira la porte vers lui, la laissant légèrement ouverte. Dans la faible lumière de la pièce qui, du peu qu'elle put en dire, était une sorte de zone de stockage, elle remarqua qu'il regardait à nouveau sa montre.

Elle était sur le point de lui demander ce qu'il attendait, lorsqu'elle entendit une porte s'ouvrir. Elle regarda par-delà Luther afin de jeter un œil à travers le minuscule espace entre la porte et le chambranle et vit un homme, vêtu d'une épaisse tenue en Kevlar, émerger de la pièce d'en face, *REC-1*.

Une salle de détente ? Ça n'en avait pas l'air. Le vampire n'était pas habillé comme s'il venait juste de sortir d'un gymnase.

Dès que celui-ci eût disparu, Luther passa à l'action. Il ouvrit brusquement la porte, se rua vers celle dotée du clavier numérique et encoda un nombre à six chiffres. Lorsqu'un clic se fit entendre, il poussa la porte et entra dans la pièce avant de faire signe à Katie de le suivre.

La porte se referma derrière elle.

— Nous avons environ quatre minutes avant qu'il ne revienne, dit Luther.

— Comment le sais-tu ?

Luther contourna le grand bureau et se laissa tomber sur la chaise.

— Je connais la routine de tout le monde. Quand tu passes vingt ans dans cette boîte, tu trouves toutes sortes de choses pour passer le temps.

Katie regarda tout autour d'elle. Ce n'était pas une salle de loisirs. La pièce était remplie de petites armoires, d'ordinateurs et de serveurs. Une salle d'archives, oui, voilà ce que c'était.

— Et le code de la porte ?

Luther était déjà en train de taper sur le clavier de l'ordinateur et de cliquer sur la souris. Il ne leva même pas les yeux pour lui répondre.

— J'ai une ouïe exceptionnelle et l'oreille absolue. Chaque touche de ce clavier numérique produit un son légèrement différent. Je peux donc reconnaître les nombres grâce au son émis par la touche qui lui est associée.

— Mais le gars qui est parti, il n'a entré aucun code.

Luther leva brièvement les yeux, affichant un petit sourire narquois.

— On ne change le code que chaque semaine. Durant ces trois dernières années, j'ai été affecté au nettoyage de ces couloirs. Je peux rapidement t'énoncer le code pour chacune des semaines que j'ai passées ici.

Katie souffla. Elle devait admettre qu'elle était impressionnée. Une ouïe exceptionnelle, une oreille absolue, une mémoire extraordinaire. Qu'avait-il d'autre sous la manche ?

— Je l'ai !

Katie contourna le bureau et fixa le moniteur juste au moment où Luther cliquait sur l'icône d'impression.

— Cliff Forrester ? lut-elle dans le dossier électronique.

— Tu connais ce nom ?

Elle secoua la tête.

— Non. Les lettres n'étaient pas signées.

L'imprimante présente sur une armoire le long du mur commença à rugir.

— Prenons ceci et sortons d'ici, dit Luther avant de se lever.

Katie se tourna vers l'imprimante et attrapa la feuille sur le plateau dès l'instant où la machine la cracha. Elle la plia et la fourra dans la poche avant de son jean.

— Allons-y !

Une sirène tonitruante l'assourdit presque. Ce son aigu à en percer les tympans dura quelques secondes.

— Merde ! jura Luther.

20

— Qu'est-ce que c'est ? demanda Katie en dévisageant Luther, de la panique dans les yeux.

— Alerte intrusion.

Quant à ce que cela impliquait, Luther n'avait ni l'intention ni le temps de l'expliquer. Ce serait la merde d'un instant à l'autre.

— Et si on faisait un peu de sorcellerie, maintenant ? Sinon, j'ai peur que nous n'ayons des ennuis, poursuivit-il.

— De la sorcellerie ? s'étouffa-t-elle en tournant sans cesse la tête de gauche à droite. Je ne connais pas la sorcellerie.

— Quoi ?

Luther prononça ce mot les dents serrées tout en faisant involontairement un pas vers elle.

— Je suis désolée, mais je n'ai aucun pouvoir. Je suis née sorcière, mais je ne connais aucun sortilège.

Luther serra les poings.

— Oh, c'est tout simplement génial, pas vrai ? Il faut que je me fasse avoir par une sorcière qui n'en est pas vraiment une ! Parfait, c'est juste parfait !

Il tendit l'oreille.

— Putain ! Il revient !

Ses yeux balayèrent rapidement la pièce, à la recherche d'une arme.

— Je sais quoi faire, affirma Katie en désignant le mur près de l'entrée. Reste ici derrière la porte. Je vais le distraire.

Luther aurait ri si la situation n'avait pas été aussi désespérée.

— Comment, bordel ?

— En jouant la comédie.

Katie se débarrassa de son gilet, puis passa son t-shirt par-dessus la tête et le lança sur le bureau. Elle portait un soutien-gorge noir en dentelle qui présentait ses seins comme s'ils étaient offerts sur un plateau d'argent.

— C'est quoi ce—

La fine ouïe de Luther perçut le son émis par le clavier numérique situé de l'autre côté de la porte. Quelqu'un entrait le code d'accès.

Merde. Il sauta à côté d'un grand classeur à tiroirs juste au moment même où l'on ouvrait la porte. Aussi longtemps que le garde qui entrait ne regarderait que le bureau où se trouvait Katie, il ne détecterait pas la présence de Luther.

— Qu'est-ce que tu fais ici ? C'est une zone classifiée.

Le garde, que Luther reconnut comme étant Bauer, fit un pas à l'intérieur de la pièce, une main sur la hanche où son pistolet à UV était rengainé, pendant que la porte se refermait derrière lui.

— Salut !

Katie battit des cils à son intention, se pavanant en déployant ses séduisants atouts féminins tout en laissant courir les mains sur son torse.

— Tu ne peux pas être—

— Je suis un cadeau de tes collègues, chéri, l'interrompit-elle en amenant les mains vers ses seins pour ensuite les enrober. Ils ont dit que tu aimais jouer avec les méchantes filles comme moi. Et je suis vraiment une méchante fille.

Elle fit la moue.

— Alors, est-ce que tu vas me punir d'être ici sans ta permission ? ajouta-t-elle.

Luther déglutit difficilement. Putain ! Katie jouait-elle la comédie ? Il ne pouvait vraiment pas le dire. Elle avait l'air sincère.

— Tu veux les toucher ? continua-t-elle afin de séduire le garde sidéré.

Lentement et délibérément, ses doigts œuvrèrent à l'avant de son soutien-gorge. Lorsqu'elle laissa enfin retomber les mains, le vêtement s'ouvrit par l'avant, révélant ainsi la générosité de ses seins.

Paralysé, Luther fixa son regard sur ce spectacle inattendu. Sa bouche devint sèche, et son cœur s'arrêta de battre.

— Putain ! grogna le garde en faisant quelques pas vers elle. T'es sérieuse ?

Katie amena les mains vers ses seins et les pressa.

— Tu ne veux pas enfoncer tes canines dans ces bébés ?

— Ouais !

Apparemment, Bauer salivait.

— Et comment ! ajouta-t-il.

Il faudrait lui passer sur son putain de corps !

Luther bondit de sa cachette et se rua vers le garde vampire avant que ce dernier n'eût pu s'approcher de Katie et enfoncer ses sales canines dans ces seins parfaits. Avant que Bauer n'eût le temps de se retourner, Luther sortit le pistolet à UV de l'étui et dirigea une rafale de rayons dans le visage de l'autre vampire. Toute la charge le frappa au niveau des yeux. Un cri à glacer le sang se fit entendre, et Bauer leva brusquement les mains vers son visage afin de le protéger contre cette agression, mais il était trop tard. Luther l'avait déjà aveuglé.

Il visa et tira à nouveau vers la bouche du garde, lui brûlant les lèvres, la langue et la gorge si sévèrement que ce dernier ne recouvrirait la capacité de parler qu'après son cycle de sommeil régénérateur. Il finirait également par recouvrer la vue.

Luther abaissa le pistolet, puis poussa le vampire désorienté. Celui-ci atterrit à terre, gémissant et incapable de parler. Une douleur évidente le tenaillait.

— Oh mon Dieu ! murmura Katie.

Luther lança un regard à Katie et laissa courir les yeux sur son corps. Elle était indemne. Durant une fraction de seconde, il s'abreuva du spectacle de ses seins nus et sentit une décharge le percuter dans le bas-ventre. Elle était belle. Sacrément belle.

— Habille-toi.

Luther détourna les yeux et regarda de nouveau le vampire étendu à terre.

— Bauer, tu sais que je pourrais te tuer, et je le ferai, s'il le faut. Ça dépend de toi. Voilà comment ça va se passer : je vais prendre ta tenue de protection et ta carte d'accès, et tu ne te débattras pas. Résiste, et tu mourras. Lève une main si tu me comprends.

Le garde souleva la main droite et lui fit un doigt d'honneur tout en grognant.

— Grossière erreur !

Luther pointa le pistolet à UV vers son bas-ventre.

— Je te laisse deviner où je pointe ton arme en ce moment.

Il coinça le pistolet entre les cuisses du gardien.

Ce dernier s'écarta brusquement et, une seconde plus tard, releva la main, sans geste obscène, cette fois.

— Je suis content que nous nous comprenions, dit Luther en se retournant vers Katie.

Le torse de la jeune femme était à nouveau recouvert du t-shirt, et elle était en train d'enfiler son gilet.

— Pointe le pistolet sur lui pendant que je lui ôte sa tenue en Kevlar. S'il tente quoi que ce soit, lance-lui une décharge dans les couilles. Assure-toi simplement de ne pas me toucher.

Katie s'empara du pistolet.

— Avec plaisir.

Luther mit moins de trente secondes pour libérer Bauer de sa tenue de protection et trente autres pour s'en revêtir. Il utilisa ensuite les menottes en argent que le vampire portait à sa ceinture pour l'attacher au classeur à tiroirs métallique. Prenant garde à ne pas toucher l'argent à mains nues, il enfila d'abord des gants.

Lorsqu'il eut terminé, Luther jeta un œil partout dans la pièce jusqu'à ce qu'il eût trouvé ce qu'il cherchait : le casque qui le protègerait au cas où quelqu'un activerait les lampes UV dans les couloirs. Cela l'aiderait également à ne pas se faire repérer. Habillé comme un garde en complète tenue de combat, personne ne pourrait dire qui il était en réalité. Dans le chaos d'une alerte intrusion, personne ne le remarquerait vraiment.

Ce qui ne laissait subsister qu'un léger problème : comment allait-il sortir Katie de là sans se faire arrêter ?

— Qu'est-ce qu'on attend ? demanda nerveusement Katie.

— Penses-tu pouvoir jouer la comédie un peu plus ?

— Que veux-tu que je fasse ?

— Il faut que tu fasses semblant d'être une pute, tout comme tu l'as fait tantôt.

C'était la seule manière de ne pas être perçue comme une menace par les autres gardes qui, dès lors, fermeraient les yeux. C'était un code tacite dans la prison : les prostituées étaient tolérées et considérées comme une activité secondaire pour nombre de gardiens. Avec un peu de chance, aucun de ceux que Luther croiserait ne lui causerait de problème s'il pensait que ce dernier tentait tout simplement de faire sortir une pute de prison avant le confinement général.

— Tu veux que j'enlève mon soutien-gorge ? demanda Katie.

— Non !

Ce mot sortit presque automatiquement de sa bouche. Il laissa glisser une main le long de sa nuque.

— Enlève juste ton gilet et le t-shirt. Je vais te trouver autre chose à porter.

Il ouvrit rapidement un placard, puis un autre. Tout comme il l'avait suspecté, Bauer gardait, comme la plupart des gardes, des vêtements de rechange dans son bureau. Il était fréquent que des vêtements fussent déchirés ou tachés de sang durant les combats.

— Voilà.

Il prit une chemise de soirée blanche sur un cintre et la tendit à Katie.

— Mets ceci, mais ne la boutonne pas. Fais juste un nœud à la taille pour qu'on puisse voir ton soutien noir. Tu auras suffisamment l'air d'une pute.

Sans la moindre protestation, Katie se changea et enfila la chemise. Elle retourna les manches qui étaient bien trop longues pour elle. Lorsque Luther vit sa transformation, il sut qu'il avait eu raison.

Elle ressemblait au péché personnifié. Ses longs cheveux noirs tombaient en cascade sur ses épaules, le haut de ses seins débordait de la dentelle noire de son soutien-gorge et, sous le bon angle, on pouvait même voir son nombril. Son jean était cintré, dévoilant son superbe derrière, et ses jambes étaient longues et fines. Oui, on pouvait incontestablement la prendre pour une vraie pute. Luther détestait toutefois l'idée que d'autres hommes pussent la regarder de la sorte en pensant qu'ils pourraient l'avoir en échange d'argent liquide.

Lorsqu'il leva les yeux, il rencontra ceux de Katie et y vit quelque chose. Il vit qu'elle pouvait lire en lui, lire les pensées qui lui traversaient l'esprit aussi clairement que s'il les avait exprimées. Mais elle ne dit rien, ne fit aucun commentaire sur ce qu'elle voyait, ne tressaillit ou ne lui lança même pas un regard de mépris, bien qu'elle dût penser qu'il était juste comme tous les autres vampires : lubrique et incapable de contrôler son désir de sexe et de sang. Dès l'instant où ces deux besoins se disputaient la suprématie, et même s'il faisait de son mieux pour paraître calme extérieurement, la tempête qui faisait rage en lui devait se voir sur son visage et son corps. Il pouvait sentir ses muscles se contracter, ses narines se dilater, et son membre grossir, tout aussi sûrement qu'il pouvait sentir ses canines s'allonger.

— Partons, dit-il, entre les dents, en se tournant brusquement.

— Comment veux-tu que j'agisse ? demanda Katie, derrière lui, tandis qu'il se dirigeait vers la porte.

— Tu semblais plutôt convaincante, tout à l'heure. Je ne pense pas que tu aies besoin de moi pour te coacher sur ce que tu as à faire.

Luther ouvrit la porte. Les néons au mur indiquaient que l'alerte intrusion était toujours active.

Il sentit la main de Katie sur son coude et, de concert, un choc électrique remonter tout le long de son bras. Il tournait la tête vers elle, un juron déjà sur le bout des lèvres, lorsqu'il vit ses yeux.

— J'ai peur, murmura-t-elle.

Le juron ne franchit jamais sa bouche. Il souleva plutôt une main et, des jointures gantées de ses doigts, lui caressa la joue, se surprenant lui-même par ce geste de douceur.

— Je te protégerai.

Katie entrouvrit légèrement les lèvres juste avant qu'il n'eût détourné la tête vers le couloir et abaissé la visière de son casque.

21

Lorsque Katie suivit Luther dans le couloir, celui-ci était désert. Et bien que ne possédant pas l'ouïe d'un vampire, elle put déjà entendre les pas en approche et les ordres proférés. Malgré la promesse de Luther de la maintenir en sécurité, elle savait que leurs chances de sortir de cet endroit en vie étaient minimes.

Tout ceci avait été une mauvaise idée.

Un garde pénétra dans le couloir en courant. Tout en parlant dans son talkie-walkie, il passa devant eux, à toute vitesse, les regardant à peine. Surprise, Katie gratifia Luther d'un regard latéral. La visière réfléchissante de son casque lui cachait le visage et le faisait ressembler à n'importe quel autre gardien. Seule l'étiquette pouvait l'identifier. *Bauer*, indiquait-elle.

— Est-ce si fréquent qu'un garde soit vu avec une femme ?

Luther haussa les épaules.

— Assez fréquent.

Une porte s'ouvrit quelques mètres plus loin, et un autre garde en combinaison Kevlar courut dans l'autre direction. Katie le suivait des yeux, lorsqu'elle réalisa quelque chose.

— Pourquoi n'avait-il pas de visière, comme toi ?

Le gardien qui était passé devant eux seulement quelques instants plus tôt n'en portait pas non plus.

— Parce que les lampes UV ne sont pas allumées.

La réponse de Luther fut sèche ; il semblait préoccupé par la direction à emprunter par la suite.

Il l'attrapa par le coude et l'entraîna dans le couloir de gauche. Elle s'emmêla presque les pieds en essayant de le suivre et n'aperçut la porte face à eux que lorsque Luther l'ouvrit.

La pièce ressemblait à un hall d'entrée central d'où plusieurs portes et plusieurs passages, ainsi que des escaliers, menaient vers une multitude de directions.

Des vampires pourvus de leur combinaison de protection en Kevlar semblaient converger à cet endroit, certains munis d'armes, d'autres en train de parler dans leur talkie-walkie.

Sans regarder ni à gauche ni à droite, Luther déambula à travers l'espace comme s'il était chez lui. Le cœur de Katie se mit à battre, tandis qu'elle essayait d'éviter de regarder quelqu'un en particulier. Aucun d'eux ne portait le genre de visière qui recouvrait le visage de Luther. Merde ! Cela devait sembler suspect.

La porte vers laquelle Luther se dirigeait était fermée. A côté d'elle, se trouvait un lecteur de cartes. Du coin de l'œil, Katie remarqua que son partenaire extirpait une carte d'accès de sa poche.

— Hé, Bauer, l'interpela une voix.

Katie se figea.

Luther grogna et la tira vers lui. A présent, un peu plus d'un mètre les séparait seulement de la porte.

— Qu'est-ce que c'est que ce casque, Bauer ? Tu sais quelque chose que nous ne savons pas ?

Luther fit glisser la carte d'accès dans le lecteur à côté de la porte. Un clic se fit entendre. Il ouvrit la porte, et poussa Katie.

— Ce n'est pas Bauer ! Attrapez-les !

À ces mots, l'enfer se déchaîna.

— Intrus dans la Section K, se dirigent vers—

Katie pivota et plissa les yeux lorsqu'elle vit soudain les rayons UV jaillir des armes des gardes. Luther se baissa rapidement et plongea dans le couloir en claquant la porte. Muni de son pistolet à UV, il coinça le bout de son arme dans le lecteur de cartes situé de ce côté de la porte et le fracassa.

— Tu vas bien ?

Katie hocha automatiquement la tête et rencontra ses yeux.

— Est-ce qu'ils vont rester enfermés ?

Il lui avait déjà attrapé le bras et avait commencé à courir.

— La commande centrale peut neutraliser n'importe quelle porte. Nous devons sortir d'ici avant qu'ils ne puissent désactiver ma carte d'accès.

Ils dévalèrent le couloir jusqu'à la porte suivante. Luther fit passer si rapidement sa carte dans le lecteur que Katie put à peine en percevoir le mouvement. Cette fois, il passa la porte en premier, la protégeant ainsi de par sa large carrure.

— Que se passe-t-il ? demanda une voix masculine.

Elle vit la façon dont Luther leva le pouce par-dessus son épaule.

— Un peu de tumulte, dit Luther en faisant un pas sur le côté, gratifiant ainsi Katie d'une vue de la pièce. Ce n'est pas tous les jours que les gars peuvent se rincer l'œil comme ça.

Sa voix semblait étouffée derrière la visière.

Le vampire qui avait parlé, Patterson, put-elle lire sur son uniforme, l'observa pendant un court instant avant de regarder furieusement Luther.

— On ne peut pas amener une pute par ici. Les règles sont les règles.

Luther grogna.

— Et relève ta putain de visière quand je te parle, ajouta le garde.

Ce dernier plissa les yeux, la main se dirigeant vers son arme, mais Luther n'obtempéra pas et fit un pas vers lui.

Le pouls galopant, Katie dressa un rapide état des lieux. Il y avait une console informatique qui semblait appartenir à un studio d'enregistrement. Derrière celle-ci, se trouvait un arsenal d'armes et, au-delà, l'unique autre issue. Il fallait passer devant le garde pour sortir.

— Allez, mon pote, lâche-moi, l'amadoua Luther. Ils vont la manger toute crue, là derrière. Et je lui en ai déjà donné plus que ce qu'elle ne peut supporter.

— *Confinement ! Bloquez toutes les issues !*

La voix provenait d'un haut-parleur.

— *Méfiez-vous d'un intrus masculin se faisant passer pour un garde et accompagné d'une femme.*

Tandis que Patterson s'emparait de son arme, les yeux écarquillés, Luther bondissait déjà. De tout le poids de son corps, il vint percuter le gardien de prison. Tandis qu'ils échangeaient tous deux des coups de poings et de pieds, Katie courut vers l'autre porte mais, à sa surprise, il n'y avait aucune poignée et aucun lecteur de cartes. Elle fit volte-face.

— La console ! lui cria Luther avant que le poing gauche du gardien ne jaillît dans sa direction. Il l'évita de peu et tomba en arrière.

Katie se précipita vers la console informatique. Ses yeux parcoururent les boutons et les interrupteurs. Mais ils étaient trop nombreux et ne se différenciaient que par des initiales.

— Bordel ! Lequel ?

Luther et son adversaire vinrent s'écraser contre la console, laquelle émit un bruit de ferraille. Les deux hommes grognèrent et continuèrent de se battre. Luther avait perdu son casque, et Katie savait ce que cela signifiait : ils le reconnaîtraient et le pourchasseraient si tous deux parvenaient jamais à sortir de là.

Elle actionna désespérément les interrupteurs et appuya sur les boutons. Une alarme se mit à retentir.

— Oh merde ! jura Luther, se figeant l'espace d'un instant. Suffisamment longtemps pour que le gardien de prison pût lui mettre un coup à la tempe, lui fouettant brusquement la tête sur le côté.

Tentant de retrouver l'équilibre, Luther zigzagua en reculant. Horrifiée, Katie vit que le garde sortait une plus petite arme à feu de sa botte et la dirigeait d'un mouvement brusque vers Luther. Le barillet en métal luisit sous les lumières crues. Ce n'était pas un pistolet à UV. C'était un pistolet de petit calibre. Elle avait vu les gens de Scanguards en utiliser : ils étaient généralement chargés avec des balles en argent et, dès qu'elles touchaient un vampire, l'argent le désintégrait de l'intérieur.

— Bordel !

Katie attrapa la première chose à portée de mains et fonça en direction de Patterson.

Un iPad recouvert de sa housse de protection rigide serré dans les deux mains, elle se jeta entre le garde et Luther et plaça la tablette devant le canon de l'arme au moment même où le coup fut tiré.

Elle sentit l'impact de la balle sur l'iPad et, par chance, le projectile demeura coincé à l'intérieur. La puissance du coup la propulsa toutefois en arrière, le sol se dérobant dès lors sous ses pieds. Tout en agitant les bras, elle retomba le dos sur la console. Le choc lui fit expulser l'air de ses poumons et, lorsqu'elle prit une nouvelle inspiration, un cri lui déchira la gorge.

Une douleur lui brûlait le côté. Elle baissa les yeux vers le sol et tenta de focaliser son regard sur la partie de son corps à l'origine de la fulgurante douleur qui la dévastait.

Soudain, elle vit un couteau. Couvert de son sang.

Celui-ci revenait une fois de plus vers elle, prêt à replonger dans la même blessure que celle qu'il avait préalablement causée, mais le second coup n'arriva pas. Le garde fut plutôt projeté en arrière.

Les jambes de Katie se dérobèrent sous elle.

— Luther, murmura-t-elle.

Tentant de refouler la douleur, elle ferma les yeux.

22

Muni d'une chaîne en argent qu'il avait attrapée sur un crochet fixé au mur, Luther la serra autour du cou du gardien. Du genou, il cogna le dos de son adversaire, lui faisant non seulement perdre l'équilibre, mais également lâcher le couteau ensanglanté qu'il tenait en main.

Luther laissa immédiatement traîner le regard sur Katie : une tache de sang se répandait sur sa chemise blanche, l'imbibant juste au-dessus de la taille.

— Merde !

Sa complice s'était relevée, et il la vit tituber.

— Tiens bon, Katie, l'exhorta-t-il, tandis qu'il tirait son prisonnier vers un mur pourvu de conduits en acier. Il enroula les extrémités de la chaîne en argent autour de l'épaisse tige en métal et la fixa solidement, neutralisant ainsi Patterson, tandis que ce dernier enfonçait ses griffes dans les maillons de la chaîne afin de la desserrer de son cou. Mais en vain. L'argent lui irritait la peau, le brûlait, lui rongeait les couches supérieures de l'épiderme.

Des yeux empreints de colère dévisagèrent Luther.

— Ne t'inquiète pas, tu survivras.

— Salaud ! s'étouffa le gardien. Je t'aurai pour ça !

Mais Luther s'était déjà précipité vers Katie qui se tenait à peine debout.

— Je te tiens !

D'un bras, il l'attrapa, la souleva du sol et contourna la console.

— Faut sortir d'ici, murmura-t-elle, la respiration bruyante.

— Je te ferai sortir, promit-il, tandis qu'il fixait des yeux la console informatique, à la recherche du bouton qui pût déverrouiller la porte menant à l'extérieur.

Merde ! Ils avaient apporté certaines modifications au modèle d'origine. Soit, cela n'avait pas d'importance. Il devait juste improviser.

Luther entendit des bruits provenant du côté par lequel ils étaient arrivés. Quelque chose qui se brisait. Bordel ! Les gardiens étaient parvenus à démolir la porte sur laquelle était fixé le lecteur de cartes qu'il avait endommagé.

— Par ici ! cria Patterson afin d'alerter ses collègues. Il est ici !

Luther appuya sur deux interrupteurs de la console, puis sur un bouton. Un bourdonnement émana de la porte menant à l'extérieur.

Katie dans les bras, il courut vers la sortie, attrapa un pistolet semi-automatique sur l'étagère fixée au mur et se précipita par la porte en train de s'ouvrir.

Avant que celle-ci n'eût pu se refermer derrière lui, il se retourna et vida le chargeur tout entier sur le centre de la console, là où se trouvait la carte mère. Des étincelles giclèrent, et l'ordinateur émit un sifflement juste au moment où la porte menant à la salle de contrôle s'ouvrait violemment et que des gardes s'engouffraient à l'intérieur de la pièce.

La porte se referma derrière lui, et le bruit provoqué par les gardiens fut immédiatement étouffé.

Luther pria pour que le système de verrouillage de secours fonctionnât toujours comme il l'avait conçu au départ et que, dès qu'il aurait désactivé l'ordinateur, ce système se mettrait immédiatement en marche, évaluerait la menace et confinerait tout l'établissement.

Katie cramponnée à son torse, il se précipita vers l'ultime porte. Il fit passer la carte d'accès de Bauer dans le lecteur prévu à cet effet, et la porte vers la délivrance s'ouvrit. Il déb_oula à l'extérieur, au grand air. Dès l'instant où la porte se referma derrière lui, il entendit le bruit d'une corne de brume : le confinement. Le soulagement l'envahit. À présent, même les gardiens ne pouvaient plus sortir. Cela prendrait au moins une demi-heure au meilleur expert en informatique pour forcer le système et déverrouiller les portes.

Suffisamment de temps pour s'échapper.

— Tu es en sécurité, Katie. Tiens bon, encore un peu, exigea-t-il.

Le pick-up qu'il trouva sur le parking était parfait. Il étendit prudemment Katie sur la banquette avant, ôta sa lourde veste en Kevlar et ses gants, puis fit démarrer le moteur en bidouillant les fils du contact. Dès que le moteur gronda, il posa la tête de Katie sur ses genoux et démarra.

Il regarda dans le rétroviseur arrière, mais il n'y avait aucun mouvement, aucune voiture à leurs trousses, les kilomètres s'installant entre la prison et eux. Pour la première fois depuis plusieurs minutes, il respira, soucieux.

Tout en maintenant la main gauche sur le volant, il tendit la droite vers Katie.

— Je vais regarder ta blessure. Je ne te ferai pas mal.

Elle gémit lorsqu'il lui toucha le côté gauche. La chemise de soirée était imbibée de sang et, maintenant qu'ils se trouvaient dans un endroit confiné, l'odeur lui emplissait les narines et faisait resurgir la faim. Il se força à la refouler.

Aussi doucement que possible, il décolla le vêtement déchiré de la plaie et exposa la blessure.

— Merde !

Katie ouvrit brusquement les yeux et rencontra son regard.

— C'est mauvais ? s'étouffa-t-elle.

— Juste une blessure superficielle. Ça va aller, répondit-il pour éviter le sujet, choisissant de ne pas lui dire la vérité. Mais nous devons arrêter le saignement.

Katie pressa une main sur la blessure.

— Pas d'hôpital, c'est ça ? devina-t-elle.

Il lui adressa un léger sourire. Elle était intelligente. Il ne pouvait l'emmener à l'hôpital. Non seulement cela les retarderait mais, le Conseil qui gérait la prison pour vampires ayant des espions partout, ses membres sauraient rapidement où les trouver. En ce moment précis, ils devaient déjà l'avoir identifié grâce aux caméras de sécurité présentes au sein de la prison.

— Je suis désolé, murmura-t-elle, un gargouillis dans la voix. Tout est ma faute. Ils vont à nouveau t'enfermer.

— Ils vont d'abord devoir me trouver. Alors, laisse-moi me préoccuper de ça plus tard.

Dans l'immédiat, il y avait plus important à faire car, à en juger par le gargouillis dans la voix de Katie, ses poumons avaient été perforés. S'il n'agissait pas immédiatement, ils se rempliraient de sang, et elle se noierait.

Désireux d'allonger ses canines, il amena un poignet à sa propre bouche. Il surprit ensuite le regard de Katie.

— Qu'est-ce que tu fais ? chuchota-t-elle.

— Tu dois guérir.

Il se mordit le poignet, perforant ainsi sa veine de laquelle le sang dégoulina. Il amena la blessure ensanglantée à la bouche de Katie.

— Bois.

Il la sentit hésiter, et la colère monta en lui. Aucun vampire n'offrait son sang à la légère. C'était un cadeau, un de ceux qu'il n'accordait pas facilement.

— Je ne te transformerai pas en—

— Je le sais, l'interrompit-elle, la voix encore plus faible qu'avant.

— Alors, bois, bon sang !

Les fins doigts de Katie tirèrent le poignet de Luther vers ses lèvres. Une bouche chaude entra en contact avec la peau du vampire. Un souffle doux caressa sa chair.

S'il n'avait pas été au volant, il aurait penché la tête contre l'appuie-tête et fermé les yeux afin de profiter de la sensation que la succion de Katie lui procurait. Cela faisait trop longtemps qu'une femme ne lui avait fait cela, depuis qu'une femme n'avait puisé son sang à même son corps et ne les avait acceptés, lui et tout ce qu'il avait à offrir.

Luther s'autorisa à déployer la main et à toucher, du bout des doigts, la joue de Katie. Sa peau était douce et lisse. Chaude. Cette chaleur se répandit dans sa main et pénétra dans la pulpe de ses doigts. Tenté par cette alléchante sensation, il lui toucha le visage en de lentes et minuscules caresses. Apparemment, Katie suçait à présent plus fort, aspirant davantage de sang de sa veine.

Oh Dieu, c'était comme si elle suçait son sexe, comme si ses lèvres tendres s'étaient enroulées autour de son membre enflé et le prenaient bien profondément dans sa magnifique bouche.

Il quitta la route des yeux et les posa sur le visage de la jeune blessée. Elle avait à nouveau fermé les yeux, mais elle était consciente. Elle ne tenait à présent plus son poignet que d'une seule main. L'autre reposait sur son sein, agitée, nerveuse.

Il savait ce qui lui arrivait. Tandis que son sang guérissait la blessure, les effets secondaires se faisaient ressentir. Un désir sexuel grandissait dans le corps de Katie. Elle avait besoin d'être touchée, besoin de trouver la libération.

L'odeur de son excitation se mélangea à présent à l'arôme de leur sang respectif, créant une combinaison à laquelle il devenait de plus en plus difficile de résister, à chaque seconde qui passait. Il ne pouvait laisser cela arriver. C'était déjà suffisamment moche qu'il eût envie d'elle et que la sentir boire à même sa veine l'excitât. Il ne pouvait la laisser se mettre dans l'état dans lequel il se trouvait.

— Ça suffit, dit-il, les dents serrées, en ôtant le poignet de ses lèvres.

Elle gémit de protestation, mais il amena le poignet à ses propres lèvres et lécha les perforations. Sa salive les colmata instantanément, comme si elles n'avaient jamais existé.

— Repose-toi, maintenant, nous serons bientôt arrivés.

Et il espéra que la blessure de Katie pût guérir avant qu'ils n'eussent atteint l'endroit vers lequel ils se dirigeaient, et que l'excitation qui résultait de la consommation du sang de vampire s'apaisât.

Alors, au moins, n'aurait-il plus qu'à gérer sa propre excitation.

23

Le doux ballottement du pick-up lui fit perdre, puis reprendre connaissance jusqu'à ce que le véhicule s'arrêtât finalement. Terminé le ronflement du moteur et les vibrations. Terminé de feindre le fait que les mouvements continuels de ses hanches résultaient des soubresauts de la voiture, alors qu'en réalité, elle savait ce que c'était : un signe du désir sexuel provoqué par l'absorption du sang de Luther.

Elle fréquentait les vampires depuis suffisamment longtemps pour en connaître les signes, mais personne ne l'avait avertie de l'intensité ou de la longévité des effets.

Katie sentit les muscles de la cuisse de Luther se contracter sous sa nuque. Même après l'avoir nourrie, il avait gardé le bras droit par-dessus son torse et la tenait. Que ce fût pour s'assurer qu'elle ne glissât pas de la banquette ou pour une quelconque autre raison, elle ne le savait pas. Pas plus qu'elle ne s'en était souciée. Cela avait été trop bon de se sentir connectée à lui, de ressentir sa force, sa protection.

Elle l'avait connu d'une façon qu'elle n'aurait pas crue possible. Chaque fibre de son corps semblait le chercher, se languissant d'une connexion plus profonde, d'une fusion du corps et de l'âme. Et bien qu'elle sût qu'il était mal de céder au désir, elle ne pouvait trouver la force de résister.

Le sang de Luther, couplé aux souvenirs de leur baiser passionné de la nuit précédente, faisait apparaître des images dans son esprit qu'elle ne *voulait* pas réprimer. Que ressentirait-elle si elle amenait la main de Luther sur sa poitrine afin qu'il pût faire disparaître le mal qu'elle ressentait à cet endroit ?

Katie souleva la main de son estomac, la dirigeant vers celle de Luther, mais avant qu'elle n'eût pu le toucher, il glissa sur le côté afin de se retirer et reposa doucement sa tête sur la banquette.

— Nous y sommes, annonça-t-il en ouvrant la portière côté conducteur.

Katie ouvrit les yeux et regarda en l'air, mais la lampe du plafonnier du véhicule l'aveugla pendant un instant. Quelques instants plus tard, on ouvrit la portière côté passager.

Elle s'assit, lentement, le regard focalisé sur son abdomen, là où sa chemise ouverte était tâchée de sang. L'adrénaline la parcourut et propulsa ses battements de cœur jusque dans la stratosphère.

Elle leva les yeux et dévisagea Luther qui se tenait à côté de la portière ouverte.

— Oh mon Dieu, quelle était la gravité de ma blessure ?

— Assez importante.

L'expression sérieuse sur le visage de Luther en disait plus que cette courte réplique.

— Viens, ajouta-t-il, je vais t'emmener à l'intérieur.

Il lui tendit les mains.

Instinctivement, elle recula. S'il la touchait maintenant, comment pourrait-elle s'empêcher de se jeter sur lui telle une groupie en manque de sexe ?

— Je vais bien, je peux marcher.

— Pas avant que je n'aie réexaminé ta blessure.

Ces mots furent prononcés sur un ton tel qu'il n'autorisait aucune protestation.

Luther l'aida à sortir du pick-up bien plus doucement que ce qu'elle n'en aurait cru capable un vampire de cette taille et de cette réputation. Lorsqu'elle fut à l'extérieur et qu'il eut refermé la portière du pied, elle scruta l'obscurité.

— Où sommes-nous ?

Il la porta jusqu'à un bâtiment sombre.

— Chez un ami.

Je l'espère, ajouta-t-il en marmonnant dans sa barbe.

La maison de plain-pied semblait se trouver au milieu d'une forêt, à l'abri des regards indiscrets.

— N'allez pas plus loin ! dit une voix masculine, émanant de l'obscurité.

Luther s'arrêta, et Katie se raidit instinctivement.

— J'espérais que tu aurais hébergé un vieil ami pour quelques heures.

— Luther West.

Soudain, un homme apparut à leur droite. Il baissa légèrement son arbalète mais, chargée avec un pieu en bois, celle-ci était toujours dirigée vers eux.

— Striker Reed.

Luther hocha la tête en direction de l'arme.

— Tu collectionnes les antiquités, maintenant ?

Striker sourit, et Katie put à présent nettement voir ses canines pointer d'entre ses lèvres.

— Les armes à feu sont surfaites. Je préfère tuer ma proie et mes ennemis en silence.

— Je suis content de ne figurer dans aucune de ces catégories, dit sèchement Luther.

— Non, tu n'en fais pas partie, convint le vampire.

Il laissa ensuite courir ses yeux sur Katie, la faisant dès lors frissonner involontairement. Elle n'avait jamais vu quiconque doté d'un regard aussi froid.

— Reste à voir si ça vaut pour elle.

Il inhala.

— Qu'est-ce qu'elle est ? ajouta-t-il.

— Humaine, répondit Luther, sans hésiter. Et elle est blessée. J'ai besoin d'un endroit pour m'occuper d'elle.

Striker se rapprocha de quelques pas, les yeux fixant la chemise tâchée de sang.

— À ce qu'il semble, tu l'as déjà fait.

Il marqua une pause.

— Mais qui suis-je pour tourner le dos à un ami dans le besoin ?

L'étranger pointa la main en direction de la maison.

— Mi casa es su casa.

Ensuite, il les précéda et ouvrit la porte d'entrée. Une seconde plus tard, l'intérieur de la maison baignait dans la lumière.

Luther porta Katie jusqu'au seuil.

— Y a-t-il une pièce où je puisse nettoyer sa blessure ?

Striker désigna l'arrière de la maison.

— La chambre d'amis a une salle de bains.

Il les précéda et ouvrit la dernière porte sur la gauche.

— Merci. J'apprécie, dit Luther.

Il la déposa avec douceur sur le lit et, dans la foulée, lui ôta ses chaussures.

— Besoin d'aide ? demanda Striker.

Katie le fusilla du regard et remarqua le regard lascif qu'il laissait courir sur elle. Instinctivement, elle tira sur sa chemise afin de couvrir son soutien-gorge.

— En fait, oui, il y a quelque chose que tu pourrais faire pour moi, dit Luther. Je recherche quelqu'un.

— Ça n'aurait rien à voir avec la petite échauffourée de ce soir à la prison, par hasard ?

Katie vit Luther écarter les épaules, comme s'il s'attendait à une confrontation.

— Comment as-tu—

— Tu oublies, le coupa l'étranger, que mes relations avec le Conseil m'offre le privilège unique de savoir tout ce qui se passe sur mon territoire.

Il hocha la tête en direction de Katie.

— Je suppose que tu n'es pas vraiment une pute, comme me l'a dit ma source.

Katie inclina la tête sur le côté.

— Désolée de vous décevoir.

De façon inattendue, Striker se mit à rire, avant de s'adresser à Luther.

— Ouais, je n'ai jamais vraiment cru que tu faisais dans les putes.

Luther bougonna quelque chose d'inaudible, l'expression du visage sombre et tourmentée.

— Qui cherches-tu ? demanda Striker.

— Un ex-V-PRISO du nom de Cliff Forrester. Il a été relâché il y a environ une semaine. Il faut que je sache où il se trouve en ce moment.

— Qu'est-ce qu'il a fait ?

— Il a kidnappé la fille hybride d'un vieil ami à moi.

Striker hocha la tête.

— Eh bien, dans ce cas, laisse-moi mener mon enquête. Ça vous va de rester seuls ici, pendant quelques heures ?

Il gloussa sèchement.

— Oubliez ça, poursuivit-il, bien sûr que ça vous va.

Il se tourna et sortit dans le hall.

— Merci, Striker, lui cria Luther.

Lorsque la porte d'entrée s'ouvrit et se referma quelques instants plus tard, la tension présente dans le corps de Katie se relâcha enfin. Elle balança les jambes hors du lit.

— Ho ! l'arrêta Luther en se plantant juste devant elle. Où crois-tu aller ?

Elle désigna sa chemise ensanglantée.

— Me rafraîchir. Quoi d'autre ?

Il appuya la paume de la main sur son épaule, la forçant à se recoucher.

— Je vais m'en occuper. Toi : reste là !

Il se tourna vers la porte de la salle de bains attenante.

— Et enlève ta chemise, ajouta-t-il.

— Le soutien-gorge aussi ? cracha-t-elle, contrariée par le ton autoritaire qu'il avait employé.

Il tourna la tête vers elle.

— Juste cette putain de chemise, à moins que tu ne préfères que je t'aide à le faire.

Il disparut ensuite dans la salle de bains.

Katie sentit un frisson lui parcourir la colonne vertébrale de haut en bas, à en avoir la chair de poule. Ses mamelons durcirent au même moment, et elle réprima un juron. Contrariée pour sa réaction puérile face à cette injonction, elle ôta sa chemise et la lança sur une chaise toute proche.

Elle savait exactement pourquoi elle réagissait de la sorte : car le sang de Luther circulait toujours en elle. Il la rendait irrationnelle, impulsive. Il lui inculquait la volonté de faire des choses inappropriées— comme se déshabiller devant lui et le provoquer jusqu'à ce qu'il se jetât sur elle et enfonçât son sexe dur en elle. Voilà, elle se l'admettait. Mais en aucune manière elle n'avouerait cela à l'homme de Néandertal qui se trouvait dans la salle de bains.

Il ne ferait que jubiler. Les mots qu'il avait prononcés la nuit précédente résonnaient toujours dans ses oreilles.

Au point où j'en suis, j'aurais embrassé n'importe quoi pourvu d'une paire de seins.

Cela avait fait mal. Ne la trouvait-il pas attirante ? Ne ressentait-il pas l'incandescente chaleur qui rayonnait entre eux ? Était-elle la seule à la ressentir ? Car cela la brûlait, et il n'y avait que deux choses qu'elle pût faire pour résoudre la situation embarrassante dans laquelle elle se trouvait actuellement : courir afin de s'éloigner aussi loin que possible de lui ou s'en rapprocher aussi près que deux personnes ne pouvaient l'être physiquement.

Et dans l'immédiat, elle ne voulait pas courir. Elle voulait Luther, même s'il ne voulait pas d'elle. Et elle emploierait toutes les ruses féminines dont elle disposait pour obtenir ce qu'elle voulait.

24

Luther tordit le gant de toilette qu'il avait trouvé dans le placard sous l'évier et attrapa une serviette de bain sur le support prévu à cet effet. Il regarda dans le miroir, mais il n'y avait aucun reflet. Non pas qu'il eût besoin d'un miroir pour apprendre ce qu'il savait déjà : son côté vampire était sur le point d'émerger et de lui faire faire des choses qu'il regretterait plus tard. Car une minute de plus en compagnie de Katie et, soit il l'étoufferait jusqu'à la mort du fait qu'elle s'exhibât, aguichante, en le provoquant à tout moment, soit il la baiserait jusqu'à ce qu'elle en perdît connaissance.

Je pense que je serai en sécurité aussi longtemps que je ne te laisserai pas me sauter.

Ces paroles qu'elle avait prononcées la nuit précédente ricochaient dans sa tête telle une balle perdue. Elle savait parfaitement qu'il avait envie d'elle, et elle en profitait pour le manipuler. Lorsque le gardien de prison l'avait poignardée, le cœur de Luther s'était arrêté, de crainte d'arriver trop tard pour la sauver.

Luther grogna et retourna dans la chambre. Katie était allongée sur le lit, soutenue par deux oreillers. Elle avait ôté la chemise, mais portait toujours son soutien-gorge. Les yeux rivés vers le bas, il s'approcha et s'assit sur le bord du lit.

Sans un mot, il amena le gant de toilette humide sur sa blessure et frotta.

Elle tressaillit.

— Ça fait toujours mal ? demanda-t-il, surpris.

Le processus de guérison devait être presque terminé.

— C'est juste froid.

Il se retint de justesse de lui présenter des excuses pour ne pas avoir pensé à utiliser de l'eau chaude. Il n'était pas une foutue infirmière.

— Hmm.

Prudemment, il essuya le sang séché, mettant la peau à nu. Elle était rouge et irritée, toujours pas complètement guérie. La blessure avait été profonde, et le sang qu'il lui avait donné était d'abord allé dans ses organes internes afin de les remettre en état de fonctionnement. La peau, quant à elle, ne s'était toujours pas complètement régénérée.

— Est-ce que ça laissera des cicatrices ?

— Je peux faire en sorte que ça n'en laisse pas.

Soit en lui donnant davantage de sang, soit en traitant la blessure par l'extérieur.

— Comment ?

Il leva la tête et, pour la première fois depuis qu'il était entré dans la pièce, la regarda dans les yeux.

— Ton frère est un vampire. Tu dois savoir comment.

Elle battit brièvement des cils, et ses lèvres s'entrouvrirent juste un peu. Son souffle emplit l'espace entre eux deux.

— Oh.

— Ça dépend de toi, dit-il en haussant les épaules, comme s'il ne se souciait pas de sa décision alors, qu'en fait, il voulait qu'elle acceptât. Il voulait qu'elle lui autorisât ce minuscule petit plaisir.

— Je veux dire, si ça ne te dérange pas, dit-il avec hésitation. Ce serait bien de ne pas avoir de cicatrice à cet endroit.

Il avait espéré cela, espéré qu'elle fût suffisamment vaniteuse pour ne pas vouloir que son corps si parfait fût gâché par une cicatrice visible quand elle porterait un maillot de bain — ou ferait l'amour avec un homme.

— Bien, alors.

Il déposa le gant de toilette sur la table de nuit et tapota la serviette sur la blessure afin de la sécher. Il remarqua alors qu'il tremblait des mains, que ses gencives le démangeaient, que sa bouche salivait. Des secondes passèrent.

— Si tu ne veux pas le faire, ça ira. Ce n'est pas comme si ça avait beaucoup d'importance. Je veux dire…, précisa-t-elle.

Luther laissa tomber la tête sur l'estomac de Katie et laissa planer ses lèvres au-dessus de sa blessure.

— Ne parle pas.

Tout en fermant les yeux, il autorisa sa langue à se balader sur sa peau, à l'enduire de sa salive. Les vertus spéciales de celle-ci assureraient une guérison parfaite de l'épiderme. Lentement et doucement, il lécha la zone, appréciant la chaleur de sa chair et le goût de sa peau. Le sang ne suintait plus de la blessure, mais Luther put tout de même le goûter. Une minuscule couche résiduelle en recouvrait toujours la surface, lui permettant d'avoir un avant-goût de ce que ce serait de boire son sang.

Un frisson lui parcourut la colonne vertébrale et lui envoya comme un choc électrique dans les testicules. Il savait exactement ce qui allait se passer.

Putain !

Sous sa langue, il sentit l'épiderme de Katie se réparer et se régénérer. Il savait qu'il devait arrêter, mais il ne pouvait arracher ses lèvres de son corps. Il continua plutôt à laisser courir la langue sur sa peau à présent parfaite et pressa les lèvres.

La main de Katie le touchant soudain sur sa nuque le fit presque bondir du lit, mais le gémissement qu'elle émit le retint. De ses doux doigts, elle lui caressa la nuque, puis glissa sous sa chemise et câlina la zone sensible située entre ses omoplates.

Il devait être en train de rêver. C'était la seule explication. Peut-être était-il tombé dans les pommes. Après tout, il lui avait donné un bon demi-litre de sang durant le trajet en voiture, et il ne s'était pas nourri depuis un moment.

— Luther.

Le murmure voilé de Katie dériva vers ses oreilles.

Il leva la tête et regarda le visage de la jeune blessée. Elle avait les yeux à moitié fermés, les lèvres entrouvertes. Jamais il n'avait vu plus alléchant spectacle.

— S'il te plaît, n'arrête pas, le pria-t-elle, la main glissant de nouveau sur sa nuque en tentant de le retenir.

Il résista et secoua la tête.

— On ne peut pas. S'il te plaît, ne m'incite pas à faire ça.

Car il connaissait la raison pour laquelle elle réagissait de la sorte.

Elle ouvrit plus grand les yeux.

— J'ai envie de toi.

Dans un gémissement, il lança la tête en arrière.

— Non. Tu n'as pas envie de moi. C'est le sang qui parle.

— Non, pas vrai.

Elle lui enfonça les doigts dans la nuque dans le but de l'attirer vers elle.

— Ton frère ne t'a jamais dit ce qui arrive quand on boit du sang de vampire ? Que ça provoque une excitation sexuelle ?

Mais elle n'était pas réelle. Ce n'était juste qu'une illusion.

— C'est différent, insista-t-elle en s'asseyant, rapprochant de lui son séduisant corps à moitié dénudé.

Lorsqu'elle voulut enrouler son autre bras autour de lui, il lui agrippa les deux poignets et la força en se recoucher sur les oreillers.

— Une fois que l'effet se sera dissipé, tu regretteras ce que tu es en train de faire en ce moment.

Et elle le haïrait pour ne pas l'avoir arrêtée.

— Non, je ne regretterai pas !

— Tu n'en sais rien ! C'est mon sang circulant en toi qui fait en sorte que tu aies envie de moi. Ça passera, dit-il, entre ses dents, en la repoussant toujours contre les oreillers afin qu'elle ne tentât pas de l'embrasser.

Car dès l'instant où ces lèvres toucheraient les siennes, il serait perdu.

Un étrange sourire se répandit sur la bouche de Katie, presque comme si elle savait quelque chose qu'il ignorait.

— Boire ton sang n'a pas provoqué cela.

— Si.

— Alors, pourquoi t'ai-je laissé m'embrasser, la nuit dernière ?

— Tu ne m'as pas laissé t'embrasser. Je t'ai forcée.

— Et j'aurais pu t'arrêter n'importe quand, si je l'avais voulu.

— Puis-je te rappeler que, selon tes propres aveux, tu n'as aucun pouvoir de sorcellerie.

— Exact, mais j'ai un genou vraiment puissant que je sais exactement comment utiliser contre n'importe quel homme qui veut s'imposer à moi, qu'il soit vampire ou pas.

Elle se lécha les lèvres et tourna la tête afin de regarder ses poignets serrés entre les mains de Luther, tandis qu'il l'immobilisait.

— Ça m'est égal que tu veuilles me maintenir comme ça. Si c'est ainsi que tu aimes ça.

— Bon sang, Katie ! Je te préviens, siffla-t-il, ne gardant son self contrôle que de toute justesse.

— Si tu n'as pas envie de moi, tu peux fermer les yeux et imaginer que je suis quelqu'un d'autre. Imagine simplement que je suis une des putes que tu avais en prison.

— Je n'ai jamais touché une pute de ma vie ! grogna Luther. Bon sang, Katie, il vaudrait mieux que tu ne me le reproches pas plus tard ou il se pourrait que je torde ton joli petit cou.

De la surprise — ou était-ce de la satisfaction ? — apparut, en un éclair, dans les yeux de Katie. Mais Luther ne lui laissa pas la moindre chance de répondre et enfonça plutôt ses lèvres sur les siennes. Il devait apaiser cet inexplicable désir qu'il éprouvait pour une femme qu'il connaissait à peine.

La bouche de Katie l'accueillit. De douces lèvres lui souhaitèrent la bienvenue, et une langue enthousiaste vint se frotter contre la sienne, l'invitant à un duel sensuel. Un duel qu'il ne pourrait ni gagner ni perdre.

Lentement, il lui relâcha les poignets. Il sentit immédiatement les mains de Katie sur lui. Elle ne perdit pas de temps : elle déboutonna sa chemise et lui toucha le torse, le caressant comme si elle ne remarquait même pas les nombreuses cicatrices qui striaient sa peau autrefois si parfaite. Comme si elle ne voyait pas leur laideur.

Il était convaincu que le fait qu'elle eût envie de lui était un effet secondaire provoqué par le sang qu'il lui avait donné à boire, mais quel homme — fût-il vampire ou pas — était assez fort pour résister au chant d'une sirène ? Il savait qu'il le paierait plus tard mais, dans l'immédiat, il se souciait peu de la punition qu'il aurait à endurer. Il n'avait besoin que de quelques minutes d'extase dans les bras de Katie. Et personne n'empêcherait cela, pas même lui.

— Katie, murmura-t-il, relâchant un instant ses lèvres.

— N'arrête pas, le pria-t-elle, la voix dopée par le désir.

Ce son rendit son sexe encore plus dur.

— Je ne pourrais pas, même si je le voulais.

Il ôta sa chemise d'un haussement d'épaules, puis se leva et enleva ses chaussures et son pantalon.

Lorsqu'il abaissa son boxer, Katie prit une inspiration audible. Il la regarda. Elle avait ouvert la bouche et dévisageait son sexe, lequel était à présent recourbé contre son bas-ventre, dur et gros.

— Enlève ton jeans, Katie, la commanda-t-il, parce que si je dois le faire moi-même, j'ai peur de le déchiqueter.

Elle leva les yeux pour rencontrer son regard. Sans rompre le contact visuel, elle déboutonna son pantalon et l'ôta en se dandinant. Sous le jean, elle portait une petite culotte noire en dentelle assortie à son soutien-gorge.

Lorsqu'elle amena les mains sur le fermoir avant du sous-vêtement, il l'arrêta.

— Non. J'aimerais le faire.

Luther posa un genou sur le matelas et la rejoignit sur le lit.

25

Le vieux matelas s'écrasa sous le poids de Luther, mais Katie le remarqua à peine. Son attention était focalisée sur la beauté du corps du vampire. Elle n'avait jamais vu un homme comme lui, certainement pas nu et de si près. Il était magnifique, la personnification même du pouvoir et de la force.

Même les nombreuses cicatrices sur son torse ne pouvaient remettre cela en cause. Au contraire, elles semblaient relever l'image du puissant vampire qui amenait à présent son corps par-dessus le sien et la poussait contre les draps.

Lorsqu'elle sentit ses fortes cuisses lui écarter les jambes et se glisser entre celles-ci, un soupir de contentement franchit ses lèvres.

— C'est ça que tu veux, Katie ? Un vampire comme moi dans ton lit ?

Il laissa glisser la paume de la main sur sa poitrine, la caressant à travers la dentelle.

— Te toucher ?

Il fit balancer son sexe contre le sien.

— Te baiser ?

Elle s'arc-bouta sur le matelas, se pressant contre lui, avide de recevoir davantage de cette délicieuse friction dont il la gratifiait.

— Arrête d'être taquin.

Il gloussa.

— Tu veux dire comme toi ? Comme tu m'as taquiné jusqu'à obtenir ce que tu voulais ?

— Je n'ai pas encore eu ce que je voulais.

Luther baissa le visage vers le sien.

— Oh ouais, et qu'est-ce que tu veux vraiment, Katie ? Que je te baise, mis à part ?

Elle soutint son regard pénétrant, refoulant les premières pensées qui surgissaient dans son esprit. Afin d'oublier et de se sentir à nouveau en sécurité. Luther pouvait au moins l'aider à obtenir une de ces choses. Quant à l'autre, elle devait la trouver en elle.

— Je veux juste te sentir en moi. C'est tout ce qui m'importe.

— Ça, je peux te le donner, dit-il, avant de balayer les lèvres sur les siennes à maintes reprises.

Son baiser fut passionné et totalement consumant, ses mains douces et plus tendres qu'elle ne s'y fût attendue. Il ne précipita rien, mais l'explora plutôt de fond en comble. Tout comme sa langue la léchait et la caressait avec une inébranlable assurance, ses mains erraient sur son corps, s'y attardant tel un homme qui avait tout le temps du monde.

Katie laissa les siennes voyager sur le corps de Luther, caressant ses muscles forts, explorant chaque saillie et chaque creux. Lorsqu'il recula, elle voulut protester, mais il posa un doigt sur ses lèvres pour l'en empêcher.

Il traîna une main le long d'un côté de son cou et la laissa courir entre ses seins jusqu'à atteindre le fermoir de son soutien-gorge. Il leva les yeux et leurs regards se suspendirent.

— Je ne fermerais jamais les yeux en te faisant l'amour.

Il dégrafa le fermoir d'une main.

Le cœur de Katie sauta un battement.

— Luther, tu ne—

— Je le pense.

Il fit glisser les bonnets de son soutien-gorge et exposa ainsi ses seins nus.

— Quand tu as montré tes seins à Bauer, tu m'as presque causé une attaque cardiaque.

De la jointure des doigts, il en caressa un.

— Les vampires n'ont pas de crises cardiaques, dit-elle, entre un soupir et un gémissement.

Quand tu l'as invité à enfoncer ses canines dans ta poitrine, ça semblait vrai, comme si tu le pensais. Je ne pouvais pas dire si tu jouais la comédie.

Luther plongea la tête sur son sein et lécha le mamelon.

Un gémissement étouffé déchira la gorge de Katie, et elle poussa les seins vers lui, en réclamant silencieusement davantage. Mais il attendit.

— Ou peut-être que tu ne jouais pas la comédie ? Tu le pensais quand tu l'as invité à enfoncer ses canines dans tes nibars ?

Une nuance de colère pouvait être décelée dans la voix de Luther.

Katie prenait une profonde inspiration lorsque les lèvres de Luther se refermèrent soudain autour de son mamelon avant de le téter.

— Oh Dieu, cria-t-elle, se languissant d'en obtenir davantage, d'obtenir quelque chose de plus profond.

Luther leva les yeux vers elle.

— Tu le voulais ?

— Non ! protesta-t-elle.

C'était la vérité. Elle n'avait pas voulu que le gardien enfouît ses canines dans sa poitrine. En fait, cette pensée l'avait dégoûtée.

Les yeux de Luther s'assombrirent. Il grogna en douceur, puis embrassa ses seins, les mordillant, les suçant. Elle aimait la façon dont il les dévorait, presque comme s'il s'en régalait tandis que, plus en bas, il se faisait aller contre elle en un rythme lent, mais régulier, éveillant encore plus son désir pour lui.

— Prends-moi, le pria-t-elle.

Finalement, il l'écouta et glissa une main jusqu'à l'intersection de ses cuisses. Il introduisit les doigts sous le fin tissu en dentelle et les passa à travers les douces boucles de poils. Lorsqu'il passa à côté du centre de son plaisir, elle ondula des hanches.

Luther gémit.

— Putain, Katie, vas-y mollo.

Mais bien qu'il l'eût avertie d'y aller doucement, Luther n'estima apparemment pas que cette même règle s'appliquât à lui car, une seconde plus tard, il baignait les doigts dans l'humidité de son intimité, lui caressant les replis, l'explorant.

Elle haleta sous ces douces sensations qu'il envoyait à travers son corps. Elle écarta les jambes un peu plus, le pressant de lui en procurer davantage. Elle le sentit sonder l'entrée de son canal et soupira. Finalement, il introduisit un doigt en elle.

Katie pressa la tête sur l'oreiller, s'arc-boutant sur le lit. Le pouce de Luther se retrouva ensuite sur son clitoris, enduisant ce sensible organe de sa cyprine.

— Oui ! l'encouragea-t-elle.

Un second doigt vint rejoindre le premier, augmentant la friction.

— Dieu que c'est étroit ! gémit Luther. Tu vas me faire jouir en dix secondes.

— Je m'en fiche, cria-t-elle. Tu vas te décider à me baiser ?

Il ôta les doigts et la libéra de sa petite culotte si rapidement qu'elle put à peine cligner des yeux. Elle tenta de faire glisser son soutien-gorge déjà ouvert, mais il l'en prévint.

— Laisse-le. C'est sexy.

Il se positionna en son centre, son énorme sexe venant se frotter contre les replis humides de son intimité. Leurs regards se suspendirent ensuite et, en un coup long et continu, il se logea en elle.

Elle laissa retomber les paupières, sa respiration jaillissant hors de ses poumons, et son cœur s'arrêtant de battre. Luther était complètement enfoui en elle.

— Oh dieu !

Katie enroula les jambes autour des cuisses de son partenaire afin de l'emprisonner.

— Parfait, grogna Luther, les veines du cou bombées comme des cordes. Tu es sacrément parfaite !

Il commença à pousser, fortement et profondément. Chaque fois que son sexe s'enfonçait en elle, son os pelvien venait claquer contre le clitoris, la faisant frissonner. Le cœur de Katie battait à présent de manière irrégulière, ses souffles ressemblaient à de lourds halètements, et sa tête baignait dans une myriade de sensations. La passion et la sauvagerie que Luther libérait sur elle était quelque chose qu'elle n'avait jamais expérimenté par le passé. Elle pensait se trouver sur un nuage, tant aucun de ses anciens amants ne l'avait jamais prise aussi fort et n'avait fait ronfler son corps aussi intensément de plaisir.

Entre ces vigoureux bras de vampire, elle se sentait légère, en sécurité malgré les puissants coups que Luther assénait. Dans ses yeux, elle put lire le reflet de son propre désir. Ils brillaient telle de la lave en fusion, ressemblaient à présent à des flammes semblables à celles qui faisaient rage en elle et menaçaient de l'incinérer. Et ce qu'elle vit dépasser des lèvres de Luther aurait dû l'effrayer, mais le spectacle de ces canines blanches la fascina plutôt. Elles étaient complètement descendues, prêtes à mordre. Elle le savait, car elle avait vu suffisamment sa famille et ses amis vampires pour en interpréter les signes. Pour savoir quand quelqu'un était sur le point de perdre le contrôle de son côté humain avant de libérer la puissance du côté purement vampire.

Et tandis qu'elle en voyait à présent tous les signes sur le visage de Luther, écrits aussi clairement que s'ils avaient été imprimés sur un morceau de papier, elle ne ressentait aucune crainte. Aucun regret d'avoir pris ce risque et de s'être laissée aller à la merci d'un vampire qui avait commis des crimes indescriptibles. Le jeu en valait la chandelle. Pour une fois dans sa vie, elle pouvait oublier les souvenirs amers de son passé et ne vivre que le moment présent. Le moment de l'extase.

Elle tourna la tête et balaya ses cheveux sur le côté, exposant son cou.

— Luther.

26

Son nom roula sur les lèvres de Katie tel le chant d'une sirène guidant un marin vers son tragique destin. Luther reconnut l'invitation. La tentation envahit tout son corps, l'incitant à asséner des coups plus forts et plus rapides. Comme si le sexe pouvait effacer son besoin de sang. Il savait qu'il n'en était rien. Au contraire, son désir de boire à même la veine avait augmenté à maintes reprises dès l'instant où il avait plongé son douloureux membre en elle.

Il savait qu'il succomberait à la tentation. Plus particulièrement maintenant, alors qu'elle lui offrait ce dont il avait désespérément besoin.

— Katie, dit-il, entre les dents.

Lorsqu'elle tendit la main comme pour lui toucher les canines, il la lui attrapa et la plaqua à côté de sa tête. Sans un mot, il plongea le visage sur celui de Katie et prit possession de ses lèvres, désireux que ses canines pussent se rétracter. Ce qu'elles firent, mais seulement à moitié. Il n'avait pas la force de les plier à sa volonté. À présent, son côté vampire le dirigeait, et le vampire qui était en lui voulait du sang.

Luther la pénétra plus fortement, allant et venant. Le doux et chaud fourreau ressemblait au paradis. Trop bon pour arrêter. Et trop bon pour continuer. En effet, cela faisait à présent plusieurs longues minutes qu'il était au bord de l'orgasme, repoussant l'irrépressible envie de jouir à chaque fois qu'elle tentait de le submerger. Mais alors que les muscles du sexe de Katie se resserraient plus fortement autour de son membre à chaque pénétration et que le produit de son excitation l'enveloppait dans cette profondeur si soyeuse, il réalisa qu'il était en train de perdre le combat contre son self contrôle. Encore quelques secondes, et il devrait succomber à sa libération.

Il arracha ses lèvres de celles de sa partenaire, la respiration lourde.

— Dieu, Katie ! Il faut que tu jouisses en même temps que moi.

Elle leva les yeux grands ouverts vers lui.

— Dis-moi ce qu'il te faut, ajouta-t-il.

— Mords-moi, exigea-t-elle.

Luther rejeta la tête en arrière en hurlant presque comme un chien.

— Non !

Bon sang ! Non seulement c'était mal de coucher avec elle en sachant qu'elle était dopée par son sang, mais accepter le sien serait la pire chose à laquelle il s'abaisserait.

— Luther, s'il te plaît.

Il la regarda à nouveau en secouant lentement la tête.

Mais elle n'accepta pas sa réponse.

— Tu m'as demandé si je jouais la comédie en invitant Bauer à enfoncer ses canines dans ma poitrine. La réponse est non.

Totalement sous le choc, Luther se figea en plein mouvement.

— Quoi ?

Il lui attrapa les deux poignets et les plaqua de chaque côté de la tête de Katie.

— Selon la méthode Actors Studios, nous ne dépeignons que les émotions que nous ressentons. Quand je l'ai invité à me mordre, ce n'était pas réellement à lui que je m'adressais, mais à toi.

Tout l'air contenu dans les poumons de Luther s'évacua.

— Non, ça ne se peut pas.

Il tenta de balayer cette image de son esprit.

— Tu sais ce que tu es en train de faire, Katie ? ajouta-t-il.

Elle tortilla des mains afin de les libérer et les glissa sur le postérieur du vampire, l'agrippant fermement afin de le pousser plus profondément en elle. En réaction, le sexe de Luther se contracta, l'envoyant dangereusement près du bord du précipice.

Ses canines se rallongèrent automatiquement et, cette fois, il ne put les forcer à regagner leurs alvéoles. À en juger par l'étincelle présente dans les yeux de Katie, il put dire qu'elle l'avait également remarqué.

Lentement, il commença à aller et à venir à nouveau, tandis que son regard dérivait vers ses seins, lesquels étaient en train de rebondir. À chaque pénétration, ils ballotaient d'un côté à l'autre. Un dur mamelon trônait sur le bout de chaque sein, rose et prêt à être cueilli.

— Comme ça, murmura-t-elle.

— Oui, comme ça, convint-il en augmentant le tempo pendant qu'il lui reprenait les mains et les plaquait de chaque côté de sa tête.

Il leva de nouveau les yeux sur son visage.

— Maintenant, tu ne peux plus t'échapper.

Surprise, elle libéra un hoquet, et il put entendre son cœur battre avec fracas. Le bruit du sang se propulsant dans les veines le fit saliver. Il éprouva des difficultés à déglutir.

— Tu ne pourras pas m'arrêter.

La poitrine de Katie se souleva.

— Je sais.

Il chercha tout signe de peur sur son visage, mais n'en trouva aucun. Avait-elle la moindre idée de ce qu'elle était en train de faire ? Ou le désir l'avait-elle dopée au point de ne plus pouvoir être tenue pour responsable de ses actes ? Réalisait-elle qu'offrir son sang à un vampire, de son plein gré, pour autre chose que lui sauver la vie était synonyme de soumission ?

— Tu sentiras mes canines dès que tu commenceras à jouir.

Il s'enfouit plus profondément en elle, appréciant la façon dont les muscles du sexe de Katie se cramponnaient à lui, le retenaient tel un poing fermé.

Les paupières de Katie se refermèrent à moitié, et un gémissement abandonna ses lèvres.

— Oui, Luther !

Il changea légèrement de position et s'enfonça une fois de plus en profondeur. Lorsqu'il sentit, à nouveau, les muscles de son vagin se contracter autour de son sexe, il se libéra des derniers vestiges de son self contrôle et s'abandonna à la jouissance, rejoignant ainsi Katie dans son orgasme. Tandis que le bout de son sexe expulsait sa semence, il baissa la tête sur le sein de Katie et, des canines, érafla cette peau si douce.

— Luther ! cria-t-elle en poussant le sein dans sa bouche.

Il l'ouvrit plus grande et posa ses dents de chaque côté du mamelon.

— Éloigne-toi d'elle, bordel, ou tu seras transformé en poussière !

Luther se cabra, laissant le sein de Katie glisser hors de sa bouche.

Merde !

27

Plusieurs choses se passaient en même temps. Luther se retourna, se libéra de Katie et bondit du lit. En un clin d'œil, il attrapa un bout du drap de lit et couvrit le corps dénudé de la jeune femme. Elle s'assit à toute vitesse et regarda furieusement les trois hommes qui avaient fait irruption dans la pièce : Blake, Grayson et un Wesley semblant très énervé.

Elle n'eut pas le temps de se tourner vers son frère, lequel avait menacé Luther. Le bruit d'une chose venant s'écraser contre le mur détourna son attention. Luther avait démoli une chaise et avait arraché un des pieds en bois afin de l'utiliser comme pieu de fortune.

Arme improvisée en main, il bondit en direction des trois hommes de Scanguards. Tous trois sortirent leurs armes, des pistolets de petit calibre, et les pointèrent sur Luther.

— Non ! hurla Katie en sautant du lit, se souciant peu de sa nudité.

— Ne lui faites pas de mal !

Elle se précipita vers eux, mais Luther lui bloqua le passage de la main, la retenant derrière sa large carrure.

— Reste en arrière, Katie ! grogna-t-il, l'autre main maintenant toujours le pieu au-dessus de sa tête.

— Comment oses-tu donner des ordres à ma sœur ? cracha Wesley en lui lançant un regard noir.

— Wes, reste en-dehors de ça ! ordonna Katie.

Elle pencha la tête sur le côté et put voir la manière dont Wesley fixait le corps dénudé de son amant, un air de dégoût s'affichant sur son visage. Il rencontra ensuite le regard sa sœur.

— Comment as-tu pu, Katie ? Que s'est-il passé ? Il t'a forcée ?

— Je n'ai forcé personne, putain ! gronda Luther.

Grayson exhiba ses canines.

— Je devrais te tuer maintenant, juste ici.

— Oh, regarde le petit chien qui se sent très fort en compagnie de ses amis, le nargua Luther.

Grayson fit un geste dans sa direction, mais Blake le retint.

— Laisse tomber, Grayson ! Maintenant !

Blake échangea un regard avec lui.

— Je vais m'occuper de ça.

Grayson prit une profonde inspiration. Sa bouche ne forma qu'un seul trait tant sa mine était assombrie.

— C'est toi le patron, dit-il, à contrecœur.

À ce moment précis, il était évident qu'il eût voulu être à la place de Blake.

Ce dernier fixa de nouveau Luther avant de poser les yeux sur Katie. Lentement, il secoua la tête.

— Tu me déçois, Katie.

Le ton de sa voix était résigné.

— Je pensais pouvoir te faire confiance et toi, qu'est-ce que tu fais ? Tu couches avec l'ennemi. Rien de moins ! ajouta-t-il.

— Blake, s'il te plaît… commença-t-elle. Je peux t'expliquer.

Il désigna Luther, lequel avait baissé son arme.

— De là où je me tiens, c'est plutôt évident.

La déception se répandit dans ses yeux.

— Mais le laisser te mordre ? poursuivit-il en secouant la tête.

— Il ne l'a pas fait, dit-elle.

— Il était sur le point de, l'interrompit Wesley, mais nous sommes arrivés à temps.

Katie regarda Wes.

— Bon sang, Wes, je suis une adulte. Ne me traite pas comme un enfant. Je peux prendre mes propres décisions.

— Tu es tout de même ma sœur.

— Ça ne te donne toutefois pas le droit d'interférer dans ma vie.

Les mains sur les hanches, elle tenta de passer à côté de Luther, mais ce dernier la repoussa derrière lui.

— Katie, tu es nue !

Luther échangea ensuite un regard avec Blake.

— Si ça ne te dérange pas de nous donner un peu d'intimité afin que Katie puisse s'habiller sans que vous ne la lorgniez.

Blake hocha sévèrement la tête.

— Deux minutes. Et n'essayez pas de vous échapper par l'arrière. Un autre homme surveille l'extérieur. Vous n'iriez pas loin.

Blake chassa ses deux coéquipiers hors de la pièce avant de se détourner et refermer la porte derrière lui.

Seule avec Luther, Katie souffla.

— Merde !

Luther se tourna vers elle.

— Tu peux le dire.

Il laissa courir les yeux sur son corps.

— Habillons-nous. Ces types en ont vu plus qu'ils ne l'auraient jamais dû.

Il prit la serviette de bain qu'il avait utilisée un peu plus tôt et l'amena à l'intersection des cuisses de Katie. Doucement, il essuya sa semence.

— Je ne voyais pas ça se terminer exactement comme cela.

— Ce n'est pas terminé, dit-elle.

Luther utilisa ensuite la serviette pour se nettoyer, puis se retourna pour rassembler ses vêtements demeurés au sol. Katie referma le fermoir de son soutien-gorge et chercha sa petite culotte.

— Est-ce qu'il y a quelque chose entre Blake et toi ?

Cette question soudaine la surprit et la fit pivoter afin de le regarder.

— Pourquoi penses-tu qu'il y a quelque chose entre Blake et moi ?

Luther haussa les épaules.

— Il semblait blessé, comme si tu l'avais trahi.

Katie roula des yeux, attrapa son sous-vêtement et l'enfila.

— Les hommes ! Nous sommes amis. Nous le sommes depuis longtemps.

— Peut-être qu'il en veut plus, affirma Luther.

Katie enfila son jean pendant que Luther sautait dans son pantalon et en remontait la fermeture éclair.

— Blake est stressé parce qu'Isabelle était sous sa responsabilité. Il ne fait que se défouler.

— Est-ce que tu sais qu'on entend ? dit Blake depuis l'autre côté de la porte.

Katie jura.

— Bon sang, Blake, dans le mot « intimité », quel partie n'as-tu pas capté dans ta grosse tête?

Un grognement fut émis en guise de réponse, puis le bruit de pas traînants s'éloigna.

Lorsqu'elle se retourna, elle surprit Luther en train de lui sourire.

— Quoi ?

Elle se dirigea vers l'endroit où sa chemise maculée de sang gisait à même le sol et la ramassa.

— Il semble que tu saches y faire avec ces types.

Elle haussa une épaule et introduisit les bras dans les manches du vêtement.

— Ce sont juste de grands garçons avec des jouets. Au fond, ils sont—

— Je peux encore t'entendre, Katie, l'avertit Blake depuis le couloir.

— Va te faire foutre, Blake, cria-t-elle.

Peut-être réagissait-elle un peu exagérément mais, bon sang, Blake et les autres l'avaient interrompue au paroxysme de l'extase sexuelle et l'avaient empêchée de ressentir la morsure de Luther. Elle se sentait flouée d'une expérience qu'on lui avait dépeinte comme extraordinaire. Suite à cela, qui n'eût pas été un tantinet énervé ?

Elle se rua vers la porte, mais Luther la retint. Il se pencha sur elle et lui murmura à l'oreille.

— Ne le laisse pas te titiller. Bien que tu sois très sexy quand tu es en rogne !

Elle n'eut pas l'occasion de répondre, car les lèvres chaudes de Luther lui capturèrent la bouche en un baiser qui la priva de respiration.

28

— Occupons-nous de ça, dit Luther en ouvrant la porte menant au couloir.

Il précéda Katie en sortant de la chambre.

Les trois hommes de Scanguards arpentaient le salon lorsqu'ils y pénétrèrent. Luther se dirigea vers Blake mais, avant qu'il n'eût pu commencer à fournir des explications, Wesley fit quelques pas vers Katie.

— Putain, mais qu'est-ce qui t'est arrivé ?

Il pointa du doigt la chemise tâchée de sang, puis, les poings serrés, se rua vers Luther.

— Tu lui as fait du mal, espèce d'enfoiré ?

Luther bloqua aisément le coup de poing de Wesley, le repoussant sans riposter. Il pensa qu'il n'eût pas été sage de tabasser le frère de Katie.

— Je ne lui ai fait aucun mal, dit-il, les dents serrées.

Il sentit la main de Katie se poser sur son bras, tandis qu'elle se plaçait à côté de lui.

— J'ai été blessée. Ce n'était pas la faute de Luther.

Enfin bon, c'était un flagrant mensonge de sa part, car la responsabilité de Luther était bien en cause. Il ne l'avait pas protégée comme il l'avait promis.

— Comment ? dit Wesley tout en s'approchant, les yeux plissés traduisant sa suspicion.

— J'ai été poignardée par un gardien de prison.

— Un gardien de prison ? l'interrompit Blake.

Avant que Luther ou même Katie eussent pu répondre, Wesley attrapa le bord de la chemise de Katie et le souleva de quelques centimètres.

— Tu es guérie.

Il tourna la tête vers Luther.

— Tu lui as donné ton sang, ajouta-t-il.

Ce n'était pas une question, mais bien une affirmation. Quoiqu'il semblât que Wesley n'en fût pas ravi.

— Je n'avais pas le choix. Son poumon était perforé. Elle serait morte.

À ses côtés, Katie prit une profonde inspiration et lui attrapa le coude.

— Quoi ?

Incrédule, elle secoua la tête.

— Pourquoi ne m'as-tu pas dit à quel point c'était grave ?

— Je ne voulais pas t'inquiéter. Qui plus est, tu vas bien, maintenant.

— Putain ! jura Wesley. Bon Dieu, Katie, dans quoi t'es- tu fourrée ?

— Quelle quantité de sang lui as-tu donné ? demanda Blake.

Luther échangea un regard avec le vampire.

— Suffisamment.

— Eh bien, ceci explique cela. Alors tu as décidé de t'accorder une contrepartie pour lui avoir sauvé la vie, pas vrai ?

Luther savait que Blake faisait allusion au fait que Katie avait été excitée par son sang, qu'elle eût été attirée par lui ou pas. Et étant donné que son frère était suffisamment fâché contre elle, Luther décida d'endosser la responsabilité de ce qui s'était passé durant la dernière heure. Après tout, c'était sa faute. Il avait cédé à son désir d'avoir des relations sexuelles, alors qu'il savait très bien qu'elle n'avait pas toute sa lucidité.

— Oui, c'est vrai, j'ai profité de Katie.

Bien qu'il ne le regrettât pas. Lui faire l'amour avait été la meilleure chose qu'il eût faite en plus de vingt années. Et s'il devait à présent en payer le prix, qu'il en fût ainsi.

— Non, tu n'as pas profité de moi ! lui répliqua Katie en plaquant les mains sur ses hanches. Je t'ai déjà dit que ça n'avait rien à voir avec ton sang. Idiot !

— Laisse-moi gérer ça, lui dit Luther en grinçant des dents. C'est mieux ainsi.

— Mais tu déformes la vérité, protesta Katie.

— Arrêtez !

Wesley souleva une main en appel au silence, le visage rouge de colère.

— Je ne crois pas que j'ai envie de savoir ce qui s'est passé là-dedans, ajouta-t-il en désignant la chambre à l'arrière. J'ai le sentiment d'en savoir plus que je ne le voulais. Mais ce que je veux savoir, bordel, c'est ce que tu fous avec lui et pourquoi tu as été poignardée par un gardien de prison. Peut-être devrions-nous commencer par là.

Blake, les bras croisés sur le torse, les regarda avec impatience.

— Moi aussi, j'aimerais le savoir. Et commencez par le début.

— Et vous feriez mieux de ne rien oublier, ajouta Grayson, empreint d'agressivité.

Luther capta son regard. Tous deux se détestaient. Pas surprenant. De toute évidence, le jeune hybride connaissait tout du passé de Luther, notamment la façon dont il avait tenté de tuer sa mère. En vérité, Grayson n'aurait même pas été là en ce moment si Luther y était parvenu. D'une certaine manière, il ne pouvait blâmer le garçon, mais cela ne signifiait pas qu'il dût l'aimer pour autant.

— Tu as eu mon message à propos des lettres ? demanda Katie en regardant Blake.

Il acquiesça d'un hochement de tête.

— Je t'ai immédiatement rappelée, mais je n'ai reçu aucune réponse. Comme nous n'avons pas pu te retrouver, Haven a fouillé ta maison, mais n'a trouvé aucune trace des lettres.

Luther lança un regard latéral à Katie.

— Donc, il n'existe aucune copie.

Katie le gratifia d'un sourire penaud.

— J'ai bluffé.

Ensuite, elle regarda à nouveau Blake.

— J'ai les lettres. Elles sont dans mon sac, dans la voiture, ajouta-t-elle.

— Nous n'avons pas vu ta voiture à l'extérieur, remarqua Wes.

— Nous avons dû l'abandonner quand nous nous sommes échappés de la prison, expliqua Luther. Je peux vous en donner la localisation précise.

Blake hocha la tête, puis fit signe à Katie.

— En parlant de prison, je suppose que tu veux dire le pénitencier pour vampires près de Grass Valley.

Son regard se mut ensuite vers Luther.

— Duquel notre ami ici présent vient juste d'être libéré, ajouta-t-il.

— Oui, la prison pour vampires. Quand je n'ai pas pu te parler et que j'ai foncé sur Luther…

Ce dernier lui serra l'avant-bras.

— Peut-être devrais-je prendre le relais.

Il regarda les trois hommes de Scanguards avant de poursuivre.

— Quand j'ai vu les lettres, j'ai compris qu'une personne en relation avec la prison avait dû les envoyer. J'ai donc décidé d'aider Katie à localiser celui qui les avait écrites.

Que Katie lui eût pratiquement fait du chantage en le menaçant de mettre tout Scanguards à ses trousses et d'utiliser la sorcellerie sur lui — habileté qu'elle ne possédait même pas ! — n'avait aucune importance. Il n'allait certainement pas admettre face aux hommes qui se tenaient devant lui qu'il avait été piégé par une femme.

— Tu aurais pu nous laisser faire. Aucune raison de t'impliquer là-dedans. Samson t'avait dit de rester hors de notre chemin, dit Blake.

Luther souffla de manière désapprobatrice.

— Ouais, et dès l'instant où vous auriez eu connaissance des lettres provenant de la prison, vous auriez additionné deux et deux et m'auriez poursuivi à la place du vrai coupable. Samson n'a pas un comportement rationnel en ce moment. Il aurait juste—

Grayson bondit sur lui, les canines à nu.

— Comment oses-tu parler ainsi de mon père ?

Luther ne bougea pas d'un pouce.

— Tu es juste comme lui, tête brûlée !

— Toi, putain de—

— Ferme-la, Grayson ! ordonna Blake en le tirant vers l'arrière pour le retenir. Il a raison. Samson aurait fait pourchasser Luther en réaffectant des hommes qui exploraient d'autres pistes. Et étant donné que Katie est toujours en vie et qu'Isabelle n'est pas ici, je suis enclin à lui accorder le bénéfice du doute quant au fait qu'il n'a rien à voir avec le kidnapping de la fille de Samson.

Il souleva le menton.

— Continue, ajouta-t-il à l'intention de Luther.

— J'avais vu la cellule d'un des V-PRISOs. Elle était recouverte de posters de Katie. J'ai pensé qu'il était obsédé par elle. Ce devait être lui le coupable. Je devais trouver son nom, et je ne pouvais le faire que depuis l'intérieur de la prison. Alors, nous y sommes entrés par effraction.

— Comment ? demanda Blake.

— Tu n'as pas besoin d'en connaître les détails. Ce qui est important, c'est que nous ayons les informations que nous cherchions et que nous soyons sortis.

— Apparemment, vous avez rencontré des problèmes, objecta Blake en désignant la tache de sang sur la chemise de Katie.

— Ils sont du genre à ne pas aimer quand on entre par effraction pour ensuite s'échapper, dit Luther, nonchalamment, avant de se tourner vers Katie. Soit… Le papier, ajouta-t-il.

Katie fouilla la poche de son jeans et en sortit la feuille repliée. Blake tendit le bras afin de la prendre et la déplia. Ses yeux parcoururent les informations qui y étaient imprimées.

— Cliff Forrester. Tu en es sûr ? demanda-t-il.

Luther hocha la tête.

— Ce doit être lui. Il a été relâché il y a une semaine. Il a amplement eu le temps de planifier cela. Et les lettres qu'il a envoyées à Katie depuis l'année dernière semblent suggérer qu'il se préparait à l'emmener.

Blake leva les yeux.

— Bon travail, dit-il en tendant le bout de papier à Wesley. Appelle le QG et donne-leur ces informations.

— Et qu'est-ce qu'on fait à son sujet ? demanda Wesley en regardant Luther.

Blake fit un pas vers le vampire.

— Merci pour ton aide. À la lumière de tout ça, oublions ce qui s'est passé ici. Mais je pense que ce serait mieux, pour tout le monde, si tu quittais la ville comme Samson l'a suggéré.

— Eh bien, ça n'arrivera pas, le rabroua Katie.

Tout comme les autres, Luther tourna la tête vers elle.

— Excuse-moi ? dit Blake.

— Tu m'as entendue. Luther a risqué sa vie pour nous obtenir ces informations et, maintenant, tu veux tout simplement l'écarter.

— À ce qu'il y paraît, il a également risqué *ta* vie ! grogna Blake. Alors, excuse-moi si je ne tiens pas trop à ce qu'il traîne dans les parages. Ni Samson ni Amaury ne toléreront qu'il s'implique dans ceci.

— Eh bien, il est *déjà* impliqué, répliqua Katie. Sans lui, vous n'auriez rien ! Ses méthodes sont peut-être peu orthodoxes, mais au moins, elles donnent des résultats. Maintenant, nous savons qui retient Isabelle, et nous n'avons plus qu'à le trouver.

Elle croisa les bras sur sa poitrine.

— Donc, un choix se présente à vous : soit vous laissez Luther nous aider à retrouver Isabelle, soit vous faites demi-tour maintenant, et j'investiguerai seule avec lui.

— Putain, mais c'est hors de question ! intervint Wesley en l'attrapant par le biceps. *Tu* rentres à la maison avec nous !

Il regarda furieusement Luther avant de poursuivre.

— Tu ne restes pas avec lui ! Tu te feras tuer !

Katie extirpa son bras de la poigne de son frère.

— Il m'a sauvé la vie ! Alors, fais ton choix.

Luther tapota l'épaule de Katie.

— Katie, juste par curiosité, allais-tu me demander si je voulais continuer à être impliqué là-dedans ?

— Non.

— C'est ce que je pensais.

Et assez étrangement, le fait qu'elle ne lui laissât pas le choix l'excita. Il ne fallait pas sous-estimer Katie. Une femme qui savait ce qu'elle voulait.

Luther sourit et échangea un regard avec Blake.

— Inutile de vouloir lutter contre elle. J'ai essayé. Et regarde où ça m'a mené.

Exactement ce dans quoi il avait atterri, il n'en était pas encore certain. Mais cela changeait agréablement de cette vie monotone qu'il avait passée en prison.

— Ouais, c'est notre Katie, confirma Wes. Dès qu'elle a quelque chose en tête, tu ne peux pas l'arrêter.

Et assez bizarrement, Luther ne voulait pas la stopper. S'ils avaient été seuls, il l'aurait prise dans ses bras et aurait continué là où ils avaient été interrompus, car une femme forte comme Katie l'excitait bien plus que tout ce qu'il avait jamais connu.

29

— Mon père ne l'acceptera jamais ! protesta Grayson en regardant furieusement Luther. Il te déteste !

Blake posa une main sur le bras du jeune hybride, puis regarda Luther.

— Je crains que Grayson n'ait raison. Il y a plusieurs personnes chez Scanguards qui préféreraient t'enfoncer un pieu dans le cœur que de te laisser te mêler de cette enquête, affirma calmement Blake. Malheureusement, nous manquons de temps. Nous savons que le kidnappeur sait déjà qu'il détient la mauvaise femme.

Katie eut un hoquet de surprise. Ils avaient des nouvelles d'Isabelle ? Pourquoi personne ne le lui avait dit ?

— Comment ? Qu'est-ce qu'il s'est passé ?

Blake quitta Luther des yeux.

— Nous avons pu identifier le vampire qui l'a enlevée.

— Cliff Forrester ? demanda Katie. Alors, vous le saviez déjà !

Elle désigna le morceau de papier, puis regarda Luther.

— Je t'ai attiré tous ces ennuis pour rien ?

Blake secoua la tête.

— Ce n'était pas Forrester qui a enlevé Isabelle. C'était un type nommé Antonio Mendoza. Il était tueur à gages.

— Vous pensez que Cliff Forrester l'a engagé ?

— Il semble que oui. Mendoza a kidnappé Isabelle et a attendu que l'homme qui l'avait engagé le débarrasse d'elle, mais quand le type s'est pointé, il a immédiatement réalisé que Mendoza avait enlevé la mauvaise femme. Alors, il a tué Mendoza et a emmené Isabelle avec lui.

— Comment le savez-vous ? demanda Katie.

Son cœur battait aussi bruyamment qu'un tambour, et elle savait que les vampires présents dans la pièce pouvaient l'entendre

Blake désigna Grayson.

— Quand nous avons identifié Mendoza sur la vidéo surveillance, nous avons envoyé quatre des hybrides chez lui. La maison était vide mais, apparemment, Mendoza ne faisait pas confiance à l'homme qui l'avait engagé. Il a enclenché un enregistreur avant de laisser entrer

Forrester. Tout a été enregistré. Dès que Forrester a vu Isabelle, il a su que ce n'était pas toi. Il a tué Mendoza à cause de sa stupidité. Mais nous savons qu'il gardera Isabelle en vie.

Katie déglutit avec difficulté. Même si Blake ne le disait pas, elle savait exactement ce que cela signifiait.

— Il va vouloir faire un échange, dit-elle.

Le silence s'abattit dans la pièce. Personne ne dit mot. Personne ne bougea.

La voix de Luther déchira ce silence.

— Ça n'ira pas jusque-là. Il y a un autre moyen.

Katie souleva les paupières afin de rencontrer son regard.

— C'est ma faute s'il détient Isabelle. Je l'ai mise en danger. Si je n'avais pas échangé nos rôles, tout ceci ne serait pas arrivé. Si j'—

— Il importe peu de savoir à qui incombe la faute, l'interrompit Luther. Je n'autoriserai aucun échange. De toute façon, une fois qu'il t'aura, qu'est-ce qui l'empêchera de tuer Isabelle ?

Il secoua la tête et regarda les autres hommes présents dans la pièce.

— Nous le trouverons, et je sais comment, ajouta-t-il.

— Que va-t-on dire à Samson ? demanda calmement Wesley.

— Rien, dit Blake.

Il hocha la tête à l'intention de Grayson.

— Tu es avec nous ? lui demanda-t-il.

— Ai-je le choix ?

— Non.

— Alors, je suppose que tu as ma réponse.

Le jeune hybride fit un pas vers Luther en soulevant le menton.

— Un faux mouvement, et je te transforme en poussière !

Katie surprit la manière dont Luther encaissait la menace d'un simple hochement de tête.

— Comment allons-nous trouver Forrester ? demanda Blake.

Soudain, Luther, Grayson et lui tournèrent brusquement la tête en direction de la porte d'entrée. Un instant plus tard, Katie l'entendit également. Un bruit, dehors. La fine ouïe des vampires l'avait capté quelques secondes plus tôt. Wesley sortit son arme au même moment que Blake et Grayson, tandis que Luther attrapait Katie et la poussait derrière lui afin de la protéger de ce qu'il pouvait y avoir à l'extérieur, quoi que ce fût.

Lorsque la porte s'ouvrit, Katie jeta un œil par-delà Luther. Soulagée, elle le contourna bien qu'il tentait de la retenir.

— Ça va, dit-elle en désignant le nouveau venu. C'est John, il est avec eux.

Au premier pas à l'intérieur, le grand vampire à l'accent du Sud examina rapidement la pièce. Apparemment satisfait de ce qu'il y vit, il s'adressa à Blake.

— Quelqu'un approche.

— Un vampire ?

— Ouais.

— Ce doit être Striker, dit Luther. Cette cabane lui appartient. Je l'ai envoyé chercher des infos sur Forrester.

John plissa le front.

— Tu parles de Striker Reed ?

— Tu le connais ?

— Je sais *des choses* sur lui.

John lança un regard à ses collègues.

— Je suggèrerais, précisa-t-il, que vous baissiez vos armes, les gars, car ce mec a la gâchette facile. Et s'il vous trouve dans sa maison, armés et sans y avoir été invités, il vous abattra et posera les questions plus tard.

— Ton ami marque un point, dit une voix depuis le couloir situé derrière eux.

Katie se retourna et fixa les yeux rouges menaçants de leur hôte, un pistolet braqué sur eux.

Les bras de Luther se cramponnèrent à elle, la plaçant sous la protection de son corps.

— Striker, non ! hurla Luther. Ce sont des amis.

— Alors, dis-leur de déposer leurs armes.

— Les gars, s'il vous plaît, dit Luther par-dessus son épaule, les bras toujours enroulés autour de Katie, la pressant contre la chaleur de son corps.

Ce geste la fit se sentir en sécurité, et savoir que la première pensée de Luther avait été de la protéger lui envoya un agréable frisson à travers tout le corps.

Lentement, elle remarqua que Striker se détendait. Il souleva ensuite un côté de sa bouche.

— Luther, quand je t'ai dit de faire comme chez toi, je ne voulais pas dire que tu pouvais inviter tes amis à une fête.

Katie sentit les muscles de Luther se relaxer, mais il ne la lâcha pas. Elle fut contente qu'il la gardât dans ses bras, lui donnant ainsi une chance d'apprécier cette proximité quelques instants de plus.

— Ça s'est décidé à la dernière minute, dit Luther dans un gloussement, et un peu de manière inattendue. Pour ne pas dire inopportune.

Suite à ces dernières paroles, Katie leva le visage et capta le regard de Luther. Regrettait-il, autant qu'elle, d'avoir été interrompu dans leurs ébats ? Le regard dans ses yeux semblait le suggérer.

Striker s'approcha, repositionnant l'arme dans son étui à sa ceinture.

— Tu ne veux pas me présenter ?

Luther libéra Katie de son étreinte. Apparemment à contrecœur, toutefois. Il désigna les autres hommes présents dans la pièce.

— Ces hommes travaillent pour Scanguards : voici Blake, Grayson, Wesley et John.

Tous hochèrent la tête.

— Voici Striker Reed. Il était le meilleur traqueur du Conseil.

— Je le suis toujours, balança Striker en souriant. C'est juste que je ne travaille plus pour eux.

— Un traqueur ? demanda Katie.

— Je retrouve des personnes, dit Striker, laconiquement.

— Les gens qui ne veulent pas être retrouvés, expliqua Luther en se tournant vers elle. Des criminels évadés, pour la plupart. C'est un des boulots les plus dangereux, là dehors. Il y a peu de vampires qui sont sélectionnés pour être traqueurs, et encore moins qui veulent de ce boulot. Quoique j'aie entendu dire que le Conseil n'accepte aucun refus en guise de réponse quand il a des vues sur un candidat potentiel.

Striker haussa un côté de sa bouche et inclina la tête sur le côté.

— Quelque chose dans le genre.

Il échangea ensuite un regard avec Luther.

— J'ai une localisation pour toi.

30

Assis à l'arrière du SUV aux vitres occultantes de Scanguards, Luther jeta nonchalamment un œil par-dessus son épaule. John et Grayson les suivaient dans l'Audi de Katie qu'ils étaient allés rechercher dans les bois, là où Luther et elle l'avaient laissée. Ils avaient abandonné le pick-up volé. Wesley conduisait le SUV, et Blake était assis à ses côtés, le portable collé à l'oreille comme s'il y était attaché de façon permanente. Il était en communication avec le quartier général depuis qu'ils avaient quitté la cabane de Striker, transmettant toutes les informations en sa possession et s'informant sur ce que Scanguards avait pu découvrir de son côté.

Assise à côté de Luther, la tête appuyée sur son épaule, Katie était silencieuse.

— Fatiguée ? murmura-t-il, tout en maintenant la voix basse. Avec un peu de chance, Blake serait trop accaparé par sa communication téléphonique que pour écouter leur conversation. Quant à Wesley, il ne possédait pas l'ouïe fine des vampires.

— Juste un peu, admit-elle en se blottissant davantage contre lui.

Il souleva le bras et l'enroula autour d'elle, l'attirant contre son torse et inhalant l'odeur de ses cheveux.

— Dors pendant quelques minutes. Je te réveillerai quand nous arriverons.

— Je suis trop agitée pour dormir.

Elle leva la tête. Même dans l'obscurité, ses yeux verts étincelaient. Instinctivement, il lui enroba le visage d'une main et lui souleva le menton, regardant fixement ses émeraudes. La tentation de l'embrasser le submergeait, mais il savait qu'il ne pouvait s'autoriser une telle intimité en présence du frère de Katie et du vampire qui semblait en pincer pour elle.

— Je sais, dit-il plutôt. Nous la trouverons, Katie, je te le promets. Tu peux te fier aux infos de Striker. S'il dit que Forrester a été vu dans le coin tout récemment, alors, c'est qu'il y est.

— J'espère juste que nous n'arrivons pas trop tard.

Il lui passa une main dans les cheveux, caressant la douceur de ses mèches.

— Il n'est pas assez stupide pour la tuer. Elle représente sa monnaie d'échange. Elle sera en sécurité aussi longtemps qu'il ne t'aura pas.

Et, par Dieu, il remuerait ciel et terre afin de s'assurer que Forrester ne posât pas les mains sur Katie.

— Luther ?

— Oui ?

— Pour tout à l'heure, commença-t-elle, hésitante.

Il jeta un coup d'œil vers l'avant du SUV, mais Blake était toujours au téléphone, et Wesley semblait être concentré sur sa conduite.

Il baissa la tête, amenant sa bouche tout près de l'oreille de Katie.

— Nous en parlerons plus tard.

Elle opina d'un lent mouvement de la tête.

— Je veux juste que tu saches que je ne regrette rien.

Elle prit une bouffée d'air avant de poursuivre.

— Mais que je regrette que nous ayons été interrompus. Je voulais que tu—

Il la stoppa en posant un doigt sur ses lèvres.

— Non. Peut-être était-ce mieux qu'ils m'aient arrêté.

Car s'il l'avait mordue, il se serait enfoncé encore plus dans cette situation, quelle qu'elle fût. Et il savait qu'il ne pouvait s'impliquer. Il ne pouvait prendre aucun engagement. Même pas envers une femme comme Katie. Aussi attiré fût-il par elle. Au bout du compte, il ne ferait que la blesser, tout comme Vivian et lui s'étaient mutuellement faits du tort.

La main de Katie se referma autour de son poignet.

— Tu ne le penses pas.

Il soupira.

— Katie, tu ne me connais pas. Je ne suis pas l'homme que tu penses que je suis.

Il désigna Blake.

— Si tu cherches quelque chose, ajouta-t-il, tu serais mieux avec un type qui est convenable et… enfin, gentil. Je ne suis rien de tout cela.

— Convenable ? Qu'est-ce que ça signifie, réellement ? Nous regardons les gens et pensons qu'ils sont bons et convenables mais, une fois que l'on creuse un peu, nous voyons ce qu'ils sont réellement.

— Katie, j'ai été en prison pendant vingt ans, pour un crime que j'ai commis, un crime contre des innocents. Je ne suis pas un enfant de chœur.

— Tu m'as sauvé la vie, aujourd'hui, sans même sourciller.

Désapprouvant, il souffla.

— Ouais, après l'avoir mise en danger. À quoi t'attendais- tu de ma part ? Que je te laisse mourir ? J'étais responsable de toi, là-bas. J'ai promis de te garder en sécurité, et je n'ai pas respecté ma promesse. Rien que cela devrait t'inciter à demeurer loin de moi.

— C'est de l'honneur, Luther. Tu as agi par honneur, et cela fait de toi quelqu'un de bon. Et, là, maintenant, tu es avec nous, parce que tu sais que c'est la bonne décision. Tu nous aides à trouver Isabelle bien que tu n'aies pas à le faire.

— J'avais besoin de quelqu'un pour me conduire en ville, dit-il afin de détourner la conversation.

Katie gloussa.

— Je suis sûre que Striker t'aurait emmené jusqu'à la ville voisine où tu aurais pu louer ou acheter une voiture.

Luther ferma les yeux et secoua la tête.

— Ne puis-je avoir le dernier mot avec toi, ne fût-ce qu'une seule fois ?

— Tu peux essayer, dit-elle, évasivement, mais j'ai un esprit de compétition très développé.

— Tu aurais pu m'en avertir plus tôt.

— Et gâcher la surprise ?

Elle leva la tête et déposa un rapide baiser sur ses lèvres.

— Ne fais pas ça, murmura-t-il, désignant l'avant du SUV.

Mais ce contact furtif lui avait ouvert l'appétit.

— Ou je vais devoir utiliser le contrôle de l'esprit pour que tu te comportes bien.

— Tu ferais vraiment ça ?

— Ne me mets pas au défi, la prévint-il.

Il posa une main sur sa cuisse et la serra.

Elle émit un hoquet de surprise, et il glissa la main plus haut. À travers son jeans, il put même sentir la chaleur irradier de son sexe et lui calciner la paume de la main.

— Crois-moi, tu ne veux certainement pas que je t'embarrasse devant ton frère.

— OK, dit-elle, d'une voix haletante.

— Gentille fille.

Il ôta la main de son sexe et prit une profonde inspiration. Cette femme le rendait fou. Il ne devait pas être attiré par elle de la sorte, ne pouvait se permettre de se laisser attraper dans son filet. Cependant il ne pouvait s'en empêcher. Faire l'amour avec Katie n'aurait peut-être pas un impact aussi profond sur lui s'il n'avait pas fait abstinence durant son séjour en prison. Mais il ne pouvait oublier les quelques minutes de pure et de complète extase qu'il avait éprouvée dans ses bras. Et il en voulait plus, bien qu'il sût que rien de bon n'en ressortirait. Il ne ferait que la blesser et, par conséquent, se nuirait à lui-même.

— Je viens juste d'avoir des nouvelles de Haven, dit soudain Blake en se tournant.

— Haven ? demanda Katie, la voix un peu tremblante.

— Ouais. Eddie et lui sont déjà sur place. Ils nous attendent à cinq cents mètres de la planque de Forrester. Nous devrions y être dans quelques minutes.

— Qu'as-tu dit à Haven ? demanda-t-elle.

— Juste ce qu'il devait savoir. Que nous avons une piste à propos du ravisseur, et que c'est Luther qui nous a obtenu cette info. C'est tout.

Le regard de Blake s'orienta vers Luther, puis ensuite de nouveau vers Katie.

— Je suis certain que tu voudras le briefer toi-même à propos du reste, précisa-t-il.

— Merci, Blake, j'apprécie.

— Je présume que Haven et Eddie savent qu'ils ne doivent pas dire à Samson que je suis impliqué ? demanda Luther.

— Je les ai briefés. L'histoire officielle que nous avons donnée à Samson est qu'après que nous ayons examiné les lettres que Katie a reçues, un contact au sein de la prison nous a désigné Cliff Forrester comme responsable de l'enlèvement. Nous avons été aussi vagues que possible.

Satisfait, Luther acquiesça d'un hochement de tête. Non pas qu'il craignît que Samson mît ses menaces de le tuer à exécution, mais bien parce qu'il ne voulait pas que celui-ci pût réagir de manière impulsive et compromettre ainsi le sauvetage de sa fille. Dès que ceci serait terminé, Luther retournerait dans l'ombre, comme s'il n'était jamais venu ici. Et Samson ne devrait jamais savoir qu'il avait apporté son aide. Il n'était pas là pour obtenir de la reconnaissance.

Quelques minutes plus tard, Wesley arrêta le SUV sur une route campagnarde dépourvue d'éclairage et coupa le moteur. Derrière eux, John, au volant de la voiture de Katie, fit de même.

— Allons-y, dit Blake en sortant de la voiture.

Luther tendit le bras vers la poignée, ouvrit la portière arrière côté passager et fit un pas dans l'obscurité. Face à eux, était garé un monospace. Eddie et un autre vampire se tenaient à côté de celui-ci. Ce devait être Haven, le frère de Katie. Luther laissa courir son regard sur lui. Il était légèrement plus grand que son frère le sorcier. Haven regarda par-delà Luther, à la recherche de la personne qui s'apprêtait, à son tour, à quitter la voiture.

Luther se tourna et tendit la main vers celle de Katie pour l'aider à sortir.

— Katie ! s'écria Haven en se dirigeant vers elle.

Il la prit dans ses bras et déposa un baiser sur le haut de sa tête. Tu m'as foutu la trouille quand tu as disparu. Ne refais jamais ça !

— Je suis désolée.

— Putain, mais qu'est-ce que tu fais avec lui ? demanda Haven, contrarié, en lançant un regard de biais à Luther.

Katie s'écarta de lui.

— Tout va bien, dit-elle.

— Si je découvre qu'il—

— Et si nous postposions les civilités à plus tard ? suggéra Blake, attirant sur lui l'attention de tout le monde.

John et Grayson les avaient rejoints.

Luther hocha la tête.

— Ça me va.

Eddie le remercia d'un regard furtif.

— Savons-nous tous que faire ? demanda Blake en regardant le groupe. Grayson, tu restes avec Katie. Les autres, allons-y. Haven et John s'approcheront de la maison par l'arrière. Luther, tu seras avec Eddie, Wesley et moi. Des questions ?

— Laisse-moi vous accompagner, exigea Grayson. John peut surveiller Katie.

— Non ! protesta Blake avant de regarder ses collègues.

Luther leva les mains.

— Si vous aviez une arme de plus, je serais plus utile…

— Tu en as amené d'autres ? demanda Blake à Haven.

Le frère de Katie se tourna vers le van et en sortit un pistolet semi-automatique. Luther le suivit et prit l'arme.

— Merci.

— Ne me remercie pas trop vite.

Les yeux plissés, Haven se fit bien comprendre. Il suspectait que quelque chose se passât entre Katie et lui, et il n'aimait pas cela.

— Ta sœur est une adulte, lui dit Luther, baissant la voix tel un murmure. Elle peut prendre ses propres décisions.

— Et elles ne sont pas toutes sensées, siffla Haven, en retour.

Blake les interrompit en aboyant son ordre.

— Allons-y. On n'est pas en pique-nique, ici.

Sous le couvert de l'obscurité, ils atteignirent la maison quelques instants plus tard. C'était une maison ressemblant à un vieux ranch ayant besoin d'une bonne couche de peinture et d'un sérieux travail de jardinage. Rien n'avait été fait à cet endroit depuis des années. Selon les informations de Striker, elle appartenait à Cliff Forrester, et des voisins l'y avaient vu quelques nuits plus tôt, après qu'il eût été relâché de prison.

Aucune lumière ne provenait de l'intérieur. Pas plus qu'un bruit. Blake donna le signal de se disperser. Par le biais de son micro et de son écouteur, il communiquait avec John et Haven qui s'approchaient du bâtiment par l'arrière.

— Quelque chose ? murmura Blake dans le micro.

Luther n'entendit pas la réponse mais, un instant plus tard, Blake désigna la porte afin d'indiquer qu'il passait en premier. À quelques mètres de distance, Luther le regarda s'approcher de l'entrée sans le moindre bruit, arme au poing. Il vit ses lèvres remuer sans que le moindre son n'en émergeât.

Blake testa la porte. Il y eut un bruit de craquement de planche. Le vampire la poussa ensuite et se rua à l'intérieur de l'édifice, Eddie sur ses talons. Depuis l'arrière de la maison, on put entendre des bruits similaires, et Luther perçut cela comme un signe l'autorisant à foncer à son tour.

Il fut immédiatement évident que l'endroit était vide. La déception envahit Luther. Il n'y avait aucune trace de Forrester ou d'Isabelle. Ils étaient arrivés trop tard.

— Il est parti, confirma Haven.

— Des annexes à l'arrière ? demanda Blake.

John hocha la tête.

— Elle est vide, également, à l'exception d'une moto.

De la lumière inonda soudain l'intérieur de la bâtisse, et Luther se retourna, pointant son pistolet sur la personne qui était entrée derrière lui. Non désireux d'abattre Wesley, il rabaissa son arme rapidement. Le sorcier aurait pu ne pas trop bien le prendre.

— Fouillez l'endroit à la recherche de tout indice de la présence d'Isabelle ici, ordonna Blake.

La fouille ne dura pas longtemps. L'endroit n'était que peu meublé.

— Il était incontestablement ici. Il y a un journal datant d'il y a deux jours, confirma John en désignant la chambre à coucher dont il venait juste de sortir. Et le lit a été utilisé.

Haven acquiesça d'un hochement de tête.

— Il semble qu'il soit parti à toute vitesse.

Il désigna le vestibule, là où un jeu de clé pendait à un crochet fixé au mur.

— Ses clés sont toujours là, ajouta-t-il.

Blake se tourna et fixa Luther du regard.

— Est-ce qu'il se peut que Striker l'ait averti ?

— Pas la moindre chance, répondit fermement Luther. Je lui fais confiance. Il n'aurait jamais prévenu Forrester.

— Bien. John, mets tout ce qui n'est pas attaché dans un sac. Grayson peut t'aider. Ramenez-le ensuite au QG et faites examiner son contenu par l'équipe. Les autres, partons et rentrons à San Francisco.

— Pas de problème, approuva John. Je vais reprendre l'Audi de Katie et on se voit au QG.

31

— Qu'est-ce qu'on va faire, maintenant ? demanda Katie.

Venant juste de traverser le Bay Bridge dans le SUV aux vitres occultantes, ils étaient de retour à San Francisco. Ses deux frères les avaient ramenés en ville, Luther et elle, tandis qu'Eddie et Blake avaient repris l'autre van. Une demi-heure de plus, et le soleil serait levé.

— *Toi*, tu ne vas rien faire, dit sèchement Haven depuis le siège conducteur, regardant un bref instant par-dessus son épaule. Tu en as fait suffisamment pour une nuit.

À en juger par la manière dont il le disait, il ne la complimentait pas.

— Mais—

Haven grogna.

— Blake s'en charge. Thomas a déjà trouvé une photo de notre suspect et est en train de la distribuer à tout le monde. Ils analyseront les lettres afin de savoir si elles contiennent le moindre indice quant à l'endroit où il se trouve. Et ils vérifient toutes les relations que ce Cliff Forrester a en Californie. S'il a une autre cachette, un garage, une voiture ou un box de stockage, nous la trouverons. Il n'ira pas loin.

— Mais il doit y avoir quelque chose d'autre que je puisse faire, insista Katie. Pourquoi ne lui tendons-nous pas un piège ? Je peux servir d'appât.

À ses côtés, elle sentit Luther se raidir.

— Non, bon sang ! grogna-t-il.

— Je déteste être d'accord avec lui, dit Haven, entre ses dents, mais ça ne se passera tout simplement pas comme ça. Tu resteras chez toi, sous constante surveillance. J'ai déjà prévenu le QG, et ils envoient quelqu'un. Je te surveillerai jusqu'à ce qu'il soit là.

Katie ouvrit la bouche afin de protester, mais Luther fut plus rapide.

— Ce ne sera pas nécessaire. Je surveillerai Katie. Il n'y a pas besoin d'envoyer un homme de chez Scanguards.

— Pas question, répondit Haven de manière méprisante. Tu ne resteras pas avec Katie.

Il se désigna, de même que son frère.

— L'un de nous va garder un œil sur toi à tout moment, ajouta-t-il.

Wes acquiesça d'un hochement de tête et se retourna à moitié afin de regarder Luther.

— Tu pensais vraiment qu'après ce qui est arrivé à Katie pendant qu'elle était avec toi, on te laisserait seul avec elle ?

Luther gronda, mais Katie lui prit la main et l'empêcha de répondre.

Elle fusilla plutôt son frère du regard.

— Qu'est-ce qui t'embête ? Le fait que j'aie été poignardée en prison ou que j'aie couché avec Luther ?

Haven donna un brusque coup de freins, arrêtant la voiture sur le côté de la rue. Katie fut propulsée en avant. Sans sa ceinture de sécurité, elle aurait heurté le dos du siège conducteur.

— Quoi ? hurla Haven en se retournant. Ses yeux brillaient d'un rouge étincelant, et ses canines descendaient.

— Tu as couché avec cette ordure ? ajouta-t-il.

Le regard abasourdi de Katie s'orienta vers Wesley.

— Tu ne le lui as pas dit ? demanda-t-elle.

Elle était certaine que Wesley avait prévenu son frère avant de quitter la maison de Forrester. Pour quelle autre raison Haven aurait-il été si catégorique quant au fait de la maintenir éloignée de Luther ?

Wes leva une main et fit la grimace.

— Tu sais, je peux garder un secret.

Il désigna Haven du pouce.

— Je savais comment il réagirait, précisa-t-il.

Haven regarda furieusement son frère.

— Et à juste titre ! Veux-tu vraiment que ta sœur soit manipulée par quelqu'un comme lui ?

Il pointa Luther du doigt et poursuivit.

— C'est un prisonnier. Un meurtrier.

Katie regarda Luther, mais celui-ci, impassible, dévisageait Haven et accueillait cette accusation en silence, sa bouche ne formant plus qu'un seul trait. Elle éprouva le besoin de le défendre.

— Il n'est pas le seul assassin présent dans cette voiture, dit Katie en suspendant son regard à celui de son frère. Alors, ne sois pas si pointilleux, maintenant. Tu as été chasseur de vampires pendant plus de dix ans, et tu as tué ta juste part.

— J'ai tué pour toi, Katie ! siffla-t-il. Pour te retrouver et te ramener ! Et maintenant, tu me balances ça à la figure ?

Il ouvrit brusquement la portière et bondit hors du véhicule.

— Ah, merde ! jura Katie en déverrouillant sa ceinture de sécurité.

Luther posa une main sur les siennes, mais elle secoua la tête et ouvrit la portière côté passager. Elle jaillit de la voiture et courut après Haven qui marchait sur le trottoir désert.

— Haven !

Il regarda par-dessus son épaule, un regard blessé sur le visage, mais s'arrêta. Lorsqu'elle arriva à sa hauteur, elle prit une profonde inspiration.

— Tu as tellement fait pour moi, commença-t-elle. Plus que n'importe quel frère ne devrait avoir à le faire pour sa sœur. Tu t'es sacrifié pour Wes et pour moi. Et je sais que tu penses que je suis ingrate. Je ne le suis pas.

Les larmes lui piquaient les yeux, mais elle persévéra.

— Lorsque nous nous sommes retrouvés, il y a vingt ans, tu m'as procuré la famille que j'avais toujours voulue. Et qu'est-ce que je t'ai apporté ? Seulement des ennuis.

— Oh, mon cœur, murmura-t-il en dodelinant de la tête. Aussi longtemps que je te saurai heureuse, les soucis en vaudront la peine.

Une larme coula le long de la joue de Katie.

— Mais je ne suis pas heureuse, Haven. Je n'ai jamais pu lui pardonner ce qu'elle nous a fait. Ce qu'elle t'a fait.

Haven tendit la main et, du pouce, essuya une larme.

— Tu dois avancer. Notre mère était rongée par le besoin de pouvoir. Elle l'a payé.

— Tu lui as pardonné ?

— À ma façon.

Katie n'avait pas su le faire.

— Alors, tu es une meilleure personne que moi. Comment une mère peut-elle faire ça à ses enfants ? Comment a-t-elle pu nous faire ça ? Nous dérober nos pouvoirs et se les approprier, sachant que cela nous mettrait tous en danger ? Je ne peux pas lui pardonner.

Suite aux agissements de leur mère, ils avaient tous souffert. Leur père avait disparu, une nuit, pour ne jamais revenir, et un vampire avait tué leur mère et enlevé Katie lorsqu'elle n'avait qu'un an. À l'âge de vingt-trois ans, ses deux frères et elle avaient été réunis.

— Je lui en veux toujours de m'avoir enlevé mes pouvoirs. Parce que si j'en avais eu, j'aurais pu l'empêcher de—

Haven posa un doigt sur ses lèvres.

— Arrête, Katie. Cinq années ont passé. Ce qui t'est arrivé est terrible. Mais tu dois laisser tomber. Il est mort. Il ne te fera plus jamais de mal.

— Mais la peur ne me quitte pas.

— Je suis désolé, mon cœur.

Elle secoua lentement la tête.

— Quand je suis avec Luther, cette peur… elle disparaît. Quand il est près de moi, je suis rassurée. Je peux à nouveau respirer, revivre.

Et oublier le cauchemar qui avait fait basculer son existence cinq années auparavant, l'obligeant à tourner le dos à Hollywood et à son ancienne vie.

— Oh, Katie, soupira Haven. Pourquoi lui ?

— Je ne sais pas. Mais avec lui, je me sens en sécurité. Ne m'enlève pas cela, s'il te plaît.

Les larmes coulaient à présent à flots sur son visage, lui troublant la vue.

— J'ai besoin de lui, ajouta-t-elle.

Haven enroula les bras autour d'elle et l'attira contre sa poitrine. Un chagrin déchira la gorge de Katie pendant que son frère lui caressait le dos afin de la réconforter.

— Et s'il ne veut pas de toi ?

— Je ne sais pas, Hav.

— OK, acquiesça-t-il. Il peut rester avec toi. Quand il partira, je serai là pour te soutenir.

— Comme tu l'es toujours, murmura-t-elle.

Mais Haven espéra que, cette fois, elle n'aurait pas à compter sur son aide.

— Je t'aime, Haven.

— Je t'aime aussi, mon cœur.

32

Luther suivit Haven jusqu'à la porte qui menait au garage de la maison victorienne de Katie, alors que celle-ci gravissait déjà les escaliers vers l'étage.

— Je vais prendre une douche, annonça-t-elle avant de disparaître.

Dès l'instant où elle fut hors de portée de voix, Haven se racla la gorge.

— Si tu lui fais du mal, je te tue.

— Je ferais la même chose si j'étais à ta place, admit Luther.

— Bien. Nous nous comprenons, alors.

Haven tendit la main vers la poignée de la porte.

— Encore une chose, ajouta Luther.

Le frère de Katie regarda par-dessus son épaule.

— Je ne me suis pas nourri. Puisque je ne peux pas laisser Katie seule, tu ne pourrais pas, par hasard, me faire envoyer du sang conditionné.

Haven désigna le bout du couloir.

— Katie garde du sang dans un frigo du garde-manger. Pour les visiteurs comme ma compagne et moi, par exemple. Sers-toi.

— C'est sympa.

Haven disparut tout en grognant. Quelques instants plus tard, Luther entendit l'ouverture de la porte du garage et une voiture sortir. Une fois la porte refermée et le calme revenu, Luther se détendit. Depuis l'étage, il entendit le bruit de l'eau courante.

Instinctivement, il éprouva le besoin d'y courir, mais il recula. Il était là pour protéger Katie, pas pour la dévorer comme une bête affamée. Et il avait faim, mourait de faim, en fait. S'armant de sa dernière once de volonté, il marcha vers la cuisine et y entra. Dans le garde-manger, il trouva un petit réfrigérateur. Son contenu se composait de bouteilles de sang soigneusement empilées et disposées en rangées. Elles étaient triées par groupe sanguin.

Il tendit la main afin d'en saisir une, se souciant peu de quel groupe elle était et fit sauter le bouchon pour l'ouvrir. Il engloutit avidement le liquide jusqu'à ce que la bouteille fût vide. Mais il n'était pas encore repu. Il lança la vidange dans la poubelle de recyclage se trouvant à côté de la porte et prit une autre bouteille. Ce ne fut que lorsqu'il l'eut également vidée qu'il se sentit légèrement mieux. En prison, il aurait dû subsister plusieurs jours avec cette quantité de sang, et cela lui avait appris à contrôler sa faim. C'était la raison pour laquelle il était si surpris d'avoir, à présent, besoin d'une telle quantité de nourriture pour se rassasier.

Au plus profond de lui, il n'était toutefois pas satisfait. Il en connaissait la raison. Et celle-ci se tenait sous la douche du second étage. Ses pieds le transportèrent en haut de l'escalier en bois grinçant. Sur le palier, il inhala et capta son odeur. La porte de la chambre au bout du long couloir était entrebâillée. Le bruit de la douche s'échappait par cette ouverture. C'était la suite principale de Katie.

Il hésita. Il valait mieux faire preuve de retenue. Katie avait suffisamment enduré de choses durant la nuit précédente. Elle avait besoin de se reposer. Et il devait se calmer. Une douche froide serait peut-être utile afin de se reconcentrer sur ses priorités.

Luther longea le couloir, la moquette sous ses pieds amortissant ses pas. Il ouvrit plusieurs portes jusqu'à ce qu'il y trouvât une salle de bains. Il se glissa à l'intérieur et ferma la porte derrière lui. Il ne mettrait pas longtemps avant de se déshabiller et de se tenir sous le jet de la douche afin que celui-ci pût évacuer ce besoin qui lui nouait le corps tout entier.

Dans quoi s'était-il fourré ? Il avait pris la responsabilité de protéger Katie d'un vampire fou. Et s'il venait à échouer, il le paierait non seulement de sa vie, mais pire, il ne pourrait jamais se le pardonner.

Il tira la tête en arrière, le visage face au plafond, et laissa l'eau s'écouler sur lui.

— Pourquoi ?

Pourquoi le destin était-il si cruel en mettant cette femme sur son chemin ? Katie, celle qui faisait battre son cœur d'excitation, qui lui offrait une seconde chance, une chance qu'il ne méritait pas. Et puisqu'il ne la méritait pas, il savait comment cela se terminerait : le destin lui reprendrait à nouveau tout.

Il coupa l'eau et sortit de la cabine de douche. Il se sécha à l'aide d'une serviette trouvée dans l'armoire à linge, puis l'enroula autour de sa taille et se tourna vers l'endroit où il avait déposé ses vêtements.

Il se figea en plein mouvement.

Katie se tenait dans l'embrasure de la porte ouverte, uniquement vêtue d'une fine robe de chambre rouge, les cheveux noués sous une serviette.

— Je te cherchais, murmura-t-elle. Elle laissa courir les yeux sur le corps du vampire.

Il ne put s'empêcher de remarquer la manière dont elle entrouvrait les lèvres et dont elle inspirait. Sa poitrine se souleva, attirant ainsi le regard de Luther sur ses seins. De durs mamelons poussaient contre le fin tissu.

Involontairement, Luther gémit.

Lorsque les mains de Katie se dirigèrent vers la ceinture de son peignoir afin de le dénouer, il fit un pas vers elle et lui saisit les mains afin de l'arrêter.

— Ne fais pas ça.

Elle souleva les paupières et suspendit son regard au sien.

— Luther, s'il te plaît, j'ai besoin de toi.

Il secoua la tête.

— Je n'ai rien à te donner. Je ne peux rien te promettre, Katie.

— Ne fais aucune promesse, alors. Je ne demande rien. Tout ce que je veux, c'est aujourd'hui, ici et maintenant. Cela ne doit rien signifier de plus.

Sachant qu'il avait déjà perdu cette bataille, il soupira.

— Oh, Katie.

Il lui lâcha les mains.

— Et demain ? Qu'est-ce qui se passera, alors ? Tu sais que je ne peux pas rester.

— Ma vie, ce n'est pas ça, ajouta-t-il en soulignant son affirmation d'un mouvement circulaire. Cela ne fera de bien ni à l'un ni à l'autre de prétendre que nous pouvons changer cela.

— De quoi as-tu peur, Luther ?

Elle souleva une main et la tendit vers son visage. Il la laissa faire, lui permettant de tracer le contour de ses lèvres.

— N'es-tu pas fatigué de fuir ? demanda-t-elle, doucement.

— Je ne fuis pas.

Katie sourit, comme si elle savait qu'il mentait.

— Pour comprendre quelqu'un, il faut lui ressembler, Luther. Nous fuyons tous les deux, et nous avons tous deux besoin d'un break. Juste pour quelques instants. Juste pour reprendre notre souffle.

— Bon sang, tu rends ceci vraiment difficile, jura-t-il en laissant courir une main à travers ses cheveux mouillés. J'ai pris du sang dans ton garde-manger, mais j'ai toujours faim.

Lorsqu'il la regarda fixement dans le vert de ses globes oculaires, il sut qu'il n'avait pas à expliquer ce qu'il voulait dire par là.

— Nous sommes seuls. Cette fois, on ne nous interrompra pas. Personne ne m'arrêtera une fois que j'aurai commencé. Personne ne te sauvera.

— Oh mon Dieu, j'espère bien.

Elle ouvrit son peignoir et le laissa glisser sur ses épaules. Il tomba au sol en un léger souffle.

Sachant qu'il n'y avait pas moyen de faire marche arrière, Luther inspira profondément. Il tira sur la serviette enroulée autour de sa taille et la laissa tomber. Son sexe, déjà pleinement gorgé de sang, se redressa instantanément.

— La première fois sera rapide et violente, l'avertit-il en la poussant contre le mur situé à côté de la porte. Mais une chose que je peux te promettre, c'est que tu jouiras avec moi.

Il tendit la main vers ses cuisses, les écartant pendant qu'il lui soulevait les jambes. Tandis qu'il la maintenait suspendue contre le mur, il se plaça au centre de sa féminité et mit son sexe contre le sien.

— Oui, acquiesça-t-elle en un gémissement.

À la bouffée d'air suivante, il la pénétra et s'installa dans l'humidité de son canal.

— Oui ! cria-t-il en fermant les yeux une brève seconde.

Putain, c'était bon ! Sa poitrine se souleva, ses poumons pompant davantage d'air tandis que, plus bas, ses hanches commençaient à se mouvoir de leur propre gré.

Il regarda ses yeux à moitié clos.

— Ouais, reste juste comme ça pour me prendre bien profondément en toi. Tu aimes ça, ouais ?

— Oui, oh oui, répondit-elle, essoufflée.

Des mains, elle lui agrippa les épaules, ses ongles s'enfonçant dans sa peau.

— Ouais, cramponne-toi bien, bébé, parce que je vais te chevaucher violemment.

Il s'enfonça au maximum en elle avant de se retirer presque totalement, tandis que son cœur battait trois fois plus vite que la normale. Il amena sa tête vers celle de Katie et ouvrit grand la bouche afin de lui montrer ses canines. Elles étaient complètement allongées et prêtes à mordre.

Elle ôta une main de son épaule et la porta à son visage. De l'index, elle caressa une canine. Une décharge d'adrénaline le parcourut, lui foudroyant dès lors les testicules.

— Putain !

Personne ne lui avait touché les canines, zone la plus érogène chez un vampire, depuis des décennies.

— Fais-le, l'entendit-il murmurer.

Luther baissa la tête sur un sein et captura le dur mamelon dans sa bouche. Il téta et lécha le délicieux bourgeon. Il plaça ensuite les dents de chaque côté de celui-ci. Le contact des canines sur la peau le priva presque de tous ses sens. Il ouvrit plus grand la bouche puis, lentement, la referma et enfonça profondément ses canines dans la douce et chaude chair de Katie. Du sang chaud se précipita dans sa bouche, lui recouvrant la langue. Ses papilles gustatives s'enflammèrent, la saveur explosant dans sa bouche, alors que le liquide lui coulait dans la gorge et l'enveloppait.

— Encore !

L'exigence de Katie ne faisait que refléter son propre désir. Son propre besoin.

Il téta plus fort, puisant davantage de sang. Dieu qu'elle avait bon goût ! Il avait presque oublié ce qu'on ressentait lorsqu'on se nourrissait à même une femme tout en lui faisant l'amour. C'était incroyablement extraordinaire. Indescriptiblement érotique. Consumant à en couper le souffle.

— Oui, oui !

Les cris encourageants de Katie le poussèrent à bout.

Il claqua son membre en elle avec plus de rapidité et de force qu'il ne l'avait jamais fait en baisant une femme. Il était à présent hors de contrôle, incapable de s'arrêter ou de ralentir.

Il ôta ses canines et lécha les incisions. Il captura, ensuite, les lèvres de Katie, alors que du sang s'écoulait encore de ses dents. Il lui dévorait la bouche avec la même passion que lorsqu'il s'était nourri d'elle quand, finalement, il la sentit se contracter autour de son membre.

Soulagé, il laissa aller sa dernière once de contrôle et déversa sa semence en elle, comblant l'étroitesse de son canal de tout ce qu'il avait. Des vagues de plaisir ébranlèrent son corps et prolongèrent son orgasme au-delà de ce qu'il eût cru possible. Encore et encore, de nouvelles vagues de plaisir le submergèrent, tandis qu'il continuait à pousser en elle, et qu'elle gémissait sous l'évidence de l'extase.

— Ouais, bébé, c'est ça, l'encouragea-t-il en taquinant quelques secondes de plus leurs deux corps.

33

Katie se sentit légère lorsque Luther la porta jusqu'au lit et l'y déposa aussi délicatement que si elle avait été une poupée précieuse. Il retroussa la couette, et elle se glissa par-dessous. Luther l'y rejoignit et l'étreignit.

Katie laissa échapper un soupir de satisfaction. Son cœur battait toujours à toute vitesse, et son corps était couvert de transpiration. Mais, de toute sa vie, elle ne s'était jamais sentie mieux.

Luther passa la jointure de ses doigts sur sa joue.

— Merci.

Il posa les lèvres sur les siennes et la gratifia d'un baiser si tendre qu'elle put à peine croire que c'était le même homme qui, à peine quelques instants plus tôt, l'avait prise avec une telle férocité.

Elle glissa la main sur sa nuque et l'attira encore plus près.

— Merci *à toi*.

Il gloussa, et ce son retentit dans le cœur de Katie, le remplissant d'espoir.

— Je ne m'attendais pas exactement à un *merci* après la manière dont je t'ai prise.

Alors qu'il la maintenait contre son corps dénudé, il laissa glisser une main jusqu'à son postérieur, une cuisse calée entre ses jambes.

— Je suppose que cela veut dire que ça ne t'a pas dérangée que je sois brutal, ajouta-t-il.

Elle le fixa dans les yeux. Les iris de Luther avaient toujours un reflet doré, signe que le vampire en lui était aux aguets, prêt à en avoir davantage. Elle passa une main dans ses cheveux humides.

— Tant que tu me prends, je me fiche de la manière.

Il grogna.

— Katie…

D'une main, il lui caressa le torse.

— … la prochaine fois, je serai plus doux.

Il baissa les yeux, regardant l'endroit où il l'avait mordue. Il entrouvrit les lèvres et parut vouloir dire quelque chose. Mais il hésita.

— J'ai adoré sentir tes canines s'enfoncer dans mon sein, l'encouragea-t-elle.

— Ton sang est sucré.

Il toucha son sein et joua avec le mamelon, le faisant, dès lors, durcir à nouveau.

Ayant hâte d'en obtenir davantage, elle gémit et arqua le dos. Luther avait réveillé quelque chose en elle. Un désir ardent qu'elle n'avait jamais connu par le passé.

— Donne-moi quelques minutes, murmura-t-il, et je te donnerai tout ce que tu veux.

— Ça me va.

Luther sourit et balaya une mèche de cheveux de son visage.

— Tu es une femme insatiable.

— Ça t'ennuie ?

— Je détesterais qu'il en soit autrement.

Il roula sur le côté et la lova contre lui, de manière à avoir son dos pressé contre son torse et son derrière contre son entrejambes.

— Hmm.

Il déposa un baiser sur son cou.

— Comment as-tu convaincu ton frère de me laisser veiller sur toi, alors qu'il ne voulait visiblement pas que je traîne dans tes parages.

Elle soupira.

— Haven est un gros nounours.

— Tu m'en diras tant !

Elle tourna la tête pour le regarder.

— Je lui ai dit, qu'avec toi, je me sens en sécurité.

— Pourquoi as-tu pleuré alors ?

— Je—

— Je l'ai vu dans tes yeux quand tu es revenue à la voiture.

Elle détourna le regard.

— C'est compliqué.

— Ok, tu n'as pas à me le dire. J'ai juste été étonné qu'il cède si facilement. Il semblait fermement opposé à ce que je sois près de toi.

— Il l'était, admit Katie. Mais il sait à quel point c'est important pour moi de me sentir en sécurité. Et ce n'est plus le cas depuis très longtemps. Il n'a pas pu me refuser ce souhait quand je lui ai dit que j'avais besoin que tu restes avec moi. Toutes ces années, Haven a travaillé si dur pour que je me sente en sécurité. Pour m'aider à oublier…

Elle hésita, attendant que la panique s'emparât d'elle. Cette panique qu'elle ressentait toujours lorsqu'elle repensait aux événements qui lui avaient presque coûté la vie, cinq années plus tôt. À sa surprise, cela ne se produisit pas. Cette fois, les ténèbres l'épargnèrent. Elles ne lui tombèrent pas dessus afin de l'engloutir comme elles avaient l'habitude de le faire.

Luther lui saisit le menton entre le pouce et l'index et lui tourna doucement la tête vers lui.

— À oublier quoi ?

Elle baissa à moitié les paupières.

— À l'époque, il y avait un harceleur. Il a commis des choses terribles. Il...

Les narines de Luther se dilatèrent, et Katie sentit que le corps de son partenaire se crispait.

— Qu'est-ce qui s'est passé ?

L'inquiétude qu'elle lut dans ses yeux la fit continuer.

— Je lui faisais confiance. Le studio me l'avait assigné comme assistant. Il m'était précieux. Toujours là quand j'avais besoin de lui. Personne n'a vu quoi que ce soit. Personne n'a réalisé à quel point il était dérangé. Il n'était pas bien dans sa tête, mais il était intelligent. Si intelligent qu'il a dupé tout le monde.

Elle sentit les bras de Luther se resserrer autour d'elle.

— Qu'est-ce qu'il t'a fait ?

Katie détourna les yeux, regardant au loin.

— Il avait dit qu'il me conduisait à une réunion avec un producteur ou quelque chose comme ça. Je ne me suis même pas méfiée lorsqu'il a pris la route menant en haut de ce canyon désert. Il était très gai et bavard. Comme toujours. Mais quand il s'est arrêté près d'une vieille maison, j'ai eu un pressentiment. Je savais que quelque chose clochait. J'ai ressenti un picotement dans la nuque, et j'ai sorti mon portable. Le dernier numéro que j'avais appelé était celui de Haven, parce que, le lendemain, il descendait à LA pour le travail et voulait me rendre visite. J'ai appuyé sur le bouton de rappel. J'ai entendu la première sonnerie et puis, un coup de poing m'a percuté le visage, et j'ai été assommée.

— Putain ! jura Luther en se remettant subitement en position assise.

Elle tendit le bras pour lui attraper la main et la serra tout en se tournant vers lui.

— Quand je suis revenue à moi, j'étais ligotée, dans une pièce sombre. Alors, je l'ai vu. Il était fou. Mentalement malade. Déconnecté de la réalité. Il voulait me transformer en poupée avec laquelle jouer. Une poupée qui ferait tout ce qu'il voudrait.

— Il t'a violée ? demanda-t-il, les dents serrées.

— Non.

Elle souffla.

— Il ne pouvait pas bander. Il était impuissant.

Elle chercha les yeux de Luther.

— C'est de là que venait son obsession. Il pensait que s'il me possédait, son problème disparaîtrait. J'avais une certaine réputation à Hollywood. Ils m'appelaient la Mae West des temps modernes.

Elle dodelina de la tête, un sourire se formant sur ses lèvres.

— Ce n'était qu'une image, poursuivit-elle. Le studio voulait que je sois un sex-symbol ayant, sans cesse, de nouveaux amants afin de faire la une des tabloïds. Cela faisait vendre des tickets de cinéma. À Hollywood, tout était fait pour le show. Une grosse illusion. Une personne disait ou faisait une chose mais, quand tu regardais au-delà de la superficialité, tu voyais quelque chose de complètement différent. C'était une énorme scène. Une grosse duperie.

Elle soupira.

— En réalité, dit-elle encore, la plupart des hommes, avec lesquels les paparazzi m'ont photographiée, étaient engagés par le studio pour jouer mes amants. J'avais peu de petits amis. Mais comme tout le monde, mon assistant croyait en l'image que j'incarnais. Il a fini par se convaincre que s'il me possédait, il serait guéri.

— Qu'est-ce qu'il t'a fait ? demanda Luther, entre ses dents.

Le bout de ses canines faisait à présent son apparition, et une lueur dorée scintillait au bord de ses iris.

— Il m'a gardée enfermée. Quand il a réalisé qu'il n'était pas capable de me violer, il a alors décidé de me faire du mal. Pour passer sa colère sur moi, il a utilisé un couteau…

— Oh mon Dieu, Katie.

Tout en grognant, Luther jeta la tête en arrière.

— Haven m'a trouvée. Il avait tracé mon portable. Il a pu me guérir avec son sang. J'ai eu de la chance, car il n'y a pas eu de cicatrices. Personne ne le découvrira jamais.

Luther l'attira contre sa poitrine.

— Oh Katie, je suis si désolé de ce qui t'est arrivé.

Il prit une profonde aspiration.

— Et tu penses qu'il est revenu pour finir ce qu'il a commencé, ajouta-t-il. Tu penses que c'est Forrester ?

— Non, ce ne peut pas être lui. L'homme qui m'avait kidnappée était humain. Haven l'a tué. Il l'a mis en pièce devant moi et a enterré son corps dans les bois. Il ne reviendra jamais.

Elle soupira.

— Et bien que je le sache, précisa-t-elle, bien que je l'aie vu de mes propres yeux, la peur ne m'a jamais réellement quittée. J'ai tourné le dos à Hollywood et à ma carrière en pensant que, si je quittais cette vie, je me sentirais de nouveau en sécurité. Mais cela n'a pas été le cas. Pas jusqu'à ce que je te rencontre.

Elle tendit la main vers le visage de Luther et lui enroba une joue.

— C'est pour ça que Haven a accepté que tu restes. Il sait à quel point j'ai besoin de ça. Je sais que c'est juste pour un petit moment, mais quand je suis près de toi, les ténèbres qui planent toujours au-dessus de moi s'en vont. Tu fais fuir mes démons.

Luther lui prit la main et l'amena à sa bouche avant d'y déposer un baiser sur la paume.

— Je suis si désolé, bébé. Je regrette que tu aies dû vivre une telle horreur.

Elle se retourna complètement et l'enlaça. Il l'avait appelée bébé. Tout comme il l'avait fait en l'emmenant dans la salle de bains. Mais cette fois, c'était différent. Il ne l'avait pas dit sous le feu de la passion, mais bien en tant que vrai signe d'affection.

— Est-ce que tu vas rester avec moi jusqu'à ce que tout ceci soit fini ? Jusqu'à ce que Forrester soit pris et qu'Isabelle soit de retour ? Seulement jusque-là. C'est tout ce que je demande. Après cela, je pense que je serai assez forte pour finalement oublier tout ça.

Il hocha lentement la tête, la mine sérieuse.

— Je serai là pour toi.

— Merci.

Elle lui baissa la tête et lui offrit ses lèvres.

34

Luther regarda dans les yeux de Katie et y vit la lueur de l'espoir. Comment pouvait-il, à présent, lui refuser quoi que ce soit ? Elle avait traversé tant de choses et demandait pourtant si peu. Le vampire en lui était toujours agité par la colère et voulait en découdre avec l'homme qui l'avait tellement fait souffrir. Mais il refoula la bête. Ce dont Katie avait à présent besoin, c'était de tendresse. Il se souvenait encore à quoi elle ressemblait, en dépit du nombre d'années durant lesquelles il en avait été privé. Il savait qu'il pouvait toujours en faire preuve.

Au début, cela parut étrange de l'embrasser doucement, de calquer ses lèvres sur les siennes sans avoir la moindre exigence. De lui permettre de prendre l'ascendant et de lui laisser la liberté de puiser en lui tout ce dont elle avait besoin. De mettre ses propres besoins de côté et ne faire que répondre aux siens. À son besoin de tendresse et de protection.

Il la tenait dans ses bras comme dans un cocon protecteur, la berçant contre son corps, la protégeant. Lorsqu'elle entrouvrit les lèvres dans un soupir, il prit son temps pour explorer sa bouche. Lentement et prudemment, il frotta sa langue sur la sienne en attendant qu'elle lui en demandât davantage.

Il écarta ensuite légèrement la tête de la sienne.

— Dis-moi ce que tu veux.

— Je veux encore te sentir en moi, murmura-t-elle.

— Tu en es sûre ? Si tu as besoin d'être soutenue, je te soutiendrai. Je n'ai pas besoin de quoi que ce soit en retour.

Des doigts, elle lui caressa la joue, ses lèvres se retroussant en un début de sourire.

— Ne me dites pas que ce grand méchant vampire va soudainement se ramollir avec moi.

Luther sentit un gloussement grandir dans sa poitrine et ne l'empêcha pas de parvenir jusqu'à ses lèvres.

— Me ramollir, hein ?

Il vint écraser le bassin contre elle.

— Est-ce que ça te semble mou ?

— Dieu merci, non !

— Bien, parce que la seule chose qui soit molle ici, c'est ton délicieux petit corps. Maintenant, si tu veux que je la joue mauvais vampire, très bien. Mais, personnellement, je préférerais te faire l'amour lentement et avec douceur. J'aimerais prendre mon temps, faire durer le plaisir.

— J'espérais que tu dises ça.

Il la repoussa sur les draps et roula par-dessus elle. Appuyé sur les coudes et les genoux, il commença à déposer de doux baisers sur son visage et dans son cou, plongeant plus bas vers son attrayante poitrine.

— T'a-t-on jamais dit que ton sang a, à la fois, le goût du péché et de l'innocence ?

— Avant aujourd'hui, personne n'a jamais bu mon sang.

Cet aveu fit remonter sa fierté masculine, et il bredouilla son approbation tout contre sa chair, la mordant de manière taquine sans lui percer la peau.

— Je ne parle pas seulement de ton sang, Katie. Ta peau, tes cheveux, tes lèvres, tout a le goût de ce même péché et de cette même innocence. Invitant et interdisant à la fois. Je suis surpris qu'aucun autre vampire ne t'ait jamais mordue et goûtée.

Il passa la langue sur ses seins et captura un mamelon dans sa bouche.

Katie gémit et arqua le dos, enfouissant sa chair si tentante plus profondément dans la bouche de son partenaire.

— Peut-être avaient-ils tous peur de mon sang de sorcière.

Pendant une seconde, il laissa le savoureux mamelon sortir de sa bouche et gloussa.

— Ou d'un de tes frères.

— Aucun d'eux n'est là en ce moment.

— Alors, on ferait bien d'en profiter, la taquina-t-il en dirigeant la tête vers l'autre sein. Il lécha le dur mamelon avant de refermer les lèvres tout autour et tirer dessus.

Katie soupira, et il réalisa à quel point son propre corps répondait aux bruits de plaisir qu'elle émettait. Il se remplit les mains des deux seins, les pressa et suça les mamelons jusqu'à ce que Katie se tortillât sous lui, le corps luisant, ses battements de cœur lui martelant la cage thoracique. Tel un tambour, il battait dans les oreilles de Luther, communiquant avec le sien.

Plus bas, son bassin se frotta contre le centre de sa féminité, son sexe dur glissant contre le sien sans y pénétrer, taquinant ainsi les deux amants. L'odeur de l'excitation de Katie emplit la pièce.

— On devrait te faire l'amour vingt-quatre heures sur vingt-quatre, murmura-t-il.

Et peut-être était-ce ce qu'il devait faire : lui faire l'amour jusqu'à ce qu'aucun d'eux ne pût plus mouvoir un seul membre. Jusqu'à ce que tous deux fussent complètement rassasiés.

— Laisse-moi te sentir, supplia-t-elle, les mains tendues pour l'attirer plus près.

Conformément à ses souhaits, il aligna son membre sur son sexe trempé. Le bout de son érection toucha l'entrée de celui-ci, et un gémissement sortit de la bouche de Katie.

— Je t'ai, bébé, lui assura-t-il en s'engageant en elle, descendant lentement et posément dans la chaleur de sa grotte, centimètre par centimètre, sans hâte. À présent, il la sentait plus intensément, en partie parce qu'il avait eu son sang, mais également parce qu'il ne précipitait rien. Il percevait chacun de ses muscles internes, se délectant de la chaude humidité de son sanctuaire. De tout son corps, elle lui faisait confiance, et cette confiance, il la détectait physiquement.

Lorsqu'il fut enfoui bien profondément en elle, il la regarda fixement.

— Regarde-moi, Katie.

Elle ouvrit grand les yeux.

— Luther.

Des doigts, elle traça le contour de ses lèvres.

— Montre-les-moi, ajouta-t-elle.

— Mes canines ? demanda-t-il, bien qu'il sût de quoi elle parlait.

— Oui, laisse-moi les voir.

Il n'aurait pu les empêcher de descendre, même s'il avait essayé. Retroussant les lèvres sur ses dents, il les lui présenta.

— Tu n'as pas peur de mon côté vampire ?

— Non, dit-elle d'une voix voilée en soulevant le bassin de sorte à le forcer à s'enfoncer encore plus profondément en elle, tandis qu'elle se mordait la lèvre inférieure.

— Mon Dieu, ça t'excite, pas vrai ?

Le vert de ses yeux sembla soudain scintiller.

— Oui. Je n'ai jamais rien vu de plus beau ou de plus excitant.

Elle laissa traîner une main jusqu'à la poitrine entachée de cicatrices de Luther et la caressa affectueusement, comme si elle touchait la soie la plus douce. Comme si elle ne sentait même pas la laideur présente sous la paume de sa main.

— Tu ne vois pas mes cicatrices ? demanda-t-il, désireux qu'elle admît leur existence.

— Elles font partie de toi.

Leurs regards se rencontrèrent.

— Je ne voudrais pas que tu sois différent.

Elle croisa ensuite les mains derrière sa nuque et lui abaissa la tête pour un baiser.

Cette fois, ses lèvres étaient exigeantes, et Luther sut que la récréation était terminée. Il était temps de satisfaire la femme qu'il tenait dans ses bras, de lui donner ce dont elle avait désespérément besoin : de beaux souvenirs qui remplaceraient les horribles.

— Je suis tout à toi, lui assura-t-il en commençant à se mouvoir en elle.

Les muscles internes de Katie le tenaient fermement. Ils se resserraient autour de son sexe tel un étau. À chaque descente, elle se détendait, à chaque retrait, elle s'accrochait à lui comme si elle refusait qu'il partît. Il sentit la pression grandir dans ses testicules et devait user de chaque once de sa force afin d'endiguer l'imminence d'un orgasme. Il lui était difficile de ne pas céder au plaisir qu'elle lui donnait si librement. De ne pas se laisser aller et accepter tout ce qu'elle lui offrait. Car, pour lui, ce moment voulait dire oublier le passé. Il avait, lui aussi, besoin de se fabriquer de nouveaux souvenirs afin de gérer les anciens, ceux qui le hantaient dans son sommeil.

Il lui murmura des mots doux à l'oreille, lui disant qu'il la désirait, qu'il se sentait bien, grâce à elle. Qu'elle était parfaite.

Elle le remercia par des gestes : une contraction de son délicieux canal, des caresses passionnées, et le croisement des chevilles sous son derrière pour l'emprisonner. Et contrairement à celle dans laquelle il avait vécu pendant vingt ans, c'était là une prison de laquelle il ne voulait pas se sauver. C'était une geôle de douceur et de chaleur, de tendresse plutôt que de cruauté, d'appartenance plutôt que de solitude. À chaque plongeon au centre de son corps, il se sentait entraîné un peu plus profondément.

Y avait-il réellement plus de deux décennies qu'il n'avait éprouvé une telle joie ? Comment avait-il survécu sans la chaleur et le confort que seule une femme aimante pouvait procurer ?

Ayant hâte d'engloutir ce que Katie avait à lui donner, sachant que, bientôt, tout ceci serait terminé, il libéra toute sa passion sur elle. Bientôt, il tournerait à nouveau le dos à San Francisco mais, jusqu'à ce que cela arrivât, il devait combler le vide présent dans son cœur par l'illusion qu'il y avait quelqu'un dans sa vie. Quelqu'un qui se souciait suffisamment de lui pour lui accorder quelques heures de bonheur.

Qu'avait dit Katie, un peu plus tôt ? Que Hollywood avait été une grande scène, une jolie illusion. Peut-être était-ce, ici, l'illusion dont il avait besoin pour poursuivre sa vie. Pour enterrer les démons de son passé. Pour pardonner à Vivian, de même que se pardonner à lui-même.

Il regarda fixement le visage passionné de la belle femme qui se trouvait sous son corps et la vit en train de l'observer également. Elle avait les yeux ouverts, et il eut l'impression qu'il avait vue sur son âme.

— Oh Katie, dit-il, d'une voix rauque.

Il y avait tant de choses qu'il voulait lui dire, lui donner, lui faire ressentir.

Ce fut alors qu'il la sentit se contracter autour de son membre. Son orgasme le prit par surprise, trop tard pour qu'il pût retenir sa propre libération.

En un gémissement guttural, il s'enfonça à nouveau en elle et la rejoignit dans l'extase. Devant ses yeux, tout devint flou. Une sensation semblable à un flottement lui agrippa le corps et le transporta dans un endroit où plus rien n'avait d'importance, où le monde était ordonné. Où tout le monde était heureux.

35

Katie sortit la plaque chaude sur laquelle se trouvait la pizza et la déposa sur la cuisinière.

— J'avais presque oublié à quoi ressemble l'odeur d'une cuisine quand quelqu'un fait à manger, dit Luther.

Elle regarda par-dessus son épaule en souriant. Luther était appuyé contre l'îlot de la cuisine. Pendant que ses vêtements se trouvaient dans le sèche-linge, il portait un sweat et un t-shirt appartenant à Haven, pour qui Katie gardait toujours du linge dans un petit placard. Pour les cas d'urgence. Quant à elle, elle s'était glissée dans un pantalon de yoga après qu'ils eussent dormi pendant quelques heures. Mais un texto les avait réveillés.

— Ce n'est pas surprenant, dit-elle. Il y a longtemps que tu ne t'es plus retrouvé en compagnie d'humains.

Elle se retourna pour éteindre le four.

— Ma femme aimait cuisiner.

Surprise par la révélation de Luther au sujet d'une chose de son passé, Katie se figea. Elle hésita mais, ensuite, posa la question aussi nonchalamment qu'elle le put.

— Vivian ?

— Ouais, elle pouvait passer des heures dans la cuisine. Je pense qu'elle a toujours trouvé cela dommage que je ne puisse manger ce qu'elle concoctait.

— Eh bien, je ne suis pas une grande cuisinière, admit Katie. Je n'ai pas fait la pizza moi-même. Je l'achète surgelée chez Pasquale, et j'ai juste à la mettre dans le four.

Le bruit de la porte du garage l'interrompit.

— Mais ne leur dis pas. Ils pensent, qu'en réalité, c'est une pizza faite maison.

Les mains de Luther se retrouvèrent soudain sur ses épaules, et il la fit pivoter afin qu'elle se trouvât face à lui.

— Une autre illusion ? Celui de la tante parfaite ?

— N'essayons-nous pas tous de montrer aux autres ce qu'ils veulent voir ?

— Est-ce que tu fais ça avec moi également ? Me montrer ce que je veux voir ?

Lentement, elle bougea la tête d'un côté à l'autre.

— Avec toi, je ne peux pas faire semblant.

— Bien.

Luther lui attrapa le menton entre le pouce et l'index et plongea la tête vers la sienne. Son baiser fut doux, mais néanmoins très chaud.

On poussa la porte de la cuisine, et Luther relâcha immédiatement Katie.

— Mmm, pizza ! dit Cooper en déboulant. Je meurs de faim !

La porte, en se refermant, percuta presque sa sœur Lydia dans le visage. Elle l'arrêta de la paume de la main et la repoussa pour l'ouvrir.

— Cooper, tu n'as aucune manière ! dit la jeune fille à son plus jeune frère en guise de réprimande avant de lancer un long regard de dépit à Katie.

— Désolée, tante Katie, il n'a toujours pas appris à frapper à la porte. Je continue d'essayer, mais c'est peine perdue dès qu'il renifle une pizza.

Elle regarda furtivement Luther avant de poser à nouveau les yeux sur sa tante.

— Désolée de vous interrompre.

— Hé, Lydia, c'est si bon de te revoir ! la salua une Katie souriante en la prenant dans ses bras.

Elle serra fermement sa nièce et laissa courir une main sur ses longs cheveux roux.

— Tu tiens le coup ?

Lydia, âgée de dix-neuf ans, recula la tête et renifla.

— Isabelle me manque. C'est ma meilleure amie.

— Je sais, ma chérie, je sais.

— Nous la ramènerons, dit Luther.

Katie relâcha sa nièce et se mit de côté.

— Voici Luther, il nous aide. Luther, voici ma nièce, Lydia, et—

Elle désigna l'hybride âgé de seize ans qui était déjà en train de couper la pizza en quartiers.

— Mon neveu Cooper. Les enfants de Haven et Yvette.

Luther présenta la main à Lydia.

— Yvette est votre mère ? Mais c'est impossible.

Avec hésitation, Lydia serra la main de Luther et la relâcha rapidement.

— J'ai été adoptée. Mais, malheureusement, Maman *l*'a eu plus tard, dit-elle en désignant Cooper.

Cooper sourit tout en mâchant un morceau de pizza.

— Tu t'ennuierais si tu ne devais pas me mener à la baguette, sœurette.

Il tendit sa main libre à Luther et la serra.

— Enchanté.

— De même.

Luther regarda Katie d'un air interrogateur.

— Je suppose que nous ne parlons pas de la Yvette que j'ai connue il y a longtemps, car celle-là est un vampire.

— Oh, maman est un vampire, dit Cooper, nonchalamment. C'est également pour ça qu'elle craint quand elle cuisine.

Il sourit à Katie et désigna la pizza.

— Elle est incroyable ! Tu es la meilleure cuisinière du monde, tante Katie.

Katie roula des yeux.

— Pourquoi ne t'assieds-tu pas, au moins, pendant que tu manges ?

Elle se tourna vers les armoires suspendues et en sortit trois assiettes qu'elle mit à table, tandis qu'au centre de celle-ci, Cooper y déposait la plaque du four.

Luther tira la chaise pour Katie et lui fit signe de s'asseoir. Elle le sentit encore perplexe quant au commentaire de Cooper et regarda par-dessus son épaule.

— Maya, la compagne de Gabriel, est médecin. Elle a été la pionnière d'un traitement contre l'infertilité chez les femmes vampires. Cela a été un succès.

Elle laissa courir une main dans la crinière noire de Cooper.

— Et ce gamin, ici, en est un des résultats, ajouta-t-elle.

— Hé, je ne suis pas un gamin, protesta Cooper. Je suis un homme !

Lydia se mit à rire et déposa un morceau de pizza dans son assiette.

— Ouais, c'est ça.

— Donc, les femmes vampires n'ont plus à demeurer stériles, dit Luther, digérant visiblement la nouvelle. Comment est-ce que ça marche ?

— Je ne suis pas médecin, mais Maya l'explique en disant que lorsqu'une femme vampire veut concevoir, elle commence par lui injecter des cellules souches humaines afin de préparer son corps. Tu sais, la conception n'a jamais été un problème pour les femmes vampires. Mais dès qu'un ovule fertilisé tente de s'implanter dans la matrice, le corps du vampire le perçoit comme une blessure et la guérit en détruisant l'ovule. Donc, en injectant des cellules souches humaines, Maya crée, en réalité, une matrice humaine. Durant toute la grossesse, Maya garde la femme vampire sous surveillance et continue à lui injecter des cellules souches humaines afin de maintenir un environnement propice au fœtus. Ainsi, celui-ci peut se développer jusqu'au moment de la naissance.

— Extraordinaire, dit Luther.

— Je parie qu'on ne te tient pas au courant, en prison, dit Cooper.

— Cooper ! le réprimanda Katie.

Mais Luther lui serra immédiatement l'épaule.

— Ça va, lui dit-il.

Lydia leva les yeux vers le vampire.

— Papa nous a prévenus. Nous nous sommes donc portés volontaires pour ramener la voiture de tante Katie.

— Merci, chérie, c'est gentil de ta part, dit Katie en souriant à sa nièce.

À présent affamée, elle mordit dans un morceau de pizza. Elle ne pouvait se rappeler la dernière fois où elle avait mangé quelque chose. Jusqu'à présent, elle n'y avait, curieusement, pas prêté attention. Le fait que Luther lui eût donné son sang pour la guérir avait peut-être éloigné le spectre de la faim.

— Pourtant, papa a dit que vous ne pouviez aller nulle part, ajouta à présent Cooper en regardant Luther de haut en bas.

Le vampire s'assit sur une chaise en face de Katie sans répliquer la moindre chose à propos de l'évidente curiosité de Cooper. Le silence régna pendant un instant.

— Est-ce qu'il y a eu du nouveau ? demanda Luther, sa question étant dirigée à Cooper, le traitant ainsi comme son égal.

Ce dernier se raidit immédiatement sur sa chaise et tira les épaules en arrière.

— Rien de neuf. Ils fouillent toutes les pistes qu'ils ont. Thomas et Eddie cherchent dans toutes les bases de données afin de trouver d'éventuelles autres planques que ce Forrester pourrait avoir.

Cooper soupira.

— Est-ce qu'ils ont trouvé une correspondance entre la voix de l'enregistrement et celle de Forrester afin d'être certain de son identité ? demanda Katie.

— Pas encore. Ils essaient d'obtenir un échantillon de la voix de Forrester dans les fichiers de la prison…

Cooper lança un regard à Luther.

— … Mais, apparemment, il y a eu un petit incident à Grass Valley.

Ses yeux brillaient à présent d'admiration.

— Donc, tu es une sorte de dur à cuire, hein ? ajouta-t-il.

— Cooper, s'il te plait ! siffla Lydia. Tu me fais honte.

— Pourquoi est-ce que je te fais honte ? ronchonna son frère. J'énonce juste un fait. Tout le monde dit la même chose.

— Ouais, mais pas en face ! le rabroua Lydia avant de claquer une main sur sa bouche.

Honteuse, elle baissa les paupières.

— Désolée, poursuivit-elle.

— Ne sois pas désolée pour moi, dit Luther, posément. Je mérite tout ce que les gens disent à mon sujet. Personne n'a à dissimuler ce que je suis ou ce que j'ai fait.

Depuis l'autre côté de la table, Katie suspendit son regard au sien, tentant de lui dire avec les yeux qu'elle appréciait tout ce qu'il avait fait pour les aider à trouver Isabelle. Mais Luther détourna le regard et dévisagea plutôt Cooper.

— Je suis un ex-détenu, Cooper. Il n'y a rien de romantique ou d'admirable à cela. Rien à quoi quiconque ne doive aspirer.

Tout à son mérite, le gamin ne se démonta pas.

— Tu regrettes ?

Il soutint le regard de Luther.

Katie sentit son cœur s'emballer. Les yeux de Luther se dirigèrent vers elle. Ils devinrent plus sombres, illisibles.

— Mange encore un morceau, Coop, dit Lydia en brisant le sortilège. Et ne pose pas de question à propos de ce qui ne te regarde pas.

Elle se tourna vers Luther.

— Je suis désolée, ajouta-t-elle. Il n'a que seize ans. Il ne sait vraiment pas quand il énerve les gens.

— Tu peux parler, protesta son frère.

Katie tendit la main afin de prendre un autre morceau de pizza.

— Et les gens se demandent pourquoi je ne veux pas d'enfants.

— Tu vois ce que tu viens de faire ! dit Lydia, les dents serrées, fusillant son frère du regard.

Elle posa ensuite la main sur l'avant-bras de Katie.

— Désolée, tante Katie. C'est juste que… eh bien, que nous sommes tous stressés. Et qu'on passe nos nerfs les uns sur les autres. L'attente… ça me tue, tout simplement.

Des larmes se formèrent dans les yeux de Lydia.

— Est-ce qu'on va la retrouver ? poursuivit-elle.

— Oh, Lydia.

Katie se leva de sa chaise, prit sa nièce dans ses bras et l'étreignit très fort.

— Nous faisons tout pour la retrouver. Nous la ramènerons. Nous la ramènerons, je te le promets.

Tout en appuyant la tête de Lydia sur son épaule pendant qu'elle lui caressait ses longs cheveux roux, Katie regarda Luther. Il avait à présent une lueur dorée dans les yeux, et elle y reconnut une promesse. Luther ferait tout ce qui était en son pouvoir pour les aider à ramener Isabelle.

— Je suis désolée. Je ne suis généralement pas pleurnicharde, gémit Lydia.

— Tout va bien, chérie.

Cooper se leva inopinément de la table et s'approcha d'elles.

— Allez, sœurette, je vais te ramener à la maison.

— Vous avez amené une deuxième voiture ? demanda Katie.

— Non. Nous allons prendre le bus pour rentrer. Ne t'inquiète pas, répondit Cooper en enroulant un bras autour des épaules de sa sœur. Merci pour la pizza. Tu pourrais peut-être donner ta recette à maman.

Katie sourit et le serra dans ses bras.

— Et perdre le motif pour lequel vous aimez me rendre visite ? Pas question.

Il l'embrassa bruyamment sur la joue, puis murmura à son oreille.

— Je vais te dire un secret : je suis allé chez Pasquale et, étrangement, leurs pizzas ont un goût similaire aux tiennes.

Lorsqu'il la libéra de son étreinte, Cooper afficha un large sourire. Il lui adressa ensuite un clin d'œil et regarda derrière lui.

— Heureux de t'avoir rencontré, Luther.

Luther, qui s'était levé, hocha la tête.

— Au revoir, Cooper.

— Faites attention, tous les deux, dit Katie en embrassant Lydia sur la joue.

— Merci, et à toi aussi, répliqua Lydia en se retournant vers Luther. Merci d'avoir protégé ma tante. Je sais qu'elle sera en sécurité avec toi.

— Allons-y, sœurette. Ou maman va s'inquiéter, dit Cooper en se dirigeant vers la sortie.

Lydia suivit son frère, mais se retourna à hauteur de la porte.

— Oh, j'ai presque oublié.

Elle fouilla son sac à main et en sortit une enveloppe. Elle la tendit à Katie.

— Papa m'a demandé de te donner ça. Il a dit que tu voulais des copies des lettres, ajouta-t-elle.

— Merci, chérie.

Les mains tremblantes, Katie prit l'enveloppe et regarda son neveu et sa nièce s'éloigner. Pendant un long moment, elle se tint juste là, debout, fixant l'enveloppe, avant de se retourner et de trouver Luther juste derrière elle.

36

— Ils ont l'air d'être de bons gosses, dit Luther en prenant Katie par les épaules.

— Ils le sont, et ils rendent leurs parents dingues.

Luther gloussa.

— J'imagine.

Il passa une main dans les cheveux de Katie et aima cette sensation.

— C'est pour ça que tu ne veux pas d'enfant ou est-ce que tu te moquais juste d'eux ? demanda-t-il.

— Oh non, je le pensais. Et ils le savent aussi.

Elle soupira.

— Je les aime à mourir, mais je ne pense pas être faite pour être mère. Je n'ai pas la patience dont fait preuve Yvette. Je ne pense pas être suffisamment dévouée pour être mère et placer mes propres désirs après ceux d'un enfant. Je n'ai pas eu la meilleure des enfances, tu sais. Maintenant que je peux faire mes propres choix, je sens que je veux vivre ma propre vie. Il n'est pas donné à tout le monde d'être parent.

Elle se détourna, déposa l'enveloppe sur la table, puis commença à débarrasser la table.

— Laisse-moi t'aider, proposa-t-il.

— Merci.

Elle ouvrit le lave-vaisselle et y déposa les trois assiettes.

— Toute sa vie, Yvette a voulu des enfants. Au début, Haven n'en voulait pas.

Elle leva les yeux et lui adressa un sourire empreint de tristesse.

— Il avait trop peur de perdre un enfant…

Ses paroles interpelèrent étrangement Luther, titillant sa curiosité.

— Pourquoi ça ?

Il lui tendit la plaque du four vide, et Katie la déposa dans l'évier.

— Quand j'étais bébé, j'ai été kidnappée. Une longue histoire.

Elle referma le lave-vaisselle.

— Oh mon Dieu !

Katie n'avait-elle pas traversé suffisamment d'épreuves ? Instinctivement, il tendit le bras pour lui prendre la main et l'amena à sa joue. Il déposa un baiser dans la paume.

— Haven m'a recherchée pendant plus de vingt ans. Il avait onze ans quand un vampire m'a emmenée. C'est à cause de cela qu'il est devenu tueur de vampires.

Un triste sourire traversa le visage de Katie.

— Lorsqu'il m'a enfin retrouvée, il a commis l'impensable. Il a sacrifié sa vie humaine pour que Wes et moi puissions vivre.

— Que s'est-il passé ?

— Une méchante sorcière a tenté d'exploiter nos pouvoirs de sorciers en nous utilisant tous les trois afin de réaliser un rituel. Tu sais, mes frères et moi étions destinés à devenir le Pouvoir des Trois, le trio le plus puissant de sorciers que le monde ait jamais vu. Mais cette sorcière voulait le pouvoir pour elle. Et le rituel aurait tué l'un d'entre nous. Il n'y avait qu'une seule chose à faire pour vaincre ce pouvoir de façon permanente afin que la sorcière ne puisse jamais se l'approprier.

Luther comprit immédiatement.

— Le pouvoir d'un sorcier ne peut jamais occuper le corps d'un vampire.

— Exactement. Je ne connaissais pas le plan que Haven et Wes avaient échafaudé. Mon Dieu, si j'avais su, je ne pense pas que j'aurais pu rester là sans rien faire et laisser Haven se poignarder.

Elle secoua la tête.

— Il n'avait également pas dit à Yvette ce qu'il prévoyait de faire.

Luther serra la main de Katie.

— Il devait vraiment avoir toute confiance en elle.

Katie sourit.

— Ouais, effectivement. Ils ne se connaissaient que depuis quelques jours, mais tout le monde pouvait voir que, malgré sa haine perpétuelle des vampires, il l'aimait, et qu'elle l'aimait. Elle savait qu'elle aurait dû le haïr pour les choses qu'il avait commises à l'encontre de son espèce, mais elle n'a pas pu s'empêcher de suivre son cœur. Parfois, celui-ci fait ses propres choix et ne se soucie pas de ce que pense la tête. Elle a transformé Haven pendant qu'il se mourait. Ils se sont liés par le sang la nuit suivante.

Katie soupira.

— Enfin… je ne devrais pas t'ennuyer avec mes histoires de famille.

Elle se tourna brusquement, prit l'enveloppe sur la table de la cuisine et traversa la pièce jusqu'au salon.

Luther la suivit.

— Katie.

Elle regarda par-dessus son épaule.

— Quoi ?

— Tu ne m'as pas ennuyé.

Il la rattrapa.

Elle désigna le canapé et s'assit dans l'angle de ce dernier. Luther l'y rejoignit et l'attira sur ses genoux avant de s'appuyer contre les coussins, un bras enroulé autour de sa taille et l'autre sur sa cuisse.

— Je n'ai pas de famille, dit-il, avec hésitation. Et c'est bon qu'on vous rappelle à quoi ça ressemble d'avoir des gens qui se soucient de vous. Autrefois, Scanguards était ma famille.

— C'est pour ça que tu es revenu ? Pour te rappeler à quoi ça ressemble de faire partie de Scanguards ?

Il soupira et appuya de nouveau la tête contre le dossier du canapé, regardant au plafond. Il ne voulait pas répondre à cette question, mais quelque chose en lui le poussa néanmoins à le faire.

— Je suis revenu pour me racheter de ce que je leur avais fait. Parce que je leur ai fait du tort.

— Donc, tu éprouves des remords.

Luther ferma les yeux.

— Dès l'instant où j'ai compris que ça n'avait pas été leur faute, je n'ai fait que regretter mes actes. Si seulement je pouvais remonter le temps, mais je ne le peux pas.

Il ouvrit les yeux et vit Katie en train de le regarder.

— Je pensais, à tort, que Samson et Amaury avaient laissé mourir ma femme. Ils ont proposé de la transformer quand il fut évident qu'elle se mourait en accouchant. Mais elle a refusé.

Luther était devenu à moitié fou quand il avait découvert la vérité.

— Et en tant que mari, j'ai failli à mon devoir.

— Comment ? Comment as-tu failli à ton devoir ? Ce genre de choses arrive. Des complications médicales…

Luther posa un doigt sur ses lèvres. Il ne voulait pas qu'elle l'excusât.

— Je n'ai jamais voulu être père. Je voulais une femme qui n'aimait que moi. Quand Vivian est tombée enceinte, je n'ai, subitement, plus été la personne la plus importante dans sa vie. J'ai commencé à en vouloir à l'enfant. Et j'ai commencé à lui en vouloir, à elle, de me délaisser.

Il secoua la tête.

— C'est ma faute si je n'étais pas là quand elle a eu besoin de moi, ajouta-t-il. J'étais parti parce que nous nous disputions tout le temps. C'était égoïste de ma part de ne pas accepter qu'elle partage son amour entre l'enfant et moi. Je suis responsable de sa mort.

Katie lui enroba le visage des deux mains. Mais elle ne dit mot. Comprenait-elle à présent quel salaud égoïste il était ? Qu'il n'était pas l'homme qui pourrait la protéger ? Qu'elle devait demeurer aussi loin que possible de lui ?

— Je suis désolée de ce que tu as traversé, Luther, murmura-t-elle en lui caressant les lèvres des siennes. Si désolée.

— Ne sois pas désolée pour moi, Katie. Je ne le mérite pas.

Elle enroula les bras autour de son cou et se pressa contre lui.

— Non, s'il te plaît, arrête, la pria-t-il. Je ne suis pas ce que tu veux que je sois. Je ne suis pas ton héro. Dans quelques jours, je serai parti. Nous le savons tous les deux. Tu devrais écouter ton frère. Il a de bons instincts. Je ne te causerai que du chagrin.

— Je prends mes propres décisions.

Elle recula pour le regarder, les mains enlacées autour de son cou.

— Tu devrais le savoir, maintenant, Luther, ajouta-t-elle.

— J'avais peur que tu ne dises ça.

Il fit la grimace.

— Ne fais pas comme si je te faisais faire quelque chose que tu ne veuilles pas. Si je me souviens bien, tu ne pouvais te rassasier de moi, ce matin.

Il grogna tout en se passant une main dans les cheveux.

— Ce n'est pas le propos, et tu le sais. Cette chose physique qui se passe entre nous est explosive. Le sexe est extraordinaire. Et ton sang…

Il se mit à bander rien qu'en y pensant. À enfoncer ses canines dans sa jolie chair pendant qu'il enfouirait son sexe en elle.

— Je ne suis pas assez fort pour y résister. C'est pour cela que tu devrais écouter la voix de la sagesse. C'est pour cela que je te dis tout ça. Pour que tu saches à qui tu as affaire.

— Je sais qui tu es : un homme qui veut bien faire. Si tu es vraiment venu pour te racheter, alors aide-moi à sauver la fille de Samson. Ce qui adviendra de toi et de moi n'a pas d'importance.

Elle passa une main dans les cheveux de Luther, et cette sensation envoya un frisson tout le long de la colonne vertébrale du vampire.

— Est-ce si mal de vouloir profiter de ta compagnie aussi longtemps que je le peux ? N'avons-nous pas tous deux mérité un peu de répit par rapport à notre passé et à nos scrupules ? Ne méritons-nous pas quelques heures de bonheur ? C'est tout ce que je demande.

Il fixa la verte profondeur de ses iris.

— Tu mérites tellement mieux, Katie.

De la main, il lui enroba la nuque et passa le pouce le long de sa mâchoire.

— Mais je suis trop fatigué pour m'opposer à toi.

— Bien.

Un sourire satisfait sur son visage, Katie tendit la main pour attraper l'enveloppe que sa nièce lui avait amenée.

— Alors, aide-moi à découvrir ce que projette Forrester, dit-elle.

Elle sortit plusieurs feuilles de papier de l'enveloppe et les déplia.

— Les harceleurs se sentent supérieurs à leurs victimes et ont besoin de se vanter des choses qu'ils vont faire. Quelque part dans ces lettres, nous trouverons où il se cache.

Katie lui tendit une feuille.

Il lui donna un petit baiser et prit la copie de la lettre.

— Oui, mon petit chef de sorcière.

~ ~ ~

Luther déposa les lettres à côté de lui dans le divan. Leur auteur était un cinglé, c'était une évidence. Il parlait *d'éternité sous les étoiles, de voguer vers le soleil couchant et de plonger dans une vie nouvelle.* Toute une pléthore de métaphores à la con se déversait de ce gribouillis. Cliché après cliché jaillissaient du papier et heurtaient les yeux de Luther. Quant à trouver une indication utile au sujet de l'ultime plan du harceleur, Luther ne put découvrir le moindre indice dans ses propos.

Katie s'était assoupie sur ses genoux une demi-heure plus tôt, et Luther regardait à présent son paisible visage. Comment pouvait-on faire du mal à une femme comme elle ? Cela le dépassait. Elle représentait tout ce qu'il y avait de bon en ce monde. Katie ne l'avait pas jugé, pas même lorsqu'il avait tenté de la repousser en lui révélant la profondeur de son égoïsme. Ni lorsqu'il avait confessé la manière dont il avait fait du tort à des hommes qu'il avait, autrefois, appelés frères. Elle lui faisait ressentir qu'il y avait toujours de l'espoir pour quelqu'un comme lui. Qu'un jour, peut-être, il pourrait mettre son passé derrière lui et tout recommencer.

Luther déposa un baiser sur le front de Katie et la sentit remuer.

— Mmm.

Elle tendit les mains en l'air et les entrelaça derrière la nuque de Luther afin de l'attirer vers elle.

— Je ne voulais pas te réveiller, murmura-t-il.

— Tu devrais peut-être te faire pardonner, dit-elle sans ouvrir les yeux.

Il sourit d'un air suffisant.

— Une préférence quant à la manière ?

— Je ne pense pas que tu aies besoin de moi pour te guider.

— Je suppose que non, convint-il en glissant une main sous son t-shirt et en la déplaçant vers le Nord.

Katie ne portait pas de soutien-gorge. Il enroba un sein, aimant la façon dont il déborda de la paume de sa main.

— Tes seins sont magnifiques. J'adorerais y enfoncer mes canines une fois de plus.

Katie ouvrit les yeux.

— Tu as toujours fait ça ? Boire le sang des femmes à cet endroit ?

Il secoua la tête.

— Vivian préférait le cou. Et les femmes avant elle ne m'ont jamais incité à vouloir prendre leur sang à cet endroit.

Il pressa le sein et en titilla le mamelon, suscitant dès lors un doux gémissement de la part de Katie.

— Mais quand je te regarde, je ne peux m'empêcher de vouloir enfouir mon visage dans tes seins et de me gaver de toi.

Katie lui adressa un clin d'œil.

— Heureusement que je me suis goinfrée de pizza et que je me sens assez forte pour nourrir mon vampire affamé.

Luther gémit.

— Katie, tu ne devrais pas être si accommodante.

— Pourquoi pas ?

— Parce que je m'empêche de te déchiqueter comme une bête affamée et que tu me rends la tâche doublement difficile.

— Arrête de parler, Luther, et embrasse-moi.

Elle attira son visage vers le sien.

Résigné au fait qu'il n'eût aucune volonté quand il s'agissait de lui résister, il penchait les lèvres sur le siennes lorsque, soudain, la sonnerie d'un téléphone l'interrompit.

Il leva la tête pendant que Katie se tournait afin d'attraper le téléphone posé sur la table d'appoint à côté du canapé.

— Oui ?

— Katie, c'est Blake.

Luther n'éprouva aucune difficulté à entendre la voix de l'homme de Scanguards à travers le téléphone. Au même moment, il capta l'accélération du pouls de Katie.

— Du nouveau ?

La voix de la jeune femme traduisait une évidente nervosité.

— Le ravisseur nous a contactés. Il a communiqué ses exigences. Il faut que tu viennes au QG. Maintenant. Dis à Luther de te conduire et de se garer dans le garage. J'ouvrirai la barrière quand je verrai ta voiture à l'écran. Dépêche-toi.

Il y eut un clic de fin d'appel avant même qu'elle n'eût pu assimiler l'ordre.

Remarquant que la main de Katie tremblait, Luther lui prit le cornet du téléphone et le replaça sur son socle. Il la serra contre lui, mais ne dit rien, n'évoquant ce qu'il avait à l'esprit que par le regard : quoi que voulût le ravisseur, Luther ne permettrait pas que Katie fût blessée au passage.

Cinq minutes plus tard, après s'être changé, Luther sortit l'Audi du garage, Katie assise sur le siège passager. Le soleil était en train de se coucher sur le Pacifique et, avant qu'ils ne fussent arrivés aux quartiers généraux de Scanguards dans le Mission district, la nuit était tombée.

Katie le dirigea vers l'entrée du garage situé sous le bâtiment et, lorsqu'ils atteignirent la barrière, celle-ci s'ouvrit par magie. Luther jeta un œil vers la caméra de surveillance. Une lumière rouge au-dessus de celle-ci indiquait que quelqu'un les observait. La voiture entra dans le garage.

— Niveau deux, emplacement B5, dit une voix masculine à travers un haut-parleur.

Luther suivit les instructions et se gara sur l'emplacement indiqué. Lorsqu'il coupa le moteur, tout fut silencieux pendant quelques instants. Seul le tonnerre provoqué par les battements de cœur de Katie était audible. Leurs yeux se rencontrèrent.

— Je ne te quitterai pas des yeux, lui promit-il.

Il ouvrit la portière, sortit et attendit que Katie en fît de même. Les portes de l'ascenseur s'ouvrirent lorsqu'ils y arrivèrent. Tenant Katie par la main, Luther y pénétra et regarda les boutons. Celui du dernier étage était déjà enfoncé, et les portes se refermèrent.

Ils montèrent en silence, l'ascenseur faisant peu de bruit. Après un léger coup de sonnette, les portes s'ouvrirent, et ils firent un pas dans le couloir.

Avant que Luther n'eût su par où aller, une voix masculine pénétra son crâne tel un poignard.

— Putain, mais qu'est-ce que tu fous ici ?

37

Immédiatement prêt à riposter à une attaque, Luther se retourna et vit Samson se précipiter vers lui. Il semblait ne pas avoir dormi pendant des jours, mais cela n'atténuait pas le regard meurtrier présent dans ses yeux.

— Je t'avais prévenu ! grogna Samson, presque déjà sur lui.

— Samson, attends, je peux t'expliquer !

Luther souleva les bras, prêt à se défendre.

Bien que le poing de Samson fût dirigé vers Luther, il n'atterrit pas dans son visage, Katie ayant bondi devant lui afin s'interposer.

— Katie, nooooon !

Horrifié, Luther l'attrapa par les épaules et la projeta sur le côté juste à temps pour empêcher les griffes de Samson de l'écorcher. Finalement, le coup atteignit plutôt la cible prévue, mais dans une moindre mesure. En effet, le poing de Samson s'abattit sur l'épaule de Luther pendant que ce dernier lui tournait le dos afin de protéger Katie.

— Bon sang, Samson ! cria Luther en le fusillant du regard, Katie appuyée contre sa poitrine. À l'idée qu'il eût pu réagir trop tard, Luther sentit son cœur lui marteler la poitrine de manière incontrôlable.

— Je me fiche de ce que tu me fais, mais si tu blesses Katie, je te tuerai !

À sa surprise, Samson se figea en plein mouvement. Il avait toujours les poings levés, les canines allongées et les yeux rouges et menaçants, mais il hésitait.

— Arrête !

Luther reconnut la voix de Blake. Du coin de l'œil, il vit le jeune vampire courir vers eux, d'autres hommes l'accompagnant.

— Samson, non ! Je lui ai demandé de venir, poursuivit Blake en arrivant à leur hauteur.

Derrière lui, Luther reconnut Haven, Eddie et Grayson. Des bruits de pas provenant de l'autre bout du couloir l'incitèrent à jeter un regard furtif de ce côté : Amaury, Zane et Gabriel s'approchaient, suivis par quelques vampires qu'il ne reconnut pas immédiatement.

Les yeux plissés, Samson fusilla Blake d'un regard empreint de mécontentement.

— Tu as fait quoi ? gronda-t-il.

— C'est quoi ce bordel ! s'exclama Amaury, en écho des paroles de Samson. Ses yeux étaient remplis de haine. Ils épinglaient Luther aussi sûrement que s'il était en train de faire usage d'un pieu.

— Tu ferais mieux d'avoir une sacrée bonne explication à ça, Blake ! grogna Samson. Ou je t'arracherai la tête dès que j'en aurai fini avec lui.

Étonnamment, Blake ne tressaillit même pas face à la menace de son patron. Il s'intercala plutôt entre les deux anciens amis et plaqua les mains sur ses hanches.

— Je propose que nous nous rassemblions dans la salle de conférence pour en discuter plus amplement.

Samson vint nez à nez avec son employé.

— Et je propose que tu me dises ce qui se passe, maintenant. Ma patience est à bout.

Blake hocha la tête.

— Comme tu veux.

Il fit un pas sur le côté et désigna Luther.

— C'est grâce à Luther si nous savons qui détient Isabelle. Il a risqué sa vie pour nous ramener le renseignement.

Samson expulsa tout l'air présent dans ses poumons. Son regard abandonna précipitamment Blake et se posa sur Luther. Ce dernier se retourna complètement et libéra enfin Katie de son étreinte protectrice. Il attendit patiemment que Samson digérât la nouvelle, tout comme les autres présents dans le couloir s'abstenaient de parler afin de laisser à leur patron le temps dont il avait besoin pour accepter l'idée que son ennemi l'eût aidé.

— Je ne veux aucun *merci*, dit Luther au milieu de ce silence.

Il savait à quel point Samson éprouverait des difficultés à se forcer à laisser des mots de remerciement franchir ses lèvres, et il n'allait pas mettre son ancien ami dans l'embarras. S'il était à la place de Samson, il ne voudrait pas non plus être obligé de remercier son ennemi.

— C'est Katie qui m'a mis sur la bonne piste. Tu devrais la remercier.

Samson hocha sèchement la tête à l'intention de la jeune femme. Ensuite, il regarda Blake.

— Salle de conférence. Maintenant.

Il s'adressa ensuite de nouveau à Luther.

— Toi aussi.

Comme le leader qu'il était, Samson marcha le long du couloir et disparut à travers une double porte sur la droite. Plusieurs vampires le suivirent. Luther échangea un regard avec Blake.

— Désolé, Luther, mais j'avais pensé qu'il valait mieux ne pas le prévenir, ou il aurait pu m'empêcher de t'amener ici.

Luther haussa les épaules.

— Hé, il ne m'a pas tué. Ce n'est pas un mauvais début.

Il prit la main de Katie et, au moment où il se dirigeait vers la salle de conférence, Amaury se mit sur son chemin.

— Samson n'est pas le seul à convaincre que tu vailles la peine d'être maintenu en vie, dit Amaury.

— J'en suis conscient, mon frère, dit Luther.

Amaury ouvrit la bouche afin de rétorquer, mais Eddie lui agrippa l'épaule.

— Ce n'est pas le moment. Nous avons à discuter de choses plus urgentes. Si tu veux défoncer la gueule de mon créateur dès que tout ceci sera terminé, je serai le premier à me tenir à l'écart et à observer. Mais si tu le touches maintenant, je devrai te faire du mal, beau-frère ou pas, l'avertit Eddie.

Tout en remerciant son protégé d'un hochement de tête, Luther contourna Amaury. Il surprit Haven en train de regarder sa main entrelacée à celle de sa sœur avant de relever les yeux sur son visage. Luther n'avait même pas remarqué avoir pris la main de Katie, mais il ne pouvait, à présent, plus la relâcher, pas tant que Haven l'y mettait silencieusement au défi. Stoïque, Luther soutint plutôt le regard du grand frère sans dévoiler ses sentiments. En un soupir de résignation, Haven bifurqua et disparut dans la salle de conférence.

Quelques instants plus tard, le contingent au complet de l'échelon supérieur de Scanguards était assis autour de la grande table : Gabriel, Amaury, Zane, Yvette, Quinn, Thomas, Eddie, Haven, Wesley, Grayson, ainsi que John, celui que Luther avait rencontré durant le raid sur la maison de Forrester. Plusieurs autres vampires se trouvaient parmi eux, mais il ne les connaissait pas. Samson était appuyé contre le mur, et Blake se tenait en tête de table.

Luther tira une chaise pour Katie et lui fit signe de s'asseoir avant de prendre le siège vide à côté d'elle. La tension présente dans la pièce était ponctuée par le silence et les regards que les autres vampires et hybrides lui lançaient. N'importe quel autre homme se serait senti nerveux sous ces regards insistants, mais Luther les ignora. Il devait garder la tête froide.

Blake frappa sur la table afin d'attirer l'attention de tout le monde sur lui.

— Je veux que tout le monde soit sur la même longueur d'onde. Donc, voilà ce que nous savons, jusqu'ici. Nous savons qu'Isabelle a été kidnappée par un vampire nommé Antonio Mendoza, lequel a été engagé pour enlever Katie, mais qui les a confondues à cause de leurs vêtements et coiffures similaires et parce qu'elles avaient échangé leurs rôles. Mendoza n'était pas au courant du fait qu'Isabelle soit hybride et Katie, une sorcière, sans quoi il n'aurait jamais commis cette erreur.

— Nous savons déjà tout ça, marmonna Zane dans sa barbe, visiblement impatient.

Blake lui lança un regard contrarié, mais poursuivit.

— Quand Mendoza a voulu refiler Isabelle à l'homme qui l'avait engagé, il a été tué.

Il désigna Luther.

— Grâce aux efforts de Luther et de Katie, nous savons maintenant qui est cet homme.

Il cliqua sur une petite télécommande qu'il tenait en main et fit un pas sur le côté afin que tout le monde pût avoir une meilleure vue sur le grand écran qui se trouvait derrière lui. La photo portrait d'un homme y était affichée. Il avait de courts cheveux noirs, des yeux marron, un visage ovale et semblait approcher la quarantaine.

— Son nom est Cliff Forrester. Il y a neuf jours qu'il a été libéré de la prison pour vampires proche de Grass Valley. Les lettres qu'il a écrites à Katie semblent suggérer qu'il planifiait depuis longtemps de la kidnapper une fois qu'il serait libéré.

— Pourquoi ne pas la kidnapper lui-même plutôt que d'engager Mendoza ? Ça semble étrange, puisqu'il avait été relâché de prison, il pouvait le faire lui-même, dit Gabriel.

— Bonne question, dit Blake. Nous pensons que Forrester avait peur d'être reconnu par les agents du Conseil qui surveillent, pendant un certain temps, les prisonniers qui ont été libérés. Nous devons supposer qu'il pensait que c'était plus sûr de laisser gérer le kidnapping par quelqu'un d'autre. Il devait savoir qu'il y avait un risque que le ravisseur soit repéré par les caméras de sécurité.

— Des nouvelles des agents du Conseil à propos de l'endroit où Forrester se trouve ? demanda ensuite Amaury.

— Malheureusement, nous n'avons reçu aucune coopération de la part de l'autorité carcérale ou des agents du Conseil.

Blake désigna Thomas.

— Tu veux nous informer à ce sujet ?

Thomas se leva rapidement.

— Compte tenu du fait que l'autorité carcérale traîne des pieds pour nous communiquer les informations dont nous avons besoin, Eddie et moi avons pris le problème à bras-le-corps et avons mis notre équipe sur le piratage de leur système. Nous approchons du but et devrions bientôt tout avoir au sujet de Forrester. Notamment les enregistrements de sa voix afin de vérifier que celle se trouvant sur l'enregistrement de Mendoza est bien la sienne, mais aussi ses empreintes afin de pouvoir confirmer qu'il a écrit les lettres. Nous devrions en savoir plus dans quelques heures.

Il se rassit.

— Merci, Thomas, dit Blake. Mais nous n'aurons pas le temps d'attendre. Forrester a pris contact avec nous.

Un marmonnement collectif traversa la pièce. Samson s'écarta du mur, les poings serrés, la mâchoire contractée. Ses lèvres remuèrent.

— Enfin, murmura-t-il.

Luther sentit Katie se crisper et, instinctivement, il lui prit la main sous la table et la serra en signe de réconfort.

— Nous savons qu'Isabelle est vivante. Il l'a laissé me parler. Il veut l'échanger contre Katie. Mais il ne nous a pas encore donné d'informations quant à l'endroit où cet échange aura lieu. Seulement le moment : deux heures avant le lever du soleil.

Luther échangea un regard avec Katie. Elle paraissait calme et posée. Elle s'était attendue à cela, s'y était peut-être même préparée mentalement.

— Tu as pu tracer l'appel ? demanda Zane.

— Il n'est pas resté suffisamment longtemps au téléphone pour cela. Et, de toute façon, il utilisait plus que probablement un téléphone jetable.

— Qu'est-ce qu'on fait, maintenant ? demanda Gabriel.

— Maintenant que, grâce à Luther, nous avons une photo du ravisseur, nous avons des patrouilles partout en ville qui prospectent à la recherche de chaque cachette possible. Ils savent qu'ils ne doivent pas attaquer s'ils risquent de mettre la vie d'Isabelle en danger.

Blake jeta un œil vers Samson avant de poursuivre.

— Mais jusqu'ici, nous n'avons pas eu de chance. Nous allons devoir procéder à l'échange. C'est notre seul moyen de récupérer Isabelle.

— Ok, dit Katie, avant que quiconque n'eût pu rétorquer quoi que ce soit.

Haven se leva d'un bond de son siège au même moment que Luther.

— Il doit y avoir une autre façon de faire, implora Haven en regardant Samson et Blake.

Un triste regard recouvrait le visage de Samson.

— J'aimerais bien. Mais tu l'as entendu toi-même. Nous n'avons rien. Nous ne savons pas où il la cache. C'est toujours une enfant, Haven ! Peux-tu imaginer ce qu'elle ressent ?

— Oui, je le peux, rétorqua Haven, les dents serrées, en regardant Katie.

Luther savait ce qui se passait dans l'esprit de Haven, en ce moment. Le frère de Katie se souvenait du calvaire de sa sœur et ne voulait pas qu'elle traversât cette horreur une seconde fois.

— Il doit y avoir un autre moyen, intervint Luther, attirant ainsi l'attention de tous sur lui.

Samson lui lança un regard provocateur.

— Et quel est-il, hein, Luther ? J'ai bien peur qu'il n'y ait plus de prisons où entrer par effraction.

— Ça a réussi, pas vrai ? dit Luther, entre les dents.

— Écoute, Samson, je sais que tu es bouleversé, mais ne laisse pas ce gars influencer ton jugement, ajouta-t-il, en pointant du doigt la photo sur l'écran. Tu sais aussi bien que moi qu'il y a toujours plusieurs solutions à un problème. Je l'ai appris de toi ! Ne le laisse pas te dominer en t'obligeant à suivre son plan.

— Ne dirais-tu pas ça parce que tu as baisé avec Katie ?

Luther inspira profondément et jeta un œil vers Blake. Mais le jeune vampire semblait aussi surpris que Luther lui-même que Samson fût au courant pour Katie et lui.

— Bon sang, Luther. Je peux la sentir sur toi de l'autre bout de la pièce !

— Samson, interrompit Haven, ceci n'a—

— Reste en-dehors de ça, Haven ! lui répondit brusquement Luther avant de s'adresser de nouveau à Samson. Ce qu'il y a entre Katie et moi n'a pas d'importance. Ce ne sont pas tes putains d'affaires. Et cela n'a aucun rapport avec ce que je ressens à propos de cette situation.

Mais je ne vais pas te laisser échanger une innocente avec une autre. Cela ne te ressemble pas, Samson. Tu le sais. Pourrais-tu te regarder en face si Forrester venait à faire du mal à Katie ? Et à chaque fois que tu regarderais ta fille, serais-tu capable d'oublier ce que tu as eu à faire pour la ramener ? Sacrifier une autre innocente pour elle ?

Luther secoua la tête.

— Ce n'est pas le Samson dont je me souviens, ajouta-t-il.

— Tu es parti depuis longtemps, Luther. J'ai changé. Je suis père, maintenant. J'ai d'autres priorités.

— D'autres priorités, peut-être. Mais d'autres valeurs, une autre morale ? Non.

Luther soupira et poursuivit.

— J'ai commis beaucoup d'erreurs dans ma vie. La plus grosse ayant été de ne pas vous faire confiance, à Amaury et à toi. Parce qu'au plus profond de moi, j'ai toujours su que vous étiez loyaux, des rocs sur qui je pouvais compter à tout moment.

Il regarda Amaury, puis de nouveau Samson.

— Je regrette ce que je vous ai fait, à tous les deux ainsi qu'à vos compagnes, ajouta-t-il. J'en regrette chaque seconde. C'est pour ça que je suis revenu. Pour me racheter. Pour réparer les maux que j'ai commis. C'est pour ça que j'étais présent la nuit où Isabelle a été enlevée. Pour vous parler, à Amaury et à toi, et vous demander de me pardonner. Mais que je sois damné si je dois demander pardon à un homme qui est prêt à envoyer une innocente en enfer. Je ne resterai pas là sans réagir et laisser cela se produire.

Il n'y avait aucun bruit dans la pièce. Personne ne parlait. Pas plus qu'on ne respirait.

Les narines de Samson se dilatèrent, alors qu'il tentait visiblement de contrôler la rivalité de ses émotions.

— Tu as les plus grands esprits à ta disposition, ici, dit Luther en balayant la pièce d'un geste. Réfléchis un instant. Il doit y avoir un autre moyen de ramener ta fille sans risquer la vie de Katie.

Samson le pointa du doigt.

— Toi et moi. Dehors.

Samson se dirigea vers la porte et l'ouvrit.

Luther le suivit et la referma derrière lui. Personne d'autre qu'eux ne se trouvait dans le couloir.

— Si tu te joues de moi, Luther, tu es un homme mort.

— Je ne gagne rien en me jouant de toi.

Samson souffla d'un air désapprobateur et désigna la salle de conférence.

— Ne me mens pas. Je ne suis pas aveugle. Katie t'a protégé comme si tu signifiais quelque chose pour elle. Tu fais donc ça pour elle et pas parce que tu ne peux pas supporter le fait qu'une innocente soit blessée.

— Ne nous disputons pas quant à savoir qui de nous deux a le motif le plus noble. Ça n'a pas d'importance. Si tu es inquiet quant au fait de devoir me tolérer une fois que tout ceci sera terminé, ne le sois pas. Je partirai dès que ta fille et Katie seront en sécurité. Je n'ai jamais eu l'intention de rester à San Francisco. Tout ce que je voulais, c'était l'absolution pour mes péchés afin de pouvoir recommencer une nouvelle vie, ailleurs. Mais je peux constater que tu n'es pas capable de me l'accorder.

Luther baissa les yeux sur ses chaussures.

— Ça n'a plus d'importance maintenant. Je veux toujours t'offrir mon aide pour sauver ta fille.

— Tout en protégeant Katie, ajouta Samson.

Luther leva les yeux.

— Oui. Je le lui dois. Elle m'a montré qu'il y a de l'espoir, même pour quelqu'un comme moi. Et bien que tu ne puisses jamais me croire, ces vingt années en prison m'ont changé. Je ne suis plus un homme en colère.

Samson hocha lentement la tête.

— Et Vivian ? Tu lui as pardonné ?

— Je ne peux pas lui en vouloir. Elle n'avait aucun but dans la vie. Je n'étais pas le mari dont elle avait besoin. J'étais le mari qu'elle avait.

Luther soupira.

— Samson, tu es un père, poursuivit-il. Et de ce que je peux voir, tu es un bon père. Je ne suis pas comme toi. Je n'aurais jamais pu être le genre de père dont mon enfant avait besoin. Vivian a eu raison de me quitter. Je regrette juste de ne pas l'avoir compris plus tôt et de vous avoir causé, à Amaury et à toi, autant de douleur. Je comprends pourquoi tu ne pourras jamais me pardonner.

— Tu veux que ton ardoise soit effacée ? demanda Samson.

— Oui.

— Alors, aide-moi à ramener ma fille saine et sauve. Tu as toujours été l'un des meilleurs. J'espère que tu n'as perdu aucune de tes compétences.

38

Chacun parlait plus fort que l'autre, exprimant ses opinions quant à la nature du prochain plan d'action. Katie gardait un œil sur la porte par laquelle Samson et Luther étaient sortis quelques minutes plus tôt. Se disputaient-ils ? Ou se battaient-ils, même ? Elle ne pouvait rien entendre. Des choses confidentielles étant fréquemment débattues à l'intérieur de ses murs, la salle de conférence était insonorisée.

— Hé !

La voix de Wesley lui fit tourner la tête. Elle l'observa en train de s'asseoir sur la chaise que Luther avait occupée quelques instants plus tôt. Il lui prit la main entre les siennes.

— Je suis prête à faire l'échange, dit-elle.

— Je le sais, mon cœur. Mais autant je déteste être d'accord avec Luther, autant il a raison. Nous ne pouvons tout simplement pas échanger une innocente contre une autre. Nous ne gagnerons rien en faisant cela. Au contraire : dès qu'il t'aura, il disparaîtra. Pour le moment, il doit rester dans les parages, parce qu'il te veut. Dès qu'on lui aura donné ce qu'il veut, nous perdrons toute chance de le capturer.

— Mais Isabelle. Elle doit être traumatisée à l'heure qu'il est. Je sais à quel point elle doit avoir peur. Wes, je ne peux pas la laisser souffrir à ma place.

Depuis l'autre côté de la table, Oliver se tourna vers eux.

— Vous savez ce que je trouve bizarre ? Que Forrester nous dise si tôt quand aura lieu l'échange. Pourquoi nous le dire ? Est-ce qu'il ne se grille pas en faisant cela et en nous donnant du temps pour nous préparer ?

Wes haussa les épaules.

— Il veut que nous soyons prêts afin qu'il n'y ait aucun retard. Et sans connaître le lieu, comment pouvons-nous nous préparer ?

Oliver se frotta la nuque.

— C'est quand même bizarre. J'ai un mauvais pressentiment à ce sujet.

Blake arriva derrière eux et posa une main sur l'épaule d'Oliver.

— D'accord avec toi, fréro.

Il regarda Katie et Wes.

— Depuis qu'on a reçu l'appel, je me demande la même chose. Pourquoi nous dire quand alors qu'il y a encore neuf bonnes heures à attendre ? Pourquoi nous donner le temps de trouver des alternatives ? Ça n'a pas de sens.

— Peut-être qu'il n'est pas si brillant que ça, suggéra Wes.

Katie secoua immédiatement la tête.

— Non. Il est intelligent. Tous les harceleurs le sont. Ils sont plus intelligents que la moyenne. Et cela les incite à se sentir supérieurs. Ils se délectent de ce sentiment. Ils adorent vous faire miroiter des choses en vous faisant penser que vous pouvez les battre quand, en réalité, on ne le peut pas.

Elle en avait fait les frais, par le passé.

Blake haussa un sourcil.

— Tu penses qu'il croit que son plan est si solide qu'en aucun cas nous ne pourrons trouver la parade ?

— Plus que probablement. C'est pour ça qu'il se sent suffisamment à l'aise pour nous dire quand ça se passera. Presque comme si le compte à rebours augmentait son excitation. Il se délecte de cela, de savoir que nous décomptons les minutes sans être proches de le trouver. C'est un jeu pour lui.

— Eh bien, nous ne jouerons pas à son jeu.

Katie pivota sur sa chaise lorsqu'elle entendit la voix de Luther. Samson et lui étaient revenus dans la pièce, ensemble, et s'approchaient.

Samson s'adressa à l'assemblée.

— Luther a une idée.

Il fit un pas sur le côté et lui donna la parole.

Quelque peu surprise par ce geste de courtoisie de Samson, Katie se pencha en avant sur sa chaise, impatiente d'entendre ce que Luther avait à dire.

— Mendoza a pris Isabelle pour Katie, non pas parce qu'elles avaient interverti leurs rôles, mais bien parce qu'elles avaient toutes deux le même genre de costumes et de coiffure. Elles avaient l'air de sœurs, si pas de jumelles. Je pense que nous pouvons utiliser ce fait à notre avantage. Nous lui donnerons ce qu'il veut. Mais il n'aura pas Katie. Il aura quelqu'un qui lui ressemble.

— Et ça, ce n'est pas lui livrer une innocente ? le railla Zane. Hypocrite !

— Pas quand la personne que nous habillons comme Katie est un vampire qui sait comment se défendre.

Le regard de Katie s'abattit immédiatement sur Yvette.

— Pas Yvette, laissa-t-elle échapper.

Elle ne pouvait laisser sa belle-sœur se mettre en danger à sa place. S'il arrivait quelque chose, Haven ne le lui pardonnerait jamais. Pas plus que Cooper ou Lydia.

Luther la regarda et lui adressa un sourire furtif.

— Non, Yvette est trop grande. Et elle n'a pas tes courbes.

En signe d'excuse, il adressa un hochement de tête à la femme vampire.

— Sans vouloir te vexer, Yvette.

Luther avait raison : Yvette avait une superbe silhouette, mais elle n'était pas aussi pulpeuse et n'avait pas une aussi forte poitrine que Katie. Ses longs cheveux noirs ressemblaient toutefois aux siens.

— Pas de soucis. Bien que…

Elle sourit chaudement à Katie.

— …tu sais, chérie, je le ferais sans hésiter si je savais que ça réussirait.

Katie prononça un silencieux *merci* à sa belle-sœur.

— Mais nous avons une autre femme vampire en tête, intervint Samson.

— Peu importe qui c'est, interrompit Amaury en se levant. Vous n'avez pas omis un minuscule détail ?

Il désigna Katie.

— Katie est humaine, poursuivit-il. Nous devons supposer que Forrester le sait. Il ne commettra pas la même erreur que Mendoza. Celui qui sait, quiconque soit-il, que Katie était Kimberly Fairfax, la star d'Hollywood, sait également qu'elle ne peut absolument pas être un vampire. Puisqu'il est son harceleur, il le sait. Donc, même si nous nous débrouillons pour faire ressembler une autre femme à la jumelle de Katie, dès qu'il s'approchera suffisamment d'elle, il reconnaîtra, à son aura, que cette personne que nous essayons d'échanger est un vampire. Et tout nous sautera au visage.

— Amaury a raison, convint Gabriel. Et quand ça se passera, qui sait comment il réagira. Et s'il fait du mal à Isabelle pour se venger ?

Tout le monde commença à parler en même temps, émettant les pours et les contres d'une telle démarche. Katie put à peine se concentrer sur l'opinion de quelques-uns. Elle dut se mettre du côté des sceptiques. Ils ne pouvaient duper un vampire, du moins pas en envoyant un autre vampire à sa place.

— Ça ne marchera pas, murmura-t-elle à elle-même, en se tordant les mains déjà tremblantes. Je vais devoir le faire.

Elle leva les yeux et appuya les mains sur la table, prête à se lever et mettre un terme à cette vaine discussion.

Un sifflement à côté d'elle l'arrêta net. Cela mit immédiatement fin à toutes les conversations dans la pièce. Tous les yeux étaient à présent rivés sur Wesley.

— Maintenant que j'ai votre attention, aimeriez-vous tous que je vous donne la solution à ce problème ?

— Vas-y, Wes, l'encouragea Samson.

— Il y a un sort peu connu qui peut dissimuler temporairement l'aura d'un vampire afin qu'aucune autre créature surnaturelle ne puisse la démasquer, faisant dès lors ressembler le vampire à un humain. Il ne dure pas longtemps. Et il ne change rien aux aptitudes du vampire.

Toute l'assemblée échangea des regards dubitatifs.

— Tu es sûr que ça fonctionne, Wes ? demanda Blake.

— Tu as ma parole.

— Ça me va, dit Blake.

— Combien de temps durera le sortilège ? demanda Samson.

Wes haussa une épaule.

— Entre une demi-heure et une heure. Difficile à dire. Mais si j'ai assez de volontaires, je pourrai le tester avant l'échange.

Il scruta l'assistance.

— Alors ?

Tout le monde évita soudain le regard de Wesley.

— Oh, allez les gars ! grogna-t-il. Ça ne fait pas mal ! Qu'est-ce que vous êtes : des vampires ou une bande de poules mouillées ?

— Essaie-le sur moi, proposa Samson.

— Sur moi aussi, dit Haven.

Wes acquiesça d'un hochement de tête.

— Alors, nous sommes prêts.

Il se tourna vers Samson.

— Et qui va jouer le rôle de Katie ?

On frappa à la porte. Samson alla l'ouvrir.

Une jolie femme bien roulée s'y tenait, de longs cheveux noirs lui tombant sur les épaules, de longs cils noirs bordant ses yeux gris.

— Je suis venue aussi vite que j'ai pu, dit-elle avec un léger accent british.

— Entre, Roxanne.

Samson la fit entrer et referma la porte derrière elle. Il se tourna ensuite vers l'assemblée.

— La plupart d'entre vous connaissent déjà Roxanne. Elle a commencé avec nous peu après que nous ayons ouvert le QG de la Mission. Tout d'abord à notre V-bar, puis elle a rejoint notre programme d'entraînement pour gardes du corps il y a dix ans et a travaillé, depuis lors, sur plusieurs missions. Je pense qu'elle est parfaite pour ceci.

Katie remarqua la façon dont Luther laissait courir les yeux sur le corps de Roxanne. Pas d'une manière lubrique, empreinte de désir, mais à la manière d'un acheteur éclairé examinant un produit qu'il voulait acquérir. Ses yeux fixèrent ensuite de nouveau Katie afin de comparer.

— Et les yeux ? demanda Luther.

— Lentilles de contact colorées, rien de plus facile, dit rapidement Samson.

Katie se dirigea vers Roxanne.

— Est-ce qu'ils t'ont dit ce qu'ils voulaient que tu fasses ?

Roxanne acquiesça.

— Samson me l'a brièvement expliqué quand il m'a appelée.

Katie se tourna vers le patron de Scanguards.

— Est-ce que tu lui as laissé le choix ?

Elle ne voulait pas que quiconque fût forcé de faire quoi que ce soit dans cette histoire. Il s'agissait d'une intervention dangereuse.

Elle sentit la main de Roxanne sur son épaule.

— Je me suis portée volontaire.

Katie hocha lentement la tête, d'une part soulagée, et effrayée de l'autre.

— Ne t'inquiète pas. Je suis entraînée à cela.

Roxanne se pencha vers Katie et baissa la voix.

— Je suis meilleure que la plupart des gars présents dans cette pièce. Il faut juste ne pas le leur dire. Cela ne ferait que provoquer des grincements de dents et, ensuite, ils voudront sortir leur queue afin de savoir qui a la plus grosse.

Elle gloussa doucement.

— Les garçons !

Involontairement, Katie dut sourire.

— Merci, Roxanne.

— Eh bien, que le spectacle commence, alors ! dit Roxanne, tout haut. Qui va m'aider à me glisser dans la peau de Katie ?

Wes sourit de toutes ses dents.

— Oh, ce devrait être moi.

Et à ce qu'il y paraissait, il veillerait personnellement à ce que chaque détail de l'apparence de Roxanne fût parfait.

— Bien, bien, le sorcier. Je suppose que c'est mon jour de chance, répondit sèchement Roxanne.

39

Luther regarda par-dessus son épaule et scruta l'obscurité, tandis que Katie déverrouillait la porte d'entrée de sa maison. Comme Blake l'avait suggéré, il avait garé la voiture en face de la maison plutôt que devant le garage afin que quiconque en train de les épier pût les voir pénétrer dans la maison.

Il ne vit personne, mais cela ne voulait pas dire qu'ils étaient seuls. Bien que l'homme qui promenait son chien sans se soucier d'autre chose fût manifestement humain, il y avait nombre d'endroits où un vampire pouvait se cacher sans être vu. Situé sur une des nombreuses petites collines de San Francisco, en face de la maison victorienne de Katie, Buena Vista Park comptait moult endroits de ce type au sein de son terrain fortement boisé et des nombreux points de vue éparpillés tout le long du sentier qui montait jusqu'au sommet duquel les visiteurs se voyaient récompensés par une vue magnifique sur la ville.

Lorsque Katie poussa la porte et actionna l'interrupteur en entrant, Luther tourna le dos au parc et la suivit à l'intérieur de la bâtisse. Il referma et verrouilla la porte derrière lui.

— Allume les lumières du living, lui ordonna-t-il. Et assure-toi de pouvoir être vue avant de refermer les tentures.

— Compris.

Luther était presque certain que Forrester observait la maison. Il relevait donc d'une importance vitale qu'il ne vît que Katie et Luther y pénétrer pour, plus tard, en ressortir ensemble.

Katie s'avança vers les grandes baies vitrées du living bien éclairé. Elle passa lentement devant l'une d'elles avant de tirer les tentures. Elle fit de même avec les tentures de l'autre fenêtre et ainsi de suite jusqu'à ce que toutes fussent tirées.

Luther la suivit dans la salle à manger et l'aida à réitérer cette même tâche. En quelques minutes, toutes les tentures du premier étage furent fermées. Depuis la rue, on ne pouvait plus voir à l'intérieur de la maison.

Les stores à l'étage avaient déjà été fermés.

— Prête ? demanda Luther en échangeant un regard avec elle.

— Prête répondit-elle.

Il ouvrit la porte menant au garage.

— Wesley, nous sommes prêts.

Le frère de Katie apparut un instant plus tard dans l'escalier, Roxanne derrière lui.

— Nous sommes là.

— Quelqu'un vous a vus ? demanda Luther en faisant un pas sur le côté afin de les laisser entrer dans le vestibule.

— Nous sommes passés par l'entrée de service d'une des maisons situées dans la rue parallèle à celle-ci et avons traversé les jardins à l'arrière. Personne ne nous a vus et, dans le cas contraire, ils n'ont pas pu deviner où nous nous rendions. Les jardins sont tellement envahis par la végétation que nous étions largement à couvert. Nous sommes en sécurité.

Satisfait des explications de Wesley, Luther hocha la tête et regarda Roxanne.

— Merci de faire ce que tu fais. Je sais que tu prends un risque.

— Tout le plaisir est pour moi. J'adore donner des coups de pieds dans les couilles des mecs.

Elle lança un regard latéral à Wesley.

— Aïe ! commenta Wesley, feignant de tressaillir. Je ne voudrais pas être ton ennemi.

— Bien. Alors, nous nous comprenons, n'est-ce pas ?

Ne désirant pas en savoir davantage sur la nature de la relation qu'il y avait entre la femme vampire et le sorcier, Luther se détourna. Cela ne le regardait pas.

— On ne commencerait pas à te préparer ? demanda Katie.

— Passe devant, dit Roxanne.

Katie se dirigea vers les escaliers, et Roxanne la suivit. Lorsque Wesley fit mine de les accompagner, Roxanne pivota et lui claqua la paume de la main sur la poitrine afin de l'arrêter.

— Nous n'avons pas besoin de toi, dit-elle doucement, mais fermement.

— Euh.

Roxanne plissa les yeux.

— Wes, ne viendrais-tu pas avec moi dans le salon? demanda Luther, dans l'intention de désamorcer la situation.

— Bien sûr.

Wes sourit tout aussi doucement à Roxanne qu'elle ne lui avait souri.

— Appelle-moi si tu as besoin d'aide pour une fermeture éclair ou autre.

— Vraiment, Wes ? demanda Katie depuis l'escalier, un certain agacement dans la voix.

Son frère se contenta de hausser les épaules, puis se retourna et se dirigea vers le salon. Luther attendit que les deux femmes eussent disparu à l'étage avant de suivre Wesley.

— Une vraie bombe, cette Roxanne, hein ? demanda Wes.

— Tu sais que je ne peux pas répondre à cela, pas vrai ?

— Parce que tu es avec ma sœur ?

— Quelque chose dans le genre.

Luther s'enfonça dans les coussins du divan.

— Alors, que va-t-il se passer ?

— Que veux-tu dire ?

— Je veux dire, entre ma sœur et toi.

— Tu vas devoir le lui demander, répondit Luther, de manière évasive.

— Tu as dit, au QG, que tu étais revenu pour te racheter. Qu'est-ce qui se passera après ?

— Je partirai. Je n'ai jamais eu l'intention de rester.

— Et Katie ? Elle le sait ?

— Je ne lui ai jamais menti à propos de mes intentions.

— Et ça lui va ?

C'était une question que Luther s'était posée à lui-même, mais à laquelle il n'avait pas de réponse. Katie était-elle vraiment d'accord avec leur arrangement ? Avait-elle réellement accepté qu'il partît bientôt pour ne jamais revenir ?

— Et qu'en est-il pour toi, alors ? continua Wes. Est-ce que ça te convient ?

— Pourquoi est-ce que ça ne me conviendrait pas ?

— À cause de la façon dont tu la regardes.

Luther souffla d'un air désapprobateur.

— Écoute, Wes. Je t'aime bien. Alors, pourquoi n'arrêtes-tu pas avant que les choses ne dégénèrent ?

— C'est ce que je pensais.

Wes pivota, se dirigea vers la cheminée et regarda les cendres.

— Elle est seule depuis bien trop longtemps. Parfois, je m'inquiète pour elle. Ce n'est pas comme si elle pouvait sortir avec un mec normal.

Sa vie tourne autour de sa famille et de Scanguards. Ce n'est pas facile d'y faire entrer un étranger. Il lui faut quelqu'un qui sache à quoi ressemble cette vie. Et en tant que sorcière dépourvue de pouvoirs, elle a besoin de protection.

— Ta sœur est capable de prendre soin d'elle.

Dès l'instant où il le dit, Luther sut qu'il voulait être celui en charge de la protéger. Mais il y avait des problèmes qu'il ne pouvait tout simplement pas feindre d'ignorer. Katie méritait quelqu'un qui pût s'engager totalement avec elle et, de par son passé, Luther ne pouvait prendre une telle résolution. Cela finirait nécessairement en chagrin d'amour. Et il ne voulait pas blesser Katie comme il avait blessé Vivian. Il aimait bien Katie. Non, ce n'était même pas le bon mot. Il se souciait d'elle plus qu'il ne l'eût cru possible en si peu de temps. Il voulait qu'elle trouvât le bonheur, mais il ne croyait pas que ce fût possible avec lui.

— On y est, donc. Tu entres par surprise dans sa vie, lui brises le cœur, et disparais comme si de rien n'était, dit Wes, sortant Luther de ses pensées.

— Je ne lui ai pas brisé le cœur, Wesley.

Pas encore, tout au moins, ajouta-t-il mentalement. Mais s'il restait, il le ferait. Parce qu'alors, ils s'attacheraient trop l'un à l'autre. Leur connexion physique était, à l'heure actuelle, déjà si forte que Luther avait du mal à imaginer vouloir être, un jour, avec quelqu'un d'autre. S'il laissait perdurer ceci, il tomberait si profondément sous son charme qu'il ne pourrait jamais s'en défaire.

Wes grogna.

Luther lui lança un regard contrarié.

— Cette discussion est terminée.

Wesley ne répliqua pas. Il fit plutôt les cent pas devant les fenêtres en ruminant. Luther décida alors de changer de conversation, car le sorcier avait mis le doigt sur un sujet trop sensible et avait remué trop de pensées qu'il avait tenté de refouler.

— As-tu déjà eu des nouvelles de Samson et de Haven au sujet de leur aura, et notamment du laps de temps durant lequel elle reste indétectable ?

Wes le regarda à nouveau.

— Blake a appelé tout à l'heure. Le sort a duré quarante-cinq minutes avec Samson et plus ou moins quarante avec Haven. Puisque mon frère est plus lourd que Samson, je pense que le poids est un facteur prépondérant. Roxanne pèse bien moins qu'eux. Donc, il se peut que le sort dure même jusqu'à une heure. Je ne peux pas en être sûr, et je ne veux pas le tester sur elle avant le moment venu.

— Pour quelle raison ?

— Je n'ai aucune donnée pouvant me dire si le fait de lancer plusieurs sorts en un court laps de temps pourrait mener à une perte de leur efficacité. Je préférerais donc m'abstenir dans l'immédiat.

— Je suis surpris que tu aies même de tels pouvoirs, dit Luther en se passant une main dans les cheveux. Katie m'a dit que votre mère vous avait dérobé tous vos pouvoirs de sorciers.

Wes hocha sèchement la tête.

— Effectivement.

Et à en juger par le ton dans la voix de Wesley, il en éprouvait toujours de l'amertume.

— Mais j'ai travaillé dur afin d'en récupérer certains. Je ne serai jamais aussi fort ou aussi puissant que j'aurais pu l'être en tant que membre du Pouvoir des Trois, mais j'ai maîtrisé une bonne partie du pouvoir que m'a mère m'a dérobé. J'ai passé des années à étudier et à pratiquer.

Soudain, il se mit à glousser.

— Certains gars de chez Scanguards peuvent te raconter quelques histoires à propos de mes premiers essais mais, maintenant, je connais mon art. Il me procure un but.

— Un but, ouais, n'en avons-nous pas tous besoin ? rêvassa Luther.

Jadis, il avait eu un but. Il avait travaillé pour Scanguards, protégé des gens, aidé des innocents. Cela lui avait donné confiance en lui. Il avait à nouveau besoin de quelque chose comme cela, une raison de vivre et une raison de mourir.

— C'est bon d'être dirigé dans la vie, ajouta Wes. Quand Haven était chasseur de vampires, je partais tout simplement en vrille et m'attirais partout des ennuis. Il a dû me tirer d'affaire tant de fois que j'ai commencé à me demander quand il en aurait marre et me laisserait à mon triste sort. Mais il ne m'a jamais laissé tomber.

— C'est bon de voir que vous vous serrez les coudes.

Et c'était bon de savoir que Katie avait deux frères sur qui elle pouvait compter. Deux hommes qui prenaient soin d'elle et sur les épaules desquels elle pouvait pleurer en cas de besoin. Dès l'instant où cette pensée lui traversa l'esprit, Luther voulut être cette épaule. Ou mieux encore, il voulut que Katie n'eût plus jamais à pleurer.

— Tu te soucies d'elle, n'est-ce pas ? demanda soudain Wesley.

Luther rencontra l'intense regard du sorcier.

— Je préférerais pas.

Et si Wesley pouvait le voir, Katie le pouvait-elle également ? Suspectait-elle, à son tour, que ses sentiments pour elle étaient plus profonds qu'une relation physique occasionnelle ?

<h1 style="text-align:center">40</h1>

Satisfaite de son travail, Katie accompagna Roxanne dans le salon où les attendaient Luther et Wesley.

— La voilà, dit-elle en tendant les bras tel le présentateur d'un show télé en train de présenter un invité spécial.

Roxanne fit un pas dans le salon et tourna sur elle-même.

— Qu'en pensez-vous ?

Les deux hommes la regardèrent bouche bée et les yeux écarquillés.

La transformation était parfaite. Les cheveux de Roxanne étaient à présent coiffés comme ceux de Katie, tombant en de légères boucles sur les épaules. Elle portait des vêtements identiques, ce qui, grâce à l'étendue de la garde-robe de Katie, n'avait pas du tout été un problème. Son placard contenait nombre de tenues en double exemplaire, une habitude qu'elle avait acquise durant sa période hollywoodienne. Avec des talons de cinq centimètres, Roxanne avait à présent exactement la même taille que Katie, et un peu de rembourrage dans son soutien-gorge faisait passer la taille de son bonnet d'un C à un D.

Mais le plus grand changement était visible sur le visage de Roxanne. Des lentilles de contact colorées avaient transformé les yeux gris de Roxanne en sensationnelles émeraudes. Blake se les était procurées dans la grande chambre forte sous le QG de Scanguards, laquelle contenait de tout, des fausses moustaches aux balles en argent.

Un maquillage de scène professionnel avait modifié la hauteur de ses pommettes et gonflé le volume de ses lèvres pour les rendre aussi pulpeuses que celles de Katie. Un fond de teint légèrement plus foncé rendait la peau de Roxanne similaire à la sienne. À l'aide d'un crayon noir, Katie avait redessiné les sourcils de la jeune femme afin qu'ils fussent identiques aux siens. Le nez de Roxanne était plus long, mais grâce à l'utilisation de différents fards et poudres, il semblait à présent plus petit.

— Ouah ! s'exclama Luther en laissant échapper un souffle de stupéfaction. La ressemblance est troublante.

— Ouais, ajouta Wesley. Ça donne vraiment la chair de poule.

Il regarda Roxanne de haut en bas.

— Tu ressembles à Katie. Et ça me fait complètement flipper.

Katie réprima un sourire en coin. Elle avait remarqué la façon dont Wes avait regardé Roxanne, un peu plus tôt. Apparemment, son frère craquait pour cette sexy diablesse de vampire.

— Aussi longtemps que Roxanne n'aura pas à parler, je pense que tout ira bien, dit Katie. Malheureusement, nous n'avons pas eu le temps de travailler son accent.

— Je vis dans ce pays depuis plus de trois décennies. Je doute même qu'un semestre tout entier de leçons de diction puisse me débarrasser de mon accent, ma chère, dit Roxanne.

— Je le trouve charmant, répliqua Wesley. Ne perds jamais ça.

Roxanne ne répondit pas verbalement au commentaire de Wesley. Ses lèvres se soulevèrent plutôt en un doux sourire.

— Maintenant, je suppose que l'attente commence.

Luther acquiesça.

— Je viens juste de vérifier auprès de Blake. Ils n'ont pas encore eu de nouvelles de Forrester. Nous avons encore quelques heures avant l'échange.

Katie chercha les yeux de Luther.

— Tu, euh, pourrais-tu, peut-être…

Elle se sentit gênée en tentant de questionner Luther devant les autres.

— Il y a quelque chose…

Elle désigna le plafond afin d'indiquer l'étage du dessus.

Luther sembla enfin comprendre.

— Oh, oui, bien sûr, il y a quelque chose dont nous devons nous occuper. Euh, excusez-nous, dit le vampire.

Tandis qu'elle se retournait, Katie surprit le roulement d'yeux de Wesley. Mais, tout à son honneur, son frère ne fit aucun commentaire sarcastique, bien qu'il sût de quoi il s'agissait : elle voulait être seule avec Luther.

Parce que ce serait leur dernière fois.

Luther ne parla pas, ne lui prit même pas la main, tandis qu'ils grimpaient les escaliers et parcouraient le couloir jusqu'à la chambre. Katie le précéda pour entrer et le sentit derrière elle. Lorsque la porte se referma brusquement un instant plus tard, elle se tint juste là, au milieu de la pièce, immobile et sans se retourner.

Elle sentit les mains de Luther lui enrober les épaules. Son souffle sur sa nuque. Elle frissonna.

— Katie, murmura-t-il.

— Je ne veux pas parler. Nous savons tous les deux que c'est un au revoir. Ne le rends pas plus difficile qu'il n'est.

— Alors, dis-moi ce que tu veux.

— Fais-moi l'amour et fais comme si j'étais la seule femme au monde qui signifie quelque chose pour toi.

Luther soupira.

— Oh mon Dieu, Katie !

Il colla sa poitrine contre son dos.

— Je regrette de ne pas t'avoir rencontrée vingt-cinq ans plus tôt.

— Ne regardons pas en arrière. Je veux juste vivre l'instant présent.

Elle se retourna dans ses bras et lui fit face.

— Est-ce que ce sera suffisant ?

Elle força un sourire.

— Ce devra l'être.

Luther leva une main pour lui caresser la joue.

— Tu es tout ce qu'un homme peut souhaiter. Courageuse, belle et aimante.

— Mais ce n'est pas suffisant, n'est-ce pas ? demanda-t-elle.

— Au contraire, c'est trop. Je ne mérite pas tout cela.

— Pourquoi ne me laisses-tu pas en juger ?

— Parce que je sais comment ça se terminera. Je te ferai du mal. Je nous ferai du mal, à tous les deux.

— L'histoire n'a pas à se répéter.

— Et si c'était le cas ?

Elle posa un doigt sur ses lèvres.

— Je ne veux pas penser à ce qui pourrait arriver. Je veux juste te sentir.

Il acquiesça à sa demande par un clignement d'yeux.

Katie laissa glisser les mains sur son torse et trouva les boutons de sa chemise.

— Je veux tout me rappeler de toi.

Elle ouvrit le premier bouton, puis le suivant.

— Je veux embrasser chaque centimètre de ton corps, ajouta-t-elle.

Sous la paume de ses mains, elle sentit le cœur de Luther battre frénétiquement. Elle vit sa pomme d'Adam monter et redescendre, alors qu'un gémissement étouffé parvenait à ses lèvres. Katie lui ouvrit sa chemise et l'en dépouilla. Elle laissa courir le bout des doigts sur ses cicatrices.

— Tu es beau, murmura-t-elle, en toute sincérité.

Les pectoraux de Luther se contractèrent sous ses caresses.

— Je suis recouvert de cicatrices, bébé. Il n'y a rien de beau là-dedans.

— La beauté est dans l'œil de celui qui regarde.

Elle amena les lèvres vers la poitrine de Luther et, bouche ouverte, déposa des baisers sur sa peau entaillée.

— J'aimerais pouvoir faire disparaître la douleur que tu as dû endurer quand on t'a fait ces cicatrices.

— Quand tu me touches, je ne me souviens d'aucune douleur.

Il soupira et laissa tomber la tête en arrière.

— Je ne ressens que du plaisir, ajouta-t-il.

Katie passa la langue sur les saillies rouges présentes sur la peau. Luther respirait le pouvoir et la masculinité à l'état pur. Il dégageait un parfum qui l'attirait vers lui tel un papillon de nuit attiré vers une flamme. Et elle se moquait que celle-ci la brûlât, car le plaisir qu'elle avait en étant avec lui en valait la peine.

Elle laissa courir les mains sur son torse jusqu'à atteindre son pantalon. L'inspiration prise par Luther fut audible, et Katie le sentit se crisper sous ses mains. Impatiente de l'explorer, elle défit le bouton de son pantalon et fit glisser la braguette. Lentement, elle abaissa le vêtement sur ses chevilles.

Elle laissa tomber le regard sur son entrejambe. Sous le boxer, on pouvait distinguer une grosse protubérance. Elle étirait le tissu noir au maximum de sa capacité. Tout en se léchant les lèvres, elle déposa la main par-dessus. La chaleur se répandit sur sa paume et, brusquement, le sexe de Luther se plaqua tout contre celle-ci, comme s'il voulait bondir dessus.

Le vampire gémit.

Elle serra brièvement la chair ferme, puis accrocha les pouces dans la ceinture élastique et baissa le caleçon, le laissant tomber à ses pieds. Libéré, le membre jaillit et se recourba contre le ventre de Luther. Ses bourses étaient tendues. Pour la première fois, elle put véritablement l'admirer. Les fois précédentes, il ne lui avait jamais laissé la moindre chance de l'observer longuement. Il l'avait prise si rapidement qu'elle n'avait pas eu le temps de rassasier son regard. Elle se rattrapait, à présent.

À l'épaisseur de son sexe, venaient s'ajouter, sur tout son contour, de grosses veines pourpres. La base de son membre siégeait dans un épais nid de poils noirs. De l'humidité coulait de sa douce extrémité, faisant briller la tête en forme de champignon.

Katie tendit la main et l'enroula sur toute la longueur de cette verge dure comme l'acier.

Luther expulsa un souffle sifflant.

— Putain, bébé !

— Maintenant, je vais te lécher et te prendre dans ma bouche, lui-dit-elle.

D'une main, il lui enroba la joue, attira son visage plus près et posa le front contre le sien.

— Tu sais que si tu fais ça, je perdrai le contrôle, n'est-ce pas ?

— Je m'en doute.

— Es-tu prête à ce que je ferai quand ça arrivera ?

— Et toi, tu l'es ? le défia-t-elle.

Car elle était prête à être mordue, prête pour l'extase qu'il lui promettait.

— Et si je ne sais pas m'arrêter ?

— Tu l'as fait, l'autre fois.

Il secoua la tête.

— Parce que je savais que je te possèderais encore. Mais ce soir—

— Fais juste comme si ce n'était pas la dernière fois.

Katie fit mine de s'accroupir, mais Luther l'en empêcha.

— Attends.

Elle le gratifia d'un regard interrogateur.

— Enlève tes vêtements.

Tandis qu'il se débarrassait de ses chaussures et extirpait ses pieds de son pantalon et de son caleçon, Katie passa son top par-dessus la tête. Lorsqu'elle tendit les mains vers le fermoir avant de son soutien-gorge, Luther lui prit la main.

— Laisse ton soutien-gorge et ta petite culotte.

Il laissa courir un regard empreint de désir sur elle.

— Nom de Dieu, femme, ce que tu me fais…

Elle baissa la braguette de son pantalon et l'ôta en se trémoussant tout en balançant ses chaussures d'un coup de pied. Et finalement, uniquement vêtue de son soutien-gorge en dentelle noir et de sa culotte bikini assortie, elle s'accroupit devant lui. Agenouillée de la sorte, l'entendant respirer fortement comme s'il était en train de courir un marathon, elle se sentit sexy et désirable.

Elle tendit la main vers son sexe, ses doigts en caressant la face inférieure en va et vient.

— Putain ! siffla Luther.

Elle se décala et se rapprocha, amenant sa bouche vers le bout du membre enflé. Elle sortit la langue et lécha la tête douce comme du velours, y récoltant toute l'humidité. Lorsqu'elle avala sa saveur, ses mamelons durcirent et vinrent frotter contre l'intérieur de son soutien-gorge. Son clitoris palpita de manière incontrôlable.

Elle sentit ensuite la main de Luther sur sa tête, lui peignant les cheveux, lui caressant tendrement le cuir chevelu.

— Oh, bébé.

À nouveau, elle lécha la tête de son membre, tranquillement, de sorte à pouvoir en cataloguer la forme et la texture tout en l'enregistrant dans sa mémoire. Elle fit tourner sa langue sous le rebord du gland, suscitant dès lors un bruyant gémissement de la part de Luther et l'incitant à resserrer les doigts derrière sa tête. Mais il ne la força pas, n'attira pas sa tête vers lui.

En lieu et place, ce fut Katie qui enroula les lèvres autour de sa verge, avalant lentement le bout de celle-ci et faisant glisser la bouche tout le long de cette dure tige jusqu'à ne plus pouvoir aller plus loin. Il n'était enfoui qu'à moitié, mais c'était tout ce qu'elle pouvait prendre. Il était trop gros.

Katie prit une inspiration par le nez et détendit les muscles de ses mâchoires, puis enroula une main autour de la base du sexe avant de se retirer avec douceur, la bouche formant un cœur autour de la chair ferme, la langue glissant tout le long de la face inférieure. Son autre main était accrochée à la cuisse de Luther. Une cuisse qu'elle sentit à présent trembler.

— Oh, Katie, cria-t-il. Tu me tues.

Elle laissa son membre sortir de sa bouche, uniquement dans le but de l'attirer à nouveau à l'intérieur, suçant à présent plus fortement, tandis que sa main se mouvait de haut en bas sur son érection, en synchronisation avec son mouvement de succion. Il y avait quelque chose chez Luther qui lui faisait en vouloir davantage. Elle le sentit commencer à pousser, tout d'abord lentement, puis, sous ses mains, elle sentit son côté vampire désireux de jaillir au grand jour. Chaque fois qu'elle glissait la bouche vers le bas de son sexe, elle le sentait frissonner et, chaque fois qu'elle reculait et se retirait, les hanches de son partenaire se contractaient et en exigeaient davantage.

Entre ses mains, il n'était que pâte à modeler, s'abandonnant à sa bouche, ses lèvres et sa langue. Pour la première fois dans sa vie, Katie sut à quoi cela ressemblait d'être puissante. D'être forte. Luther lui procurait ce pouvoir. Il refaisait d'elle une femme à part entière. Comme si son sexe dans sa bouche était l'instrument qui lui infusait de la force.

Désirant vivement qu'il s'abandonnât, Katie se mit à le sucer plus assidûment. Elle amena la seconde main sur ses testicules, les enroba et sentit un autre frisson le parcourir à travers tout le corps. Sa verge tressaillit dans sa main, et son propre corps trembla d'impatience.

— Arrête ! cria Luther en retirant son sexe de sa bouche.

Il la souleva par les coudes et, un instant plus tard, elle se retrouva penchée au-dessus de la chaise longue, le torse pressé contre les coussins, son derrière pointant en l'air. Luther lui arracha sa petite culotte, déchirant ainsi le fin tissu en lambeaux.

— Tu m'as trop allumé, Katie ! dit-il, entre les dents. Tu n'aurais pas dû me sucer comme ça.

Sa voix était à présent différente, plus rauque, la respiration irrégulière.

— Tu n'as pas aimé ? le titilla-t-elle, bien qu'elle connût la réponse à sa question.

Luther s'enfonça en elle par l'arrière, se logeant dans son canal avant de répondre.

— Tu sais aussi bien que moi à quel point j'ai aimé ta bouche autour de ma queue.

Mais elle entendit à peine ses paroles, car le dur membre de Luther dilatait son sexe à un point tel que cela la priva presque de tous ses sens.

— C'est bon, Luther, si bon.

Il lui agrippa fermement les hanches et l'attira vers lui, venant claquer son sexe vers l'avant au même moment et doublant ainsi la force de l'impact. Tout l'air présent dans les poumons de Katie fut expulsé, et cela la fit haleter.

— Tu vois, Katie ? Tu vois, maintenant, ce que tu me fais ?

Mais elle ne put répondre, car il commença à la baiser rapidement et furieusement, s'enfonçant bien profondément avant de se retirer, les mains sur ses hanches l'emprisonnant de sorte à la maintenir immobile. De manière à ce qu'elle ne pût échapper à son membre déchaîné. Ce dernier dilatait son sexe au maximum, son érection venant toucher des endroits en elle qui lui envoyaient de chaudes décharges de plaisir à travers tout le corps. Ses seins, toujours emprisonnés dans le soutien-gorge, frottaient contre les coussins à chaque coup asséné par Luther. Ses mamelons n'étaient que de dures cimes suppliant d'être à l'air libre.

Elle rassembla toute sa force et se souleva afin de pouvoir ramener une main sur le fermoir avant de son soutien-gorge. Elle parvint, avec difficulté, à le dégrafer juste au moment où Luther plongeait plus profondément en elle, la faisant de nouveau atterrir sur les coussins de la chaise. Lors du retrait suivant de son partenaire, elle réussit à libérer ses seins et à se débarrasser du soutien-gorge.

— Putain, Katie ! cria-t-il en s'extirpant d'elle.

— Non ! protesta-t-elle. N'arrête pas !

Les yeux fous, les canines allongées, il lui agrippa les jambes et la retourna sur le dos. Son regard se posa sur ses seins dénudés, et elle put le voir saliver.

— S'il te plaît, Luther, baise-moi ! le supplia-t-elle.

Il roula sur sa partenaire et plongea à nouveau son membre dans son intimité. Katie expulsa un souffle de contentement, soulagée qu'il fût à nouveau enfoui en elle. Sans lui, elle se sentait vide.

Luther la chevaucha violemment et rapidement. Elle n'avait jamais su qu'une telle sauvagerie pût lui procurer un plaisir semblable mais, à chaque poussée violente et à chaque retrait, Luther l'amenait de plus en plus au bord du gouffre. Tout son corps commença à fourmiller. Toutes ses terminaisons nerveuses semblaient se réveiller. Et en elle, un feu commençait à brûler, se frayant lentement un chemin jusqu'à la surface de son corps.

— Oui, Luther, scanda-t-elle en appuyant la tête sur la chaise longue tout en arquant le dos, lui offrant ainsi ce qu'elle savait qu'il désirât.

Il laissa échapper un grognement. Son souffle vint ensuite lui caresser un sein et lui titiller un mamelon. Lorsqu'elle sentit le bout de ses canines lui égratigner la peau, elle frissonna de plaisir. Il les enfonça dans sa chair, lui causant, durant une fraction de seconde, une douleur qui disparut aussi rapidement qu'elle n'était apparue, laissant la place au plaisir.

Elle le sentit tirer fortement sur sa veine, se nourrir d'elle. Un peu de sang déborda de sa bouche tant il le buvait si goulûment. Elle sentit le liquide dégouliner sur son sein. Mais Luther ne sembla pas le remarquer. Il continua à boire tandis que, plus bas, ses hanches faisaient des va-et-vient.

Katie se laissa aller. Luther en train de se nourrir de son sang la berçait et la faisait entrer en transe, tandis que son sexe, tel un piston, lui envoyait des vagues de plaisir à travers tout le corps. Son clitoris palpita. Son corps entra ensuite en éruption en une symphonie d'extase.

Elle n'entendait rien à part ses propres battements de cœur et les gémissements de Luther. Elle eut un spasme au niveau de son sexe et sentit son partenaire lui rendre la monnaie de sa pièce. Son membre se contracta. Ensuite, elle la sentit : sa douce semence en train de se répandre, tandis qu'il continuait à se mouvoir en elle. À présent plus lentement, mais tout en étant ni plus ni moins excitant.

Elle sentit une bouffée d'air frais sur son sein, puis une chaude langue le lécher. Katie ouvrit paresseusement les yeux et vit Luther relever la tête en rétractant ses canines. Il avait toujours les yeux rouges, mais dès l'instant où il rencontra son regard, ils retrouvèrent leur couleur marron soutenu.

Katie ouvrit la bouche pour parler, mais aucun mot ne franchit ses lèvres, car les seuls mots qu'elle voulait prononcer étaient ceux qu'il ne voulait pas entendre. Elle souleva plutôt la main et la laissa courir dans les cheveux de Luther. Ils étaient trempés de sueur.

Il soutint son regard, mais demeura également silencieux. Après une éternité, il roula sur le côté et se releva.

Elle le regarda, s'abreuvant pour la dernière fois de sa parfaite silhouette masculine avant qu'il ne lui tournât le dos et commençât à s'habiller.

Je t'aime, lui dit-elle silencieusement du bout des lèvres, à son insu.

Et elle réprima les larmes qui menaçaient de révéler ses vrais sentiments.

41

Par-dessus son épaule, Luther regarda Katie qui se tenait dans le couloir et les observait, Roxanne et lui, en train de se préparer à partir.

— Accorde-moi un moment, dit-il à Roxanne en parcourant en quatre longues enjambées la distance qui le séparait de Katie.

Wesley se retira dans le salon afin de leur laisser une certaine intimité.

Luther posa un doigt sous le menton de Katie et lui souleva la tête. Il voulait lui dire tellement de choses, mais les mots lui manquaient, tout comme ils lui avaient manqué lorsqu'ils avaient fait l'amour. Il l'avait ressenti à ce moment-là. En fait, durant ces derniers jours et ces dernières nuits, il l'avait senti grandir en lui : ce sentiment qu'il ne pouvait vivre sans elle. Qu'ils étaient faits l'un pour l'autre. Il n'avait pas voulu l'admettre, car il était impossible qu'une telle chose lui arrivât. Et lui arrivât si vite.

Et pourquoi en serait-il ainsi ? La plupart des vampires n'avaient qu'une seule chance de trouver leur compagne. Pourquoi lui, plus que quiconque, en obtiendrait-il une seconde, alors qu'il savait qu'il ne la méritait pas ? Ou n'était-ce qu'une illusion qu'on lui arracherait des mains lorsqu'il voudrait la saisir ? Par le passé, il s'était déjà retrouvé dans cette situation avec Vivian. Et prendre cette même voie l'effrayait. Et si cela le conduisait vers cette même et horrible issue ? Afin qu'il pût être puni, une fois de plus.

— Katie, murmura-t-il, incapable de traduire ses sentiments en paroles.

Des larmes bordèrent les yeux émeraude de la jeune femme. Son souffle sur le visage de Luther était si doux, si tentant qu'il brisa presque le cœur du vampire en deux.

Il la prit dans ses bras et approcha la bouche près de son oreille.

— Je ne peux rien te promettre, mais je veux que tu saches que ce qu'il y a entre nous signifie quelque chose pour moi.

Il lui prit la main et la pressa à l'endroit où son cœur battait la chamade.

— Tu es là, précisa-t-il.

Elle renifla.

— Luther, dit-elle en s'étouffant.

Il déposa un baiser sur son front, puis se retourna rapidement, inquiet de ne pouvoir partir s'il la voyait pleurer. À longues enjambées, il se dirigea là où se tenait Roxanne. Il attendit un moment jusqu'à ce qu'il eût entendu Katie rejoindre son frère dans le salon. Il ouvrit ensuite la porte et prit la main de Roxanne afin de la guider dans l'obscurité.

Feindre d'être aussi affectueux avec Roxanne qu'il ne l'avait été avec Katie lui fut difficile et parut artificiel, mais il s'exécuta néanmoins, au cas où ils seraient observés. Il fut content lorsqu'ils furent enfin assis dans l'Audi de Katie, faisant route vers le bord de mer afin de rejoindre l'équipe de Blake.

~ ~ ~

Luther se gara sur le quai abandonné et coupa le moteur.

— Que le spectacle commence.

Roxanne acquiesça d'un hochement de tête.

— Allons-y.

Ils sortirent de la voiture. Blake était déjà là. Luther regarda tout autour. Il ne vit personne d'autre.

— Où sont les autres ? demanda Luther, tandis que Roxanne s'arrêtait à côté de lui.

— L'équipe est en place.

Blake désigna l'étendue d'eau.

— L'échange aura lieu à Alcatraz. Ce n'est pas vraiment le genre d'endroit auquel nous nous attendions. Nous avons dû nous dépêcher pour tout mettre sur pied.

— Mais est-ce qu'Alcatraz n'est pas ouvert aux visites ?

— La dernière visite du soir devrait s'être terminée à vingt-et-une heures trente et, normalement, le personnel de jour n'arrive pas avant six heures, mais nous avons de la chance : Alcatraz est fermé pendant le congé de Noël. Nous n'aurons donc aucun problème avec les civils.

Il marqua une pause pendant un instant.

— Forrester veut que tu livres Katie. Il t'a demandé personnellement.

Luther plissa le front.

— Il ne me connaît pas. Comment peut-il me demander ?

— Je ne peux que supposer qu'il nous a observés durant tout ce temps et qu'il a compris que tu as un lien avec Katie. Ou peut-être qu'il te considère moins comme une menace que quelqu'un de chez Scanguards. Je n'en suis pas sûr. De toute façon, nous protègerons tes arrières.

Blake désigna le petit bateau à moteur qui était amarré à quelques mères d'eux.

— Prends le bateau jusqu'au quai principal d'Alcatraz. Une fois que tu y seras, il allumera des lumières au sol qui te mèneront jusqu'à l'endroit où l'échange aura lieu.

— Et ensuite ?

— C'est tout ce que nous avons. Ne t'inquiète pas, nous serons là, prêts à intervenir dès qu'il se montrera. Ton boulot est de mettre Isabelle en sécurité.

Blake s'adressa ensuite à Roxanne.

— Tu sais quoi faire. Garde ta couverture aussi longtemps que tu le pourras afin de pouvoir te rapprocher de lui. Tu dois détourner son attention d'Isabelle. Compris ?

Roxanne hocha la tête.

— Je ne peux te donner aucune arme, ajouta-t-il. Nous devons supposer qu'il pourra détecter si tu es armée. Nous ne pouvons pas risquer cela. Il faut que ça donne l'impression que nous sommes prêts à faire l'échange.

— Pas de problème.

— Mais j'ai une chose pour toi, ajouta-t-il, à l'intention de Luther.

Blake fouilla sa poche et en sortit un minuscule objet ressemblant à un bouton.

— Une caméra.

Il tendit la main vers la veste de Luther et fixa la caméra sur le revers de celle-ci.

— De cette façon, poursuivit-il, nous pourrons voir ce que tu vois. Ça nous aidera à nous positionner au bon endroit. Elle sert également de GPS. Nous aurons donc ta localisation exacte.

Luther regarda le petit objet. La caméra se fondait dans la couleur de sa veste, et s'il n'avait pas su qu'elle se trouvait là, il n'aurait pas pu la détecter.

— Je suppose que nous sommes prêts. Les clés ?

Blake lui tendit les clés du bateau.

— Bonne chance !

Luther sauta dans l'embarcation et aida Roxanne à monter à bord. Il y avait longtemps qu'il ne s'était plus retrouvé sur un tel engin, mais il savait encore comment ça se pilotait. Il inséra la clé dans le contact et démarra le moteur. Blake défit l'amarre et lança la corde dans le bateau.

Au loin, l'île d'Alcatraz se tenait telle une balise au milieu de la baie de San Francisco. Son bâtiment principal, le bloc pénitentiaire que les touristes visitaient durant les heures d'ouverture, était éclairé de l'extérieur par de grands spots. Le reste de l'île, toutefois, se trouvait dans l'obscurité la plus totale. Des bâtiments abandonnés se tenaient tels de sinistres rappels de ce que l'île avait abrité autrefois : de dangereux criminels.

On pouvait apercevoir un château d''eau en bois sur un des côtés de l'île, un phare dominant le tout. Il y avait un peu de végétation à Alcatraz : quelques arbres et buissons arboraient le quai par lequel les touristes entamaient leur visite mais, par contre, il y en avait peu sur le côté le plus éloigné de l'île.

Luther se souvint d'un sentier pavé s'étendant sur toute l'île, de même que de tas de vieux blocs de béton qui avaient été déposés sur le versant arrière de celle-ci.

Il fit ronfler le moteur et poussa le bateau à sa limite jusqu'à ce qu'il vît apparaître le quai face à lui. Il ralentit et positionna l'embarcation le long de celui-ci. Roxanne lança la corde, attrapa un des nombreux crochets et arrima le bateau. Luther coupa le moteur et grimpa sur le quai. Il se retourna vers Roxanne et lui tendit une main afin de l'aider à sortir.

— Prête ? demanda-t-il.

Elle hocha la tête en silence afin de ne pas trahir son accent.

Lorsqu'ils atteignirent l'extrémité du quai, un jeu de lumières posé à ras du sol s'alluma. Luther le désigna.

— Par ici.

Il sauta par-dessus une basse balustrade et souleva Roxanne afin de la faire passer de l'autre côté de celle-ci. Elle aurait aisément pu sauter toute seule, mais ils devaient préserver sa couverture. Elle devait sembler humaine et, lui, feindre être son galant amant, car il était évident que Forrester les observait. Il avait allumé les lumières dans le but de les guider, dès l'instant où ils avaient atteint l'extrémité du quai.

Tout en suivant les lumières, Luther regarda tout autour de lui, Roxanne à ses côtés. Ils se trouvaient sur un sentier qui les éloignait du bloc pénitentiaire, sur le versant de l'île qui était invisible depuis San Francisco.

Tandis qu'ils marchaient et passaient devant un grand bâtiment sur leur gauche, d'autres lumières s'allumèrent devant eux sur le sentier.

Luther regarda derrière lui et remarqua que certaines des lampes s'étaient déjà éteintes. Des lampes à détecteur de mouvement, supposa-t-il. Il dut reconnaître que Forrester était doué. Il était averti et avait, de toute évidence, méticuleusement planifié cet échange, alors que Scanguards n'avait eu qu'une heure ou deux pour trouver comment le contrer. Luther ne put qu'espérer que ses anciens amis eussent du flair quant à la manière de déjouer le plan de leur adversaire.

Il lança un regard oblique à Roxanne. Il ne pouvait toujours pas voir son aura de vampire. Elle avait l'air complètement humaine. Le sortilège de Wesley fonctionnait. Et il espéra que Wes eût raison à propos du laps de temps pendant lequel ce sort brouillerait l'aura de Roxanne et dissimulerait sa qualité de vampire. La vie de celle-ci en dépendait. Celle d'Isabelle et la sienne également.

Ils dépassèrent les ruines de l'ancien club des officiers sur leur droite. Le château d'eau apparut devant eux, planant au-dessus de leur tête depuis la gauche du sentier. À droite, ils purent distinguer la vieille centrale électrique.

Luther garda les oreilles et les yeux ouverts. Excepté le bruit des vagues venant se briser sur les rochers qui ceinturaient l'île et lui donnaient son surnom de « Rocher », tout était silencieux. Une brise fraîche et régulière de Nord-Est étouffait même le bruit de leurs pas.

Ce cadre lui donna la chair de poule. Forrester était visiblement un psychopathe pour choisir un endroit comme Alcatraz. Un frisson glacial parcourut toute la colonne vertébrale de Luther. Il n'aimait pas cet endroit et ne comprenait pas pourquoi Forrester l'avait choisi. On ne pouvait atteindre l'île que par bateau, ce qui rendait toute évasion difficile. Comment prévoyait-il de quitter les lieux une fois qu'il détiendrait Katie (ou plutôt Roxanne) ? Cela n'avait aucun sens. Même si un bateau l'attendait, il devait bien supposer que Scanguards pourrait facilement surveiller ses déplacements sur l'eau afin de le suivre. Forrester serait une cible facile.

La main de Roxanne sur son avant-bras le tira de ses réflexions.

— Là, murmura-t-elle en pointant un endroit dans le lointain.

Luther la vit immédiatement. Une jeune femme vêtue d'une robe rouge d'époque se tenait dans une zone herbeuse et surélevée à environ cinquante mètres au-delà du château d'eau, en diagonale de la vieille centrale électrique et de l'entrepôt délabré. Elle était bâillonnée et avait un bandeau sur les yeux. Derrière elle, se trouvait un tas de décombres et, de ce que Luther pouvait voir, elle semblait être enchaînée à un rocher. Elle était immobile, mais respirait car, même de loin, Luther put constater que sa poitrine se soulevait et s'abaissait.

Il échangea un rapide regard avec Roxanne, le cœur lui martelant la poitrine.

— C'est Isabelle ?

Roxanne hocha la tête.

— Bien.

— Bienvenue !

Sortant d'un haut-parleur situé quelque part sur la droite, cette voix masculine était déformée.

Le regard de Luther se dirigea rapidement vers l'entrepôt. Il se concentra sur les ouvertures qui, autrefois, comportaient des fenêtres, mais le verre avait été ôté depuis longtemps. Le vent s'engouffrait à présent dans le bâtiment vide, créant dès lors des bruits sinistres.

— Fais avancer Katie plus près, exigea la voix. Vers l'entrepôt.

Luther hocha la tête à l'intention de Roxanne, et elle s'avança lentement en direction de la voix.

— Arrête !

Roxanne stoppa. Luther retint sa respiration, les yeux oscillant rapidement entre Isabelle et Roxanne. Il remarqua le haussement d'épaules d'Isabelle. Elle avait peur. Depuis l'une des ouvertures de fenêtres, Luther perçut un mouvement, le reflet de quelque chose. Un miroir ? Du verre ? Il ne pouvait en être certain.

Le bruit des vagues de l'océan et du vent était à présent plus fort. Il ressemblait à une mélodie rythmée.

— Tu pensais vraiment que je me ferais avoir par ta supercherie ? dit soudain la voix.

Luther jeta instantanément un regard vers Roxanne mais, à sa surprise, son aura de vampire était toujours masquée. Elle semblait toujours humaine. Comment Forrester avait-il réalisé qu'elle n'était pas Katie ? Depuis sa cachette, il n'aurait pas pu le savoir. Il aurait fallu se tenir à un mètre de Roxanne pour pouvoir se rendre compte qu'elle n'était pas Katie.

— Tu paieras pour ça ! l'avertit la voix.

Merde !

Il était temps de passer au plan B.

42

Un bruit sourd fit écho contre les vieux bâtiments. Luther fixa du regard la cachette de Forrester mais, mis à part un mouvement sous une des fenêtres, il ne put rien voir. Le déplacement d'une ombre. Rien de plus. Ce malfrat avait-il tiré ? Merde !

Luther courut à toute vitesse vers Isabelle. Alors qu'il sautait par-dessus un grillage bas qui le séparait de la jeune hybride, il entendit un bruyant bruit de souffle venant du ciel. Il regarda en l'air et vit un hélicoptère noir descendre sur le sentier, l'isolant dès lors de Roxanne et créant une barrière entre Isabelle et la cachette de Forrester. Le vent généré par les pales du rotor fit chanceler Luther pendant un instant, mais il continua à se précipiter vers Isabelle.

— Isabelle ! lui cria-t-il, espérant qu'elle pût l'entendre à travers le bruit de l'hélicoptère. N'aie pas peur ! Je travaille pour ton père.

Il vit la manière dont elle tourna brusquement la tête dans sa direction, le corps tremblant. Ce spectacle lui rappela ce qu'il avait fait à sa mère vingt ans auparavant. Il avait attaché Delilah à un poteau avec des menottes en argent et l'avait bâillonnée. Il ne lui avait toutefois pas bandé les yeux. Il avait truffé d'explosifs l'estrade sur laquelle Nina et elle se tenaient afin qu'elle explosât après le déclenchement d'un capteur de mouvement.

Le cœur lui martelant la poitrine, Luther s'arrêta net dans son élan. Et si Forrester avait eu la même idée ? Et s'il avait réglé des capteurs de mouvement déclenchant le compte à rebours d'une bombe dès que quelqu'un serait suffisamment près d'Isabelle ? Forrester en avait fait usage pour allumer les lampes qui devaient le guider jusqu'à à cet endroit. Alors, pourquoi ne pas les utiliser pour faire sauter un engin explosif dès l'instant où quelqu'un s'approcherait d'Isabelle ? Pour quelle autre raison la laissait-il, ici, de toute évidence facilement accessible, plutôt que de la garder près de lui dans l'entrepôt et ne la relâcher que lorsqu'il aurait eu ce qu'il voulait ?

Merde !

— Reste calme, Isabelle ! lui donna-t-il pour instruction en criant afin de couvrir le bruit. Je vais d'abord devoir vérifier les alentours.

Il n'en fut pas certain, mais elle sembla hocher la tête. Peut-être était-elle en train de trop trembler et de frissonner et que cela agitait son corps. Une fille de vingt et un ans, bien qu'hybride, devait être effrayée de se tenir en plein milieu d'un remue-ménage qu'elle ne pouvait même pas voir. Le bruit était devenu assourdissant. Luther regarda par-dessus son épaule. Plusieurs silhouettes noires étaient descendues de l'hélicoptère et se ruaient vers l'entrepôt. D'autres provenaient des rochers sur la gauche du bâtiment, d'un sentier remontant de la mer. Il focalisa les yeux sur elles. Des hommes grenouilles ? Tandis qu'ils se rapprochaient, Luther comprit qu'ils portaient des combinaisons de plongée et qu'ils avaient nagé jusqu'à l'île, plus que probablement au départ d'un bateau pas trop éloigné de la plage. Ils encerclaient à présent le bâtiment.

Luther se retourna vers Isabelle. Environ vingt mètres les séparaient l'un de l'autre. Des yeux, il scanna le sol, examinant scrupuleusement chaque ombre et chaque rocher ou parcelle inégale de terrain qu'il voyait afin de s'assurer qu'il n'y avait aucun dispositif électronique. Lentement, il se rapprocha à pas de loup.

— Je suis presque là, chérie, dit-il, tentant de la rassurer. Hoche la tête si tu n'es pas blessée.

Elle s'exécuta immédiatement.

Il soupira de soulagement et fit un pas de plus, scannant continuellement le sol.

— Isabelle, l'as-tu entendu poser des charges autour de toi ?

Elle hésita, mais secoua ensuite lentement la tête.

Des tirs éclatèrent derrière lui et le firent pivoter. Les balles semblaient voler, et des hommes proféraient des ordres et des instructions en criant. Mais l'hélicoptère bloquait en grande partie la vue de Luther. Il vit néanmoins les hommes de Scanguards entrer en trombe dans l'entrepôt.

— Bombe ! cria soudain quelqu'un à travers tout ce vacarme.

— Putain ! jura Luther en se ruant vers Isabelle.

C'était maintenant ou jamais. S'il y avait une bombe, il ne pouvait pas se payer le luxe d'examiner les alentours proches d'Isabelle à la recherche de détecteurs de mouvement. Il devait agir.

Du coin de l'œil, il vit des flashs éclairer l'obscurité, mais il ne s'arrêta pas pour regarder ce que c'était.

— Je suis là, Isabelle ! Je te tiens !

Il arriva à sa hauteur et ôta le bâillon de sa bouche, puis sauta derrière elle.

— Aidez-moi. S'il vous plaît, sortez-moi de là ! dit-elle en s'étouffant.

Luther examina ses liens. Elle était enchainée à un poteau métallique, vestige d'une clôture. Les boursouflures sur ses poignets confirmaient que Forrester avait utilisé une chaîne en argent pour l'attacher, seul métal toxique pour un vampire. Si toxique qu'aucun d'eux ne pouvait briser de ses mains une chaîne en argent, aussi fine fût-elle.

— Ne bouge pas, je vais briser la chaine, ok ?

Il fouilla le tas de débris derrière elle et y trouva ce qu'il cherchait : le morceau d'une tige métallique suffisamment fine pour l'insérer dans un des maillons de cette lourde chaîne en argent. Aussi longtemps qu'il ne toucherait pas le métal, la tige ferait le travail à sa place.

— Reste tranquille, Isabelle, lui ordonna-t-il tout en mettant la tige en place. Il la tourna, et le maillon se brisa, coupant la chaine en deux. Il arracha le nœud de sa robe et en enveloppa sa main. Il saisit alors un bout de la chaîne et le déroula du poignet d'Isabelle. Malgré la présence du tissu, il sentit l'argent le brûler, mais il fut capable de la libérer complètement.

Isabelle tendit les bras en avant.

— Merci !

Elle amena les mains à son visage et ôta son bandeau. Son regard se posa sur l'hélicoptère et la fusillade par- delà celui-ci.

— Oh mon Dieu !

Une explosion ébranla l'île. Instinctivement, Luther se jeta sur Isabelle et la plaqua au sol. Sous son corps, il la sentit respirer difficilement, mais il sut qu'elle n'était pas blessée.

En écoutant les bruits provenant de l'entrepôt où Forrester s'était caché, Luther entendit des voix connues. Il en comprit à présent la raison. Les hélices de l'hélicoptère ne tournaient plus. Le pilote avait coupé le moteur. Soudain, tout fut silencieux.

La voix de Blake arriva jusqu'à lui.

— Il est mort. Nous l'avons eu.

Soulagé, Luther se souleva et aida Isabelle à se relever.

— Blake, nous sommes ici. Je suis avec Isabelle. Elle va bien.

Plusieurs personnes coururent vers eux. Samson fut le premier à les rejoindre. Il n'avait d'yeux que pour sa fille.

— Papa ! cria Isabelle en se lançant dans ses bras. Tu es venu !

Samson la serra contre sa poitrine et lui caressa les cheveux.

— Bien sûr, petit cœur.

Il tourna ensuite la tête et regarda Luther.

— Merci, Luther. Je te dois tellement.

Le vampire secoua la tête.

— Nous sommes quitte, maintenant.

Tout en hochant la tête à l'intention d'Isabelle, il se dirigea vers l'entrepôt.

Blake le croisa à mi-parcours.

— Bon boulot.

Luther désigna la structure d'où était provenue l'explosion.

— Qu'est-ce qui s'est passé là-dedans ?

— Il s'est fait sauter quand nous avons chargé à l'intérieur du bâtiment. Je suppose qu'il ne voulait pas être pris en vie, répliqua Blake en marchant à ses côtés.

Luther secoua la tête.

— Je ne comprends pas. Il s'est mis dans une position d'où il ne pouvait pas s'échapper.

— Peut-être qu'il n'était pas aussi intelligent que nous le supposions, après tout.

Plusieurs hommes de Scanguards étaient déjà en train d'éteindre les flammes.

— Ce ne devait pas être une très grosse explosion, dit Luther en désignant l'entrepôt.

— Elle n'a même pas soufflé les murs, confirma Blake. Aucun dommage collatéral. Aucun d'entre nous n'a été touché.

— Par là ? demanda Luther en désignant la porte.

Il entra après que Blake eût acquiescé d'un hochement de tête. Il jeta un coup d'œil à l'intérieur du bâtiment et remarqua un endroit près d'une fenêtre où quelques débris rappelaient une explosion.

— Une veste suicide ?

Blake se rapprocha.

— Ça y ressemble, pas vrai ?

Quoiqu'il n'y eût aucun reste du vampire, il y avait d'autres indices : des morceaux de métal brillant, du tissu, du bois, ainsi que ce qui ressemblait à une partie de radio ou de haut-parleur.

— Tu es sûr qu'il était ici, et qu'il n'a pas juste fait sauter une poupée ?

— Certain. Nous l'avions en visuel avant d'entrer. Ça correspondait à la photo que nous avions de lui. C'était assurément Forrester. Tu pourras voir par toi-même quand nous rentrerons au QG. Nous enregistrions tout sur nos caméras personnelles et le transmettions à Thomas. Il a confirmé via le système de communication que c'était notre gars. Aucun doute à ce sujet.

— Hmm.

Luther se frotta le menton. Quelque chose le tracassait.

— Il n'a pas tenté de faire du mal à Isabelle. Pourquoi ne l'a-t-il pas gardée avec lui ici jusqu'à ce qu'il ait su qu'il tenait Katie ? Pourquoi la ligoter là-haut, là où nous pouvions nous interposer entre Isabelle et lui. Il a pratiquement abandonné son otage avant même d'avoir eu l'occasion de s'emparer de Katie.

— Blake, dit un homme depuis la porte.

Luther reconnut John. Il portait une combinaison de plongée et avait les cheveux mouillés.

Blake se retourna.

— Ouais ?

— Mon équipe est prête à partir. Le nettoyage est fait à l'extérieur. J'ai appelé le bateau par radio. Il attend le long de la centrale électrique. On peut s'occuper de l'intérieur, maintenant ?

Blake hocha la tête.

— Allez-y. J'ai vu tout ce que je devais voir.

John fit signe à quelqu'un à l'extérieur pendant que Blake sortait. Luther le suivit, jetant un dernier regard aux restes jonchés à terre. Pendant un instant, quelques maillons d'une chaîne scintillèrent comme de l'argent lorsque la lampe de l'hélicoptère les éclaira.

Blake l'attendait dehors.

— Tu peux rentrer en hélicoptère avec nous. Je pense que Samson le souhaitera.

Il fit signe à Roxanne de se rapprocher.

— Bon boulot Roxanne. Es-tu d'accord de rentrer avec le petit bateau à moteur ? Quelqu'un de l'équipe de John peut rentrer avec toi.

Roxanne hocha la tête.

— Bien sûr. Pas de problème.

Luther lui tendit la main.

— Merci pour tout, Roxanne.

Elle sourit et lui serra la main.

— Avec plaisir.

Blake le gratifia d'une tape sur l'épaule.

— Rentrons au QG. Mes gars vont terminer le nettoyage et s'assurer de ne laisser aucune trace.

Lorsque Luther, suivi par Blake, monta à bord de l'hélicoptère, Samson et sa fille étaient déjà à l'intérieur. Le pilote avait mis le moteur en marche, et les pales de rotor tournaient et prenaient de la vitesse.

Luther s'installa sur le siège face à Samson.

Blake se glissa à côté de lui, puis fit signe au pilote.

— Retour au QG.

Luther regarda à travers la fenêtre, observant à nouveau l'endroit choisi par Forrester pour procéder à l'échange. Son front se plissa. C'était une étrange mise en scène qu'il avait mise en place pour lui-même. Il était certain d'échouer en choisissant un endroit d'où il ne pouvait ni se défendre ni s'échapper. Cela ressemblait à une mission suicide.

— Quelque chose te tracasse ? demanda soudain Samson depuis son siège.

Lentement, Luther tourna la tête vers lui.

— Beaucoup de choses. C'était trop facile.

Il regarda Isabelle qui se pressait contre son père, recherchant du réconfort dans ses bras.

— Sans vouloir t'offenser, Isabelle. Je sais que ça doit avoir été affreux pour toi, mais ça…

Il pointa l'île du doigt.

— … c'était un bide pour Forrester. Il n'avait pas de porte de sortie. Et aucun moyen de nous combattre. Pour essayer de réussir quelque chose comme ça, je n'aurais certainement pas choisi un endroit où j'aurais été totalement exposé.

— Et comme nous le savons tous, tu parles par expérience, répliqua Samson, la voix régulière, ses mâchoires semblant néanmoins se crisper.

— Écoute, Samson. Je veux juste m'assurer que ce qui s'est passé, là en bas, était réel.

Il se tourna vers Blake.

— Tu as dit que vous aviez transféré les vidéos au QG ?

— Effectivement, répondit Blake.

— Samson, avec ta permission, j'aimerais y jeter un œil. Je veux voir Forrester de mes propres yeux. Pour avoir l'esprit tranquille, tu vois.

Après quelques secondes, Samson acquiesça d'un hochement de tête.

— Bien. De toute façon, Blake devra faire un compte rendu à l'équipe. Tu peux te joindre à eux et voir par-toi-même que c'était Forrester.

Il sourit à sa fille et déposa un baiser sur le haut de sa tête.

— Il ne te fera plus de mal, Isa, ajouta le grand patron.

— Il me tarde de voir maman.

— Elle sait déjà que tu es sauvée. Elle est impatiente de te tenir dans ses bras. Elle nous retrouvera au QG.

43

Luther suivit Blake dans la salle de crise où ils furent accueillis par les applaudissements du cercle restreint de Scanguards. Blake fut immédiatement entouré par Gabriel, Amaury et Zane, ainsi que par plusieurs jeunes hybrides et quelques autres vampires.

Plusieurs moniteurs ornaient un mur et diffusaient différentes parties de la mission de sauvetage de cette nuit-là.

— Bien joué ! dit Thomas en hochant la tête à l'intention de Luther.

Eddie se dirigea vers lui et lui donna une tape sur l'épaule.

— Tout s'est bien passé. Merci de nous avoir aidés.

— Katie le sait déjà ?

Eddie acquiesça.

— Nous l'avons appelée dès que nous avons su que Forrester était mort et qu'Isabelle était sauvée. Elle est très soulagée.

— C'est bien.

Il regarda par-delà Eddie.

— Est-ce que ce sont tous les enregistrements que vous avez de la mission ? ajouta-t-il.

Thomas les rejoignit.

— Oui, pourquoi ?

— Peux-tu me montrer le début ? Je veux voir Forrester.

Thomas haussa un sourcil, mais désigna la console qui contrôlait les écrans. Eddie les suivit.

— Il y a un problème ? demanda calmement Thomas.

— Je n'en suis pas sûr. Je veux juste m'assurer que c'est lui. D'où j'étais, je n'ai pas pu le voir.

Eddie hocha la tête.

— Je sais. Nous avons observé tes mouvements via ta caméra.

Il désigna la veste de Luther, lui rappelant dès lors qu'il portait toujours la caméra cachée.

Thomas appuya sur quelques boutons et pointa un écran du doigt.

— Je fais passer tout ce que nous avons donnant un aperçu sur la position de Forrester.

Luther souleva la tête et examina les images à l'écran. L'action débutait à l'atterrissage de l'hélicoptère, lorsque quelqu'un en sautait, soit Blake, soit Samson. Quelques instants plus tard, depuis l'angle de la caméra de Blake, des hommes grenouilles apparurent de l'autre côté. Vint ensuite la fusillade. Une caméra zooma sur la fenêtre. La lampe de l'hélicoptère illumina soudain un visage, celui de Forrester. Luther le reconnut grâce à la photo que Thomas avait distribuée avant la mission. Il n'y avait aucun doute.

Luther observa la façon dont Forrester ouvrait la bouche, comme pour crier.

— Quand il a commencé à tirer, nous avons dû agir vite, entendit-il Blake raconter à ses collègues.

Luther se retourna.

— Tu es certain que Forrester tirait sur vous ?

Blake hocha la tête.

— Ouais, nous avons entendu les tirs. Ce n'était pas un de nos gars. Ils avaient reçu l'ordre strict de ne pas tirer avant mon signal.

— C'est impossible.

Luther désigna à nouveau l'écran.

— Où est son pistolet ?

Pendant un moment, Blake demeura silencieux.

— Est-ce que tes gars ont embarqué le pistolet de Forrester avant que je n'entre dans le bâtiment ? demanda Luther.

— Non. Personne n'a touché quoi que ce soit jusqu'à ce que toi et moi ne partions.

— Alors, comment pourrait-il avoir tiré sur vous alors qu'on n'a retrouvé aucun pistolet ? L'explosion n'a pas été assez forte pour pulvériser son arme. Bon sang, j'ai vu des morceaux de radio et des bouts de métal. Mais rien ressemblant à un pistolet.

Blake laissa courir une main dans ses cheveux.

— Putain !

Luther se retourna sur le moniteur et le fixa à nouveau. Il sentit les autres vampires présents dans la pièce se rapprocher et regarder l'écran également.

— Repasse le moment où on voit le visage de Forrester.

Thomas se conforma à sa demande et fit repasser l'image.

— On dirait qu'il crie, dit Eddie à ses côtés.

Luther regarda Blake.

— Tu l'as entendu crier ?

— Non. Pas un son. Et nous étions suffisamment près. Nous l'aurions entendu.

— Thomas, tu peux zoomer sur sa bouche ?

Luther focalisa ses yeux sur la bouche de Forrester, tandis que Thomas agrandissait l'image de deux cents pour cent. Ce fut à ce moment qu'il le vit.

— Oh merde ! s'exclama-t-il en claquant du poing sur le bureau. Vous savez ce que c'est ?

Il désigna l'intérieur de la bouche de Forrester. Il semblait carbonisé.

— La bouche et la gorge de Forrester ont été brûlées par un pistolet à rayons UV pour l'empêcher de parler.

Il se retourna et fit face aux autres hommes présents dans la pièce.

— Forrester était un bouc émissaire.

— Mais comment ? demanda Blake en le dévisageant d'un air incrédule.

— Faites entrer Isabelle. Elle peut identifier son ravisseur, ordonna Luther.

Gabriel se rua à l'extérieur de la pièce et laissa la porte ouverte.

— Thomas, affiche la photo de Forrester sur un autre écran.

Sans un mot, Thomas exécuta l'ordre. Des pas se rapprochèrent un instant plus tard, et Luther regarda vers la porte. Samson entra précipitamment, suivi par Delilah qui avait le bras enroulé autour d'Isabelle. Les deux fils hybrides de Samson se trouvaient derrière eux.

— Qu'est-ce qui se passe ? demanda Samson, la voix tendue.

— Je pense que Forrester était un bouc émissaire.

Luther regarda Isabelle et poursuivit.

— Isabelle, est-ce que c'est l'homme qui t'a kidnappée ?

Il désigna l'écran.

Isabelle se rapprocha en quelques pas hésitants tout en se cramponnant à la main de sa mère. Ses yeux remuaient en regardant l'image à l'écran. Ensuite, son regard rencontra celui de Luther.

— Non. Ce n'est pas lui.

Luther eut la sensation qu'un étau se resserrait autour de son cœur et en extrayait toute vie.

— Merde !

Les engrenages de son cerveau commencèrent à tourner. Il devait y avoir un moyen de trouver qui avait utilisé Forrester pour les berner.

— Thomas, tu as dit que tu avais un enregistrement du moment où le ravisseur a tué Mendoza et emmené Isabelle. Laisse-moi l'écouter.

— Donne-moi une seconde.

Thomas cliqua sur une icône de l'ordinateur, puis ouvrit divers fichiers jusqu'à enfin cliquer sur un dossier audio. Il monta le volume afin que tous pussent entendre.

La voilà !

— C'est Mendoza, dit Thomas.

Quelqu'un grogna.

Qui est-ce, putain ? Ce n'est pas Kimberly Fairfaix ! Je te paie bien, et pour quel résultat ?

— C'est lui, dit Isabelle, la voix tremblante. C'est l'homme qui m'a emmenée après avoir tué Mendoza.

Le cœur de Luther se glaça.

— Arrête, Thomas.

Il dévisagea les personnes présentes dans la pièce.

— Je le connais, poursuivit-il. C'est un des gardiens de la prison. Il s'appelle Norris.

Pas étonnant qu'il eût pu utiliser Forrester. Norris le connaissait parfaitement. Tout prenait à présent un sens.

— Il a dû apprendre l'obsession de Forrester pour Katie, mais je ne pense pas que Forrester soit celui qui a écrit les lettres. C'était Norris. Il a tout organisé. Dans sa cellule, Forrester avait des posters de films avec Katie. Peut-être que Norris l'y a vue pour la première fois et a développé sa propre obsession.

Luther laissa courir une main tremblante dans ses cheveux.

— Norris partait en congé la nuit où j'ai été relâché, poursuivit-il. Il doit avoir engagé Mendoza afin de kidnapper Katie, mais quand il a réalisé que ce dernier avait enlevé Isabelle à la place, il a modifié ses plans et s'est tourné vers Forrester.

— Mais pourquoi ? demanda Samson.

— Il savait qu'il allait devoir faire un échange. Et pour ça, il lui fallait un bouc émissaire. Alors, il a utilisé Forrester, l'a attaché et nous a laissé croire qu'il était le kidnappeur.

Luther désigna l'écran.

— J'ai vu des reflets argentés dans la lumière quand j'étais dans l'entrepôt où Forrester s'est soi-disant fait sauter. Il y avait les restes d'un haut-parleur ou d'une radio. D'après moi, Norris a tout orchestré à distance par radio, que ça soit pour les bruits ou les coups de fusil que vous avez entendus. Il devait observer avec une caméra. Il nous a fait croire que Forrester nous parlait et nous tirait dessus. En réalité, il n'y avait pas de pistolet. Forrester était une cible facile. Norris a attendu qu'on se rapproche suffisamment près et, ensuite, il l'a fait sauter. Et pour que Forrester ne puisse pas nous avertir, il lui a brûlé la bouche et la gorge avec des rayons UV.

Luther avait fait la même chose à Bauer dans la prison. Il savait donc que cela fonctionnait.

— Merde ! jura Samson. Mais comment savait-il que Katie ne serait pas là et qu'on enverrait un vampire déguisé comme elle ?

— Il avait tablé là-dessus. C'est pour ça qu'il a pris autant de temps pour nous dire quand l'échange aurait lieu : il voulait que nous ayons l'idée d'envoyer un double.

Il fusilla Blake du regard.

— Qui est avec Katie ?

— Wesley, répliqua Blake.

Celui-ci fit ensuite signe à Eddie.

— Envoie immédiatement des renforts chez elle. Et préviens-les. Maintenant !

— J'y vais moi-même, dit Luther en se ruant vers la porte, percutant presque Wesley.

— Qu'est-ce que tu fais ici ? demanda-t-il au sorcier.

Il regarda par-delà lui.

— Où est Katie ?

Wesley fronça les sourcils.

— Chez elle, pourquoi ? Je suis parti quand on a reçu le message stipulant que la mission était un succès et que Forrester était mort.

— Oh putain !

— Elle ne répond pas au téléphone, dit Eddie depuis l'autre bout de la pièce.

Thomas composa son numéro sur un autre poste.

— J'essaie sur son portable.

Le sang de Luther se glaça dans ses veines. Pendant quelques secondes, il n'y eut aucun bruit dans la pièce. Seulement une faible tonalité provenant du portable de Thomas. Elle fit ensuite place à la boîte vocale du téléphone de Katie. Un regard empreint de dépit colora les yeux de Thomas lorsqu'il secoua la tête.

Luther sentit un frisson glacial lui parcourir la colonne vertébrale.

— Oh mon Dieu, non. Il l'a. Norris a enlevé Katie.

44

Durant quelques secondes, Luther fut sous le choc. Il n'avait pas réussi à protéger Katie. Et maintenant, elle était entre les mains d'un fou.

— Putain, putain, putain ! jura Wesley.

Des halètements et des jurons volèrent à travers la pièce. Isabelle commença à pleurer.

— OK, tout le monde, écoutez, dit Blake en haussant la voix. Nous devons la trouver.

Il regarda l'horloge accrochée au mur.

— Nous avons moins d'une heure et demie avant le lever du soleil. Nous devons découvrir où il l'emmène avant cela, sans quoi, nous risquons de les perdre.

Blake commença à donner ses ordres.

— Wes, cherche-la à l'aide de ta boule de cristal. Maintenant !

— J'ai toujours des cheveux à elle dans mon bureau, marmonna-t-il en dévalant le couloir.

— Thomas, donne-nous tout ce que tu as sur ce Norris.

Thomas acquiesça.

— Suis déjà dessus. Mon équipe vient juste de pirater le système informatique de l'autorité pénitentiaire. Nous devrions avoir tout ce qu'ils ont sur lui dans quelques instants.

Il fit signe à Eddie, et tous deux commencèrent à tapoter sur le clavier de leur ordinateur.

— J'ai déjà envoyé deux gars chez Katie, confirma Amaury. Ils nous appelleront si elle est toujours chez elle.

Luther savait qu'il y avait peu de chances que ce fût le cas, mais ils étaient minutieux chez Scanguards et ne pouvaient donc pas écarter la possibilité que Katie fût endormie et eût coupé la sonnerie de son téléphone. Dans son cœur, toutefois, il savait que Norris l'avait kidnappée pendant que tout Scanguards était occupé à Alcatraz. Il mettrait à présent ses menaces à exécution : emmener Katie.

— Voguer vers le soleil couchant avec elle. C'est ça ! Les ports de plaisance !

Blake et plusieurs autres le regardèrent.

— Quoi les ports de plaisance ? demanda ce dernier.

— Norris a dit aux autres gardes qu'il laissera tout le monde dans son sillage. C'est un terme nautique. Et dans les lettres, il parle de voguer vers le soleil couchant avec Katie. Il a l'intention de l'emmener sur un bateau.

Il se dirigea vers l'endroit où étaient assis Thomas et Eddie.

— Pouvez-vous trouver s'il a un bateau enregistré à son nom ?

Eddie regarda par-dessus son épaule.

— Suis déjà dessus. Donne-moi une minute.

Luther regarda à nouveau Samson et Amaury.

— Combien de marinas y a-t-il le long de la baie ?

— Trop, dit immédiatement Samson. Sausalito, Larkspur, Oakland, Alameda et quelques autres sur les baies Est et Sud. Il doit y en avoir environ une douzaine.

Luther secoua la tête.

— Oubliez tout excepté San Francisco. Il n'a pas le temps de traverser le moindre pont. Il a planifié tout ceci à l'avance. Il savait qu'il ne disposerait que d'un petit créneau horaire pour kidnapper Katie. Il ne prendrait pas le risque de devoir traverser la moitié de la ville en voiture. Quelle est la marina la plus proche de la maison de Katie ?

— Thomas ? demanda Samson.

— Moniteur quatre, dit Thomas.

Luther regarda l'écran sur lequel une carte apparut soudainement. Un point rouge clignotait dans la zone de Haight Ashbury : la maison de Katie. Des lignes bleues reliaient sa demeure à la mer. Ensuite, une de ces lignes s'afficha en gras.

— South Beach, le yacht club derrière AT & T Park, dit Samson.

— J'ai une photo de Norris, annonça Thomas avant de la projeter sur un moniteur.

Luther regarda Isabelle.

— Tu le reconnais ?

De toute évidence en train de trembler, Isabelle hocha la tête.

— C'est lui.

Eddie pivota sur sa chaise.

— Aucun bateau enregistré au nom de Norris. Désolé.

Luther jura. Il savait néanmoins que son intuition était bonne. Norris allait emmener Katie sur un bateau.

Quelqu'un fit irruption dans la pièce. Luther se retourna. C'était Wesley.

— J'ai une localisation approximative, mais Katie est toujours en mouvement.

— Où ? demanda frénétiquement Luther.

— Sur Bryant Street, en direction de la baie.

— Il se dirige vers la marina. Allons-y. Nous devons le rattraper avant qu'il ne puisse appareiller.

Il regarda Samson.

— On peut prendre l'hélicoptère ? ajouta-t-il.

Avec un soupir empreint de regret, Samson secoua la tête.

— Le pilote l'a déjà rentré dans le hangar de San Francisco-sud. Nous n'avons pas le temps d'aller le récupérer.

— Je suis garé devant, dit Wesley, courant déjà vers l'ascenseur. Allons-y.

Luther le suivit, le cœur battant à toute vitesse. Il devait rejoindre Katie avant qu'il ne fût trop tard. Il le lui devait. Elle avait compté sur lui pour la protéger. Et non seulement cela : il *avait besoin* qu'elle fût en sécurité. Il avait besoin qu'elle fût vivante et heureuse. Il regrettait à présent de ne pas lui avoir dit ce qu'il ressentait. Il déplorait d'avoir été lâche et de ne pas lui avoir avoué que, sans elle, il n'était rien, juste une coquille vide, car elle avait envahi son cœur et s'y sentait bien, sans qu'il l'eût même remarqué au départ. Mais dès l'instant où il l'avait compris, il n'avait rien fait pour la repousser. Il avait plutôt commencé à avoir terriblement envie de ce sentiment qu'elle lui procurait, le sentiment d'être digne d'amour. De l'amour de Katie.

— Je viens avec vous, lui cria Blake, avant d'aboyer d'autres ordres à son équipe. Vérifiez qui patrouille dans ce secteur et envoyez-les à la marina de South Beach Park. Ensuite, alertez notre contact chez les garde-côtes. Et faites-nous préparer des armes dans le hall.

Les portes de l'ascenseur s'ouvrirent, et Wes y entra, Luther sur ses talons. Blake arriva en courant et sauta à l'intérieur juste avant la fermeture des portes.

Tous trois échangèrent des regards inquiets.

— Ne peux-tu pas jeter un sort de protection sur Katie ? demanda Blake à Wesley.

Le frère de la jeune femme secoua la tête.

— Ça prend trop de temps. Je n'ai pas tout ce qu'il faut ici, et nous n'avons pas tout ce temps.

Wes frappa de la main contre la cloison.

— Je n'aurais pas dû la laisser seule, ajouta-t-il.

Blake grogna.

— Tu ne pouvais pas savoir.

— Il nous a tous dupés, dit Luther. Mais je le promets, Norris ne s'en sortira pas comme ça. Il ne me séparera pas de Katie.

Lorsque, surpris, Blake et Wes le dévisagèrent, Luther réalisa ce qu'il avait dit. Mais il ne se rétracta pas. Il n'allait pas nier plus longuement que son cœur appartenait à Katie.

— Je vais le tuer.

L'ascenseur s'arrêta, et ils sortirent au niveau du hall. Un vampire les attendait en leur tendant un sac.

— Vos armes.

Blake s'en saisit.

— Merci, Rob.

Luther se précipita à l'extérieur, suivi par les deux autres. Il regarda Wes par-dessus son épaule.

— Quelle voiture ?

Wes désigna une BMW tout en cliquant simultanément sur sa clé de contact. Les phares d'une BMW noire série sept se mirent à clignoter.

— Monte.

Luther se dirigeait vers la voiture, lorsque deux vampires se mirent sur son chemin.

— Luther West, lui dit l'un des deux. Tu es en état d'arrestation.

L'autre inconnu bondit derrière lui et le claqua sur le toit de la BMW. Il lui menotta les poignets derrière le dos si rapidement que Luther put à peine comprendre ce qui lui arrivait.

— Merde ! jura-t-il. Lâchez-moi !

— Qu'est-ce qui se passe, ici ? dit Blake.

Luther tourna la tête sur le côté.

— Dis à ces idiots de me lâcher. Je dois aller libérer Katie.

Il poussa vers l'arrière, tentant de se libérer de l'emprise du vampire qui l'avait menotté, mais le type était massif. Luther savait exactement qui étaient ces deux-là : des traqueurs envoyés par le Conseil pour l'appréhender.

— Arrête de lutter, West ! Allons-y !

L'autre traqueur s'adressa à Blake en lui montrant un badge.

— Nous sommes du Conseil. Division de l'Exécution de la Loi.

Il dirigea le pouce en direction de Luther.

— West est entré par effraction dans la prison et a agressé plusieurs gardiens. Nous le ramenons pour l'inculper, précisa-t-il.

— Vous ne pouvez pas faire ça ! protesta Blake. Nous sommes en plein milieu d'une opération de sauvetage. Une femme mourra si vous ne le relâchez pas.

— Bien essayé, dit le vampire.

— Il dit la vérité, cria Wes en se ruant sur eux. Lâchez-le, putain, ou je vous transforme en crapauds.

— Putain de sorcier ! répliqua le traqueur.

Du coin de l'œil, Luther vit le gars pointer son arme sur Wesley.

— Non, Wes ! l'avertit Luther en donnant un coup de pied vers l'arrière, profitant de la surprise momentanée du vampire à la vue d'un sorcier pour le repousser. Il tenta de se redresser et fonça sur le traqueur qui brandissait un révolver sur Wesley.

— Stop ! Baissez vos armes !

La voix autoritaire de Samson retentit derrière eux.

Les yeux des deux traqueurs s'écarquillèrent subitement. Luther regarda par-dessus son épaule et vit Samson, Amaury et Gabriel en ligne, tous trois armés de semi-automatiques dirigés sur les deux hommes de main.

Luther soupira de soulagement.

— Dieu merci, vous êtes là !

— Nous avons vu l'incident via ta caméra.

Amaury désigna la veste de Luther.

Samson s'adressa aux deux étrangers.

— Je veux que vous appeliez le chef du Conseil et que vous lui disiez que Samson Woodford veut lui parler.

Aucun des deux vampires ne bougea.

— Immédiatement ! ordonna Samson en grinçant des dents.

L'un d'eux enfouit la main dans sa poche et en sortit un téléphone portable. Il composa un numéro, puis amena le téléphone à son oreille.

— Monsieur, dit-il sèchement, c'est Rigsby. Un certain Samson Woodford insiste pour vous parler.

Il marqua une pause, puis hocha la tête et tendit le téléphone à Samson.

— Voici.

Samson le prit.

— Surveillez-les, donna-t-il pour instruction à ses amis avant de se détourner. Monsieur…

Il retourna à la porte d'entrée du bâtiment de Scanguards, rendant Luther dans l'impossibilité de suivre la conversation.

Quoique cela parût bien plus long, il ne fallut que trente secondes à Samson pour revenir et rendre le téléphone à Rigsby.

— Je me suis arrangé pour retarder l'arrestation de Luther. Je me porte personnellement garant de lui. Il se livrera spontanément quand tout ceci sera terminé. Le chef du Conseil confirmera notre arrangement.

Rigsby grogna et pressa le téléphone contre son oreille.

— Monsieur ?

Un air de mécontentement s'afficha sur son visage, tandis qu'il écoutait son supérieur.

— Mais, Monsieur… , poursuivit-il.

Il y eut une courte pause.

— Oui, Monsieur, ajouta-t-il entre ses dents. Je comprends.

Mais il était clair qu'il était contrarié. Il se tourna vers son collègue.

— Tolliver, enlève-lui les menottes.

Lorsque Tolliver le libéra de ses entraves, Luther se frotta les poignets.

— Merci, Samson !

Il ouvrit ensuite la portière de la voiture.

— Partons. Nous avons déjà perdu assez de temps.

— Nous allons te suivre, dit Rigsby en plissant les yeux.

— Je me rendrai dès que Katie sera en sécurité. Tu as ma parole.

Luther prit place sur le siège passager, tandis que Wes prenait le volant et que Blake s'installait sur la banquette arrière après y avoir balancé le sac contenant les armes.

Wes fit ronfler le moteur et descendit la Seizième rue à toute vitesse.

Luther fixa la route droit devant lui, exhortant la voiture à aller plus vite bien que l'aiguille dépassât déjà le quatre-vingt-dix.

Je viens te chercher, Katie.

45

Au Sud de l'embarcadère 40, le port de South Beach était composé de sept pontons principaux, chacun étant approximativement pourvu de quatre-vingt emplacements pour petits voiliers et bateaux à moteur. Côté baie, la marina était entourée d'un mur en béton en guise de digue, avec une sortie au Sud et une au Nord. Durant le trajet, Blake avait briefé Luther afin qu'il eût un petit aperçu du secteur.

Prêt à jaillir de la voiture, Luther tendit la main vers la poignée de la portière.

Blake raccrocha le téléphone.

— OK, deux de nos gars sont déjà là. Ils ont vu du mouvement sur le sixième ponton à l'extrémité sud de la marina. Mais ils n'étaient pas suffisamment près pour voir si le gars était un vampire.

— J'y vais.

Luther bondit de la voiture dès l'instant où Wesley arrêta le véhicule près du trottoir. Il ne se soucia même pas de refermer la portière et se rua sur le gazon qui séparait King Street du sentier de halage. Il dépassa le terrain de jeu pour enfants en courant, les yeux déjà rivés sur les bateaux arrimés.

À sa droite, le yachtclub baignait dans l'obscurité. Luther le dépassa à toute vitesse, se dirigeant vers la rangée d'emplacements dans laquelle les hommes de Scanguards avaient aperçu quelqu'un. Il pria de ne pas être arrivé trop tard. Il focalisa tous ses sens sur ce sixième ponton, vérifiant chaque bateau, à la recherche de la moindre indication trahissant un mouvement récent, à l'affût de n'importe quel bateau générant plus de vagues que son voisin.

Ce faisant, il inhala profondément, tentant de capter l'odeur de Katie. Toujours imprégné dans ses cellules, le sang de la jeune femme le guidait.

Là, il put la sentir. Elle s'était trouvée à cet endroit peu de temps auparavant. Son odeur était toujours fraîche et forte. Elle devait être toute proche.

— Je suis là, Katie, murmura-t-il. Je ne te laisserai pas tomber.

Un bruit provint d'un des bateaux situés au bout du ponton. Luther dressa l'oreille et concentra son regard dans cette direction. Quelqu'un tournait une clé de contact. Un instant plus tard, le léger bourdonnement d'un moteur retentit.

Luther courut jusqu'à la barrière et tira dessus pour l'ouvrir. Elle était verrouillée. Il y asséna un coup de pied, mais cette satanée chose ne céda pas immédiatement.

— Merde !

Il s'accrocha au grillage, grimpa par-dessus et sauta de l'autre côté dès qu'il fut arrivé au sommet. Il courut sur le plancher du quai qui menait aux différents pontons. Vers l'extrémité du sixième, il vit un bateau à moteur sortir de son emplacement. Luther estima la distance qui le séparait de l'embarcation et réalisa qu'il ne pourrait pas la rattraper. Il se retrouverait coincé à l'extrémité de la jetée.

Il devait stopper Norris à la sortie de la marina, à l'étroite ouverture présente entre la digue et le quai parallèle au septième ponton. Il parcourut la longueur du quai à toute vitesse, sentant les planches bouger légèrement sous ses pieds, tandis qu'elles tremblaient sous ses mouvements. Il contourna l'entrée du dernier ponton et emprunta le quai parallèle à celui-ci. Ses poumons brûlaient, désiraient ardemment de l'air, mais ses jambes avalaient la distance. Sa concentration était rivée sur l'extrémité du quai, là où un grand voilier l'empêchait de voir la digue.

Sans s'arrêter, il se catapulta sur le pont du voilier et le traversa en trois longues enjambées. Juste à temps, d'ailleurs, car le bateau à moteur était en train de le dépasser à cet instant précis. L'homme à la barre tourna la tête, et son visage se figea lorsque son regard croisa celui de Luther.

— Norris !

Luther bondit du voilier en poussant de toutes ses forces sur ses jambes.

Il s'écrasa sur Norris et le plaqua au sol. Le regard de Luther s'abattit immédiatement sur la porte demeurée ouverte de la cabine. Il n'y avait pas de lumière, mais l'odeur de Katie, qui en émanait, était plus forte. Elle était en bas.

— West, prononça Norris, les dents serrées, armant déjà son poing afin de lui asséner un coup.

Luther voulut asséner un coup genou entre les jambes du gars, mais Norris, en toute rapidité, roula sur le côté afin de l'éviter et se remit sur pieds. Luther s'arc-bouta contre le banc afin de faire levier et lui flanquer un coup de pied dans le ventre.

Le gardien tituba en reculant et vint heurter la barre. Le bateau pencha soudain de l'autre côté. Norris se lançait brusquement en avant, les poings dirigés vers Luther, lorsque sa veste s'accrocha à quelque chose. Il tira frénétiquement dessus, tandis que Luther se ruait sur lui. Et dès que celui-ci se retrouva au contact de son ancien geôlier, le bruit de quelque chose qui se brise se fit entendre. Norris se retrouva libre de ses mouvements et vint claquer son poing dans le visage de Luther.

Au même moment, le bateau accéléra, sa vitesse augmentant à chaque seconde.

— Merde ! jura Luther en délivrant toute une série de coups, enchaînant tour à tour les coups de poing dans le ventre, puis les uppercuts au menton. Mais le gars persistait et revenait à la charge, grognant à chaque coup qu'il assénait à Luther.

— Je ne t'ai jamais beaucoup aimé, West ! dit Norris entre deux bouffées d'air.

— C'est pareil pour moi, connard !

Norris afficha un sourire glacial avant d'exhiber ses canines.

— Et que dirais-tu d'un vrai combat, maintenant ? Afin de savoir qui a ce qu'il faut pour gagner le gros lot.

Il désigna la cabine où Katie était probablement ligotée.

Luther regarda par-delà Norris. Ils avaient franchi la digue et se dirigeaient vers la rive opposée de McCovey Cove, là où s'étendait un vaste parking désert. Sachant qu'il ne disposait pas de beaucoup de temps avant que le bateau ne vînt heurter le rivage, Luther feignit un mouvement sur la gauche avant d'enfouir la main dans sa poche et d'en extirper le pieu qu'il y avait caché durant le trajet en voiture.

— Ouais, un vrai combat, répéta Luther, comme s'il partageait l'avis de Norris.

Il tira brusquement les épaules en arrière et se lança sur le gardien.

D'un bras, il fit obstacle aux griffes de Norris pendant qu'il étirait l'autre vers l'arrière. En un grognement, Luther enfonça le pieu dans la poitrine de son adversaire et observa, avec satisfaction, la manière dont son ennemi se figeait, pendant une fraction de seconde, en prenant conscience de son sort.

— Je n'ai pas de temps pour tes jeux malsains, dit Luther.

Norris disparut, réduit en poussière.

Luther ne perdit pas une seconde et attrapa la barre. Il la tourna, mais elle ne bougea pas. Elle était bloquée dans cette position. Il tendit la main vers la manette permettant de réduire la puissance du moteur, mais elle avait disparu. Elle était cassée.

— Merde !

Un regard sur le rivage qui se rapprochait, et il sut qu'il ne lui restait que quelques secondes.

Il descendit dans la cabine à toute vitesse.

— Katie !

Un bruit étouffé provint d'un coin, mais il l'avait déjà repérée. Elle était bâillonnée et attachée au bastingage. Il transforma volontairement ses doigts en griffe et trancha les liens. Luther attrapa Katie et la tira derrière lui, la soulevant pour sortir de la cabine. Elle ôta son bâillon. Luther grimpa alors sur le banc situé au fond du bateau et, tout en maintenant Katie fermement serrée contre sa poitrine, sauta dans l'eau.

— Accroche-toi, bébé.

Il la sentit frissonner lorsqu'ils touchèrent l'eau, avant d'être engloutis. Cela valait mieux qu'une mort certaine. Luther battit des jambes, les éloignant dès lors tous deux du bateau avant de refaire surface.

À bout de souffle, Katie reprit une bouffée d'air.

— Oh Luther !

Une explosion éclaira le ciel nocturne lorsque l'embarcation heurta McCovey Cove et réduisit en morceaux les gros rochers qui la bordaient. Des flammes s'élevèrent très haut dans le ciel, et Luther protégea Katie du feu lorsque les débris touchèrent l'eau.

Son cœur battait à toute vitesse, et tout en maintenant Katie dans ses bras, il s'éloigna de l'explosion à la nage, en direction de la rive opposée.

— Par ici, Luther, lui cria une voix masculine.

Il tourna la tête et vit un bateau s'approcher d'eux. Sur la proue, Blake leur faisait signe, Wesley à ses côtés.

Luther se sentit enfin envahi par un sentiment de soulagement. Il regarda Katie et balaya des mèches de cheveux mouillés de son visage.

— Je te tiens, bébé.

De la main, il lui caressa le visage tout en continuant à nager sur place.

— C'est fini, maintenant. Il est mort. Il ne peut plus te faire de mal, ajouta-t-il.

— Tu es revenu pour moi.

— Je reviendrais toujours pour toi.

— On va vous sortir de l'eau, interrompit Blake, tandis que l'embarcation arrivait à leur hauteur.

Quelques instants plus tard, enveloppés dans une grande couverture, Luther et Katie se retrouvèrent assis sur un banc du bateau des garde-côtes. Sentir Katie si près de lui paraissait juste. Il l'attira tout contre son corps, se souciant peu de Wesley, Blake et de l'homme de la Garde côtière qui les observait.

Le bateau se dirigeait vers le quai, là où deux personnes les attendaient. Luther les reconnut immédiatement. Tolliver et Rigsby. Ils ne lui laissaient pas beaucoup de temps. Et il n'allait pas le gaspiller avec des choses futiles.

— Oh, Katie, je pensais t'avoir perdue.

Il lui captura les lèvres et l'embrassa. Elle frissonna, mais il lui frotta le dos afin de la réchauffer. Contrairement au corps humain de Katie, le sien ne ressentait pas le froid.

Ce n'était pas l'endroit approprié pour l'embrasser, mais il n'avait pas le choix. Il désirait pouvoir se souvenir de tout ce qui la concernait, son goût, la texture de sa langue, la douceur de ses lèvres. Il ne pouvait se rassasier d'elle, mais lorsqu'il sentit le bateau s'arrêter et s'arrimer au quai, il sut que son temps était écoulé.

Luther ôta sa bouche de celle de Katie et la regarda dans le vert émeraude de ses yeux.

— West ! lui cria Rigsby.

Luther regarda par-dessus son épaule.

— Dans une minute.

Il posa ensuite de nouveau les yeux sur Katie, laquelle regardait les deux hommes présents sur le quai.

— Qui sont-ils ?

— Des traqueurs. Ils sont là pour m'emmener.

Katie haleta.

— Non ! Pourquoi ?

— Je suis entré dans la prison par effraction, j'ai agressé deux gardiens, j'ai détruit leur équipement, et j'ai amené une étrangère en son sein. Je dois payer pour ça.

— Non ! Ce n'était pas ta faute. C'est ma faute. Laisse-les me punir ! geignit-elle en tentant de se lever.

Mais il la repoussa.

— Non, Katie, répondit-il en lui caressant la joue de ses doigts. S'il te plaît, écoute-moi. Ce qui m'arrive n'a pas d'importance, tant que tu es en sécurité.

— Mais, Luther—

Il posa un doigt sur ses lèvres, l'empêchant ainsi de s'exprimer.

— S'il te plaît, laisse-moi parler. Je n'ai pas beaucoup de temps. Et il y a quelque chose que je dois te dire.

Elle se calma.

— Je t'aime, Katie. Et si j'étais un homme libre, je te demanderais d'être mienne, mais je ne le suis pas.

Il marqua une pause avant de poursuivre.

— Je ne peux pas te demander de m'attendre. Ce ne serait pas juste. Tu dois vivre ta vie. Mais sache ceci : mon cœur t'appartiendra toujours.

Il vit les larmes lui border les yeux.

— Luther... s'étrangla-t-elle.

Mais sa voix lui fit défaut, tandis que les larmes commençaient à couler le long de ses joues.

Il l'embrassa et goûta le sel de ses larmes. Cela lui brisa le cœur.

— West.

Luther se libéra des lèvres de Katie et s'extirpa de ses bras.

— J'arrive.

Son regard se suspendit à celui de Katie durant un dernier long moment. Luther lui tourna alors le dos et descendit de l'embarcation.

Il fut content d'être menotté, sans quoi, il aurait pu bondir sur le bateau et s'enfuir avec Katie. Cependant, il n'était pas assez idiot pour croire qu'il ne serait pas repris.

Bien qu'il fût assez stupide pour espérer que Katie l'attendît malgré le fait qu'il lui eût demandé de ne pas le faire.

46

Une semaine plus tard

Les larmes avaient séché. Néanmoins, elles réapparaissaient à chaque fois qu'elle se retrouvait seule. Elle n'avait plus eu de nouvelles de Luther depuis que les deux agents d'application des peines de l'autorité pénitentiaire l'avaient menotté et emmené. Cela avait été assez dur de le voir partir, mais c'était la confession de Luther qui rendait toute cette situation déchirante. Il l'aimait.

Katie réprima un sanglot et refoula ses larmes. Non, elle ne pouvait pas s'écrouler à nouveau et s'endormir à force de pleurer. Pas ce soir. Tous les membres de Scanguards et leurs familles s'étaient rassemblés chez elle pour célébrer le nouvel an et le sauvetage d'Isabelle. Cette soirée était une soirée de bonheur, et elle ferait appel à tout son talent d'actrice pour montrer au monde qu'elle allait bien.

Prenant une profonde inspiration, elle afficha un sourire sur son visage et, munie d'un plateau de hors d'œuvres, retourna dans le salon bondé d'invités. Une musique entraînante émanait des haut-parleurs grâce à Damian et Benjamin, les jumeaux d'Amaury, lesquels faisaient office de DJ. Elle devait le leur accorder : la musique n'était pas bruyante au point de rendre toute conversation impossible.

Katie jeta un œil autour d'elle. Les hommes portaient des smokings, les femmes s'étaient parées d'élégantes robes de soirée. Même les adolescents avaient pris des airs de fête en se transformant en copies conformes de leurs parents respectifs.

Lorsque Damian et Benjamin la repérèrent, ils lui firent signe et désignèrent le plateau qu'elle tenait en mains. Elle sourit et se dirigea vers la table de mixage.

— Je suis mort de faim, dit Benjamin.

Damian prit une tartelette de saumon fumé.

— Idem.

Il la fourra en bouche.

— Merci, Katie, lui dit Benjamin en en prenant également une avant de la dévorer.

— Tes fêtes sont les meilleures. Et il y a de la nourriture ! dit Damian en souriant.

Katie se mit à rire.

— À vous entendre, on dirait que vos parents ne vous nourrissent pas !

Elle jeta un œil autour d'elle et vit Amaury et Nina danser un slow dans un coin du salon. Ils avaient l'air d'un jeune couple impatient de se retrouver seul.

Les jumeaux suivirent son regard.

— Ces deux-là semblent oublier notre présence, affirma Benjamin.

— Ouais, ajouta Damian en faisant un clin d'œil. Nous les laissons tranquilles, tu sais, et pourtant, ils ne nous ont pas encore remercié en nous donnant une petite sœur.

Benjamin gloussa.

— Et fais-moi confiance, ils *essaient*.

— Ouais, genre tout le temps ! dit Damian en roulant des yeux.

— Est-ce une façon de parler de ses parents ?

Katie reconnut immédiatement la voix de Maya et se retourna vers elle.

— Tu m'enlèves les mots de la bouche, dit Katie en embrassant le médecin. Je suis si heureuse que tu sois là.

— Je ne raterais ça pour rien au monde, répondit la femme vampire tout en rejetant une mèche de ses longs cheveux noirs par-dessus son épaule. Elle était d'une beauté à se damner.

Ensuite, elle regarda de nouveau les jumeaux.

— J'espère vraiment que vous ne déteignez pas sur mes garçons.

Damian et Benjamin échangèrent un regard complice.

— Vous, vous avez au moins donné une petite sœur à taquiner à Ryder et Ethan, affirma Damian. Et nous, qu'est-ce qu'on a ? Rien.

— Vous vous avez, l'un et l'autre, intervint Katie. Je n'appellerais pas ça rien.

Tout en riant, Maya secoua la tête.

— Laissons-les. D'accord, Katie ?

— D'accord.

— Laisse le plateau, dit Benjamin en tendant la main vers celui-ci. Nous sommes toujours en pleine croissance.

Katie lui tendit le plateau.

— Faites-le passer aux autres, s'il vous plaît.

— Bien sûr, promit Benjamin, bien que son expression faciale dît tout autre chose.

Maya posa une main sur le bras de Katie, et toutes deux s'éloignèrent.

— Tu vas bien ? demanda Maya.

— Tu me l'as déjà demandé la semaine dernière quand tu m'as auscultée, dit laconiquement Katie. Je vais bien.

— Eh bien, je voulais juste vérifier. C'est difficile pour moi d'oublier que je suis médecin. Et j'ai ça dans le sang de veiller sur chaque membre de Scanguards. Tu fais partie de ma grande famille élargie.

— Je sais. Je suis désolée. Je ne voulais pas te choquer.

Elle soupira.

— Je vais bien, vraiment, poursuivit-elle. Je n'ai même pas attrapé un rhume après cette baignade nocturne dans la baie. Je suppose que je suis plus résistante que je le pensais.

— Tu l'es, oui.

Le regard de Maya se détourna soudain, et un charmant sourire lui recourba les lèvres.

Katie tourna la tête sur le côté et vit s'approcher le conjoint de Maya, Gabriel. En dépit de la grande cicatrice qui lui gâchait le profil gauche, il y avait quelque chose d'attirant chez ce grand vampire à la queue de cheval, tandis qu'il suspendait son regard à celui de sa femme.

— J'espère ne pas interrompre quelque chose d'important, dit Gabriel. Mais je viens juste de demander une chanson à Damian, et j'espérais danser avec ma femme.

— Je vais vous laisser, dit Katie.

Il hocha la tête.

— Tout va bien, Katie ?

Pourquoi tout le monde n'avait-il de cesse de lui poser cette question ? Ne savaient-ils pas déjà qu'elle souffrait ? Qu'avec le départ de Luther, tous ses espoirs avaient été détruits. Qu'elle savait à peine comment vivre cette journée, sans parler de l'année à venir. Et il n'y avait rien qu'elle pût y faire. Samson lui avait dit qu'en tant que non vampire, elle n'avait même pas le droit de rendre visite à Luther en prison. De plus, en ce moment précis, personne ne savait réellement où il avait été emmené et combien de temps on allait le garder. Ils ne savaient même pas s'il y aurait un jugement et une condamnation.

— Désolé d'avoir posé cette question, dit soudain Gabriel. Je sais que c'est dur pour toi.

Il posa une main sur l'avant-bras de Katie et le serra.

— N'abandonne pas, ajouta-t-il.

Des larmes firent irruption dans ses yeux, et elle les refoula, tentant d'être courageuse.

— As-tu eu la moindre nouvelle de lui ?

Gabriel secoua la tête.

— Aucune.

Une nouvelle chanson débuta.

— Allez danser, poursuivit Katie. Amusez-vous. De toute façon, je dois aller vérifier quelque chose à la cuisine.

Katie capta le sourire compatissant de Maya avant de se retourner et se diriger vers la cuisine. Mais elle n'alla pas très loin.

— Hé, tante Katie, la salua Cooper. Tu as encore à manger ? Damian et Benjamin s'accaparent le plateau.

Katie l'étreignit et l'embrassa sur la joue avant de lui ébouriffer les cheveux.

— Je pensais que tu t'étais arrêté chez Pasquale en chemin pour manger une pizza.

— C'était il y a des heures !

Lydia apparut derrière son frère et lui tapota l'épaule.

— Ne dérange pas tante Katie. Elle a bien assez à faire comme ça. Tu sais où est la cuisine. Prépare-toi quelque chose si tu as faim.

— Très bien !

Cooper se retourna et prit la direction de la cuisine.

— Honnêtement, ce gamin est une machine à manger !

Lydia gratifia sa tante d'un de ses longs soupirs de souffrance.

— Je ne sais pas quoi faire avec lui, ajouta-t-elle.

Katie se mit à rire.

— Tu parles comme si tu étais sa mère.

— Parfois, j'ai l'impression de l'être. Je jure de ne jamais avoir d'enfants. Je serai comme toi. Libre comme l'air. Sans engagement. Sans attache.

— Non, Lydia, dit doucement Katie en dégageant les cheveux roux du visage de la jeune fille. C'est bon d'avoir des engagements. Je n'ai juste pas été suffisamment chanceuse pour trouver quelqu'un avec qui je voulais m'engager. Hollywood n'était pas vraiment propice à la construction de relations durables.

— Était-ce vraiment superficiel là-bas ? demanda Lydia, avec intérêt.

— Les gens se manipulaient l'un l'autre pour réussir. Il y avait toujours une arrière-pensée dans chaque relation. C'était dur de trouver quelqu'un de confiance.

— C'est pour ça que tu es partie ?

— En partie. Je suppose que j'étais fatiguée de cette vie.

Elle soupira et regarda par-delà sa nièce.

— Oh, regarde, voilà Grayson et Isabelle.

Lydia tourna la tête au moment où toute la famille Woodford entrait dans la pièce.

— Grayson a l'air d'un adulte, maintenant, pas vrai ?

Katie acquiesça. Grayson avait changé depuis l'enlèvement de sa sœur. Subitement, il ressemblait plus à un homme qu'à l'adolescent hybride qu'il était précédemment.

— Il va être aussi pimpant que son père.

Lydia se retourna et se mit à glousser.

— Je préfère Patrick. C'est un garçon bien plus gentil. Bien que je ne sortirais jamais avec l'un d'entre eux, ajouta-t-elle rapidement. C'est vrai quoi, j'ai pratiquement grandi avec eux. Je me sens comme leur grande sœur.

Katie se mit à rire.

— Lydia, tu parles comme si tu avais bien plus que ton âge.

— Maman le dit souvent. Ça m'est égal.

Elle marqua une pause.

— Laisse-moi aller dire bonjour à Isabelle, ajouta la jeune fille.

— Vas -y, l'encouragea Katie avant de la regarder saluer sa meilleure amie.

Katie surprit les regards de Samson et Delilah posés sur elle et s'approcha d'eux.

Delilah la serra dans ses bras.

— Merci de donner cette fête. Je n'avais tout simplement pas le courage d'organiser quoi que ce soit chez nous. Il s'est passé trop de choses.

— Ça ne me dérange vraiment pas. J'adore avoir des invités.

Katie sourit à Samson.

— Je suis contente que tu sois venu, lui dit-elle.

Samson lui prit la main et la serra.

— Nous n'avons pas encore eu l'occasion de te remercier. La semaine dernière est passée si vite.

Il échangea un regard avec Delilah.

— Nous te sommes reconnaissants de tout ce que tu as fait pour notre famille. Je veux m'excuser de la façon dont j'ai réagi quand Isabelle a disparu.

— Ne te—

— Non, s'il te plaît, l'interrompit Samson. J'étais désemparé et avais besoin de passer ma colère sur quelqu'un. Tu étais juste le bouc émissaire tout trouvé. J'en suis désolé. Rien de tout ceci n'était ta faute.

Il marqua une pause avant de poursuivre.

— Norris n'a jamais posé une main sur Isabelle. Dès qu'elle lui a dit qui j'étais, je pense qu'il a compris que je l'aurais pourchassé jusqu'en enfer s'il lui avait fait du mal. C'est pour cette raison qu'il l'a ligotée à une distance suffisamment éloignée de l'endroit où il a fait exploser Forrester. Il ne voulait que toi. Il était malade. Mais nous avons récupéré Isabelle, parce que toi, Katie, tu as été courageuse. Tu as pris tellement de risques pour nous. Pour tout cela, je te serai toujours reconnaissant.

— J'aimerais qu'on arrête de dire que je suis courageuse. Je ne me sens pas comme tel.

Luther le lui avait dit également.

— Mais tu l'es, dit doucement Delilah. Tu as aidé à récupérer mon bébé. Merci.

Une larme s'échappa de l'œil de Katie et coula le long de sa joue.

— Je suis contente que tout soit terminé, s'étouffa-t-elle. Vous voulez bien m'excuser ? Je dois vérifier quelque chose.

C'était une excuse, et ils le savaient, mais ils furent suffisamment courtois pour la laisser s'échapper. Lorsqu'elle ouvrit la porte de la cuisine, elle sut immédiatement qu'elle ne pourrait y trouver la solitude. Non seulement son neveu dévalisait le frigo, mais trois autres garçons l'y aidaient : Adam et Nicholas, les fils de Zane et Portia, âgés respectivement de douze et treize ans, ainsi que Sebastian, le fils à moitié asiatique d'Oliver et Ursula, âgé de dix ans.

Les quatre garçons tournèrent la tête dans sa direction, la regardant comme une biche surprise par la lumière des phares d'une voiture.

— Oops, dit Sebastian, totalement adorable avec son air penaud.

— Ne t'inquiète pas, dit Cooper, tante Katie a dit qu'on pouvait se préparer quelque chose, pas vrai ?

— Ouais, ouais, c'est bien. Ne vous inquiétez pas, les enfants, dit-elle rapidement en traversant la cuisine avant de sortir par l'autre porte.

Elle heurta presque Haven dans le couloir.

— Hé, sœurette, tu ne veux pas danser ?

Katie soupira.

— Je ne peux pas. S'il te plait, Haven. Je ne peux tout simplement pas.

Une autre larme s'échappa de son œil et coula le long de sa joue.

Haven l'essuya du pouce.

— Je pense que tu devrais, petit cœur.

Elle secoua la tête et tenta de se faufiler derrière lui. Mais il l'attrapa par les épaules afin de l'arrêter.

— Il y a quelqu'un qui veut danser avec toi, insista Haven.

— Haven, tu ne comprends pas ? Je ne peux plus faire semblant que tout va bien plus longtemps.

— Alors, laisse-moi faire en sorte de te rendre le sourire, dit-il en la retournant afin qu'elle pût faire face au couloir menant à la porte d'entrée.

Là, dans le vestibule, se tenait un vampire.

— Luther, murmura-t-elle.

Haven lui relâcha les épaules.

— Bonne année, sœurette.

Elle l'entendit s'éloigner.

Ses pieds la transportèrent vers Luther, lequel vint à sa rencontre.

— Katie, murmura-t-il, en la prenant dans ses bras. Oh, mon Dieu, tu m'as manqué.

Les lèvres du vampire se retrouvèrent sur les siennes avant qu'elle n'eût pu dire la moindre chose. Son baiser fut bref, mais avide. Lorsqu'il lui relâcha la bouche, il pressa le front contre le sien.

— Ils t'ont laissé partir ? demanda Katie.

— En quelque sorte.

Elle s'écarta, le dévisageant, lui attrapant les bras afin de s'accrocher à lui.

— Je ne peux plus te laisser partir. Luther, s'il te plaît.

De la main, il lui caressa la joue.

— Je ne pars plus, bébé. J'ai fait un marché.

Le cœur de Katie se mit à battre jusque dans sa gorge.

— Un marché ? Quel genre de marché ?

— Le Conseil a laissé tomber toutes les charges contre moi à condition que je travaille pour eux.

— Ça consiste en quoi ?

Striker Reed et le dangereux boulot qu'il avait exercé pour eux lui vint soudain à l'esprit.

— Ils veulent que tu sois un de leurs traqueurs ?

Luther lança la tête en arrière en riant.

— Un traqueur ? Non. Ce n'est pas ma spécialité. Ils veulent que je sois consultant en matière de sécurité de la prison. Étant donné que j'ai pu entrer et sortir par effraction, ils ont pensé qu'il fallait actualiser leurs systèmes de sécurité.

Le soulagement inonda Katie.

— Je peux travailler depuis San Francisco, ajouta-t-il. Si c'est ce que tu veux.

Katie enroula les bras autour de lui et se pressa tout contre sa poitrine. Soudain, elle sentit le sol se dérober sous ses pieds. Luther la soulevait.

— Je prends ça pour un oui.

— Oui, lui dit-elle dans l'oreille.

— Bon. J'espère que ça ne te dérange pas si je ne vais pas à la fête, mais je ne me sens pas suffisamment civilisé, dans l'immédiat, pour me retrouver parmi des gens.

Elle désigna l'escalier du regard.

— Je suis content que nous soyons sur la même longueur d'onde.

La serrant toujours dans ses bras, Luther pivota. Soudain, il se figea, les yeux dirigés vers la porte du salon.

Katie suivit son regard et vit Samson, debout, dans l'embrasure de la porte.

— Je suis content que tu sois de retour, vieil ami, dit Samson.

La voix de Luther trembla légèrement lorsqu'il répondit.

— C'est bon de te voir, mon frère.

Katie le vit dans leurs yeux. Ils avaient retrouvé leur ancienne amitié. Ils étaient à nouveau comme des frères.

Samson hocha la tête, sourit, et se retourna pour entrer dans le salon, refermant la porte derrière lui.

47

Luther reposa Katie sur ses pieds et verrouilla la porte de la chambre derrière eux. À l'exception de l'éclairage apporté par les lampes apposées de chaque côté du lit, la pièce baignait dans l'obscurité. La musique provenant de l'étage inférieur était tempérée, mais suffisamment forte pour prodiguer une petite ambiance de fond.

Il ne pouvait croire qu'il était réellement de retour. Après qu'il eût présenté son plan au Conseil dans le cadre des négociations pour sa libération, Bauer et Patterson, le gardien qui avait poignardé Katie, lui avaient administré une violente raclée. Une fois les gardiens satisfaits de lui avoir infligé autant de douleur que ce qu'il ne leur avait infligé lui-même, le Conseil avait débattu pendant plusieurs jours. Des jours qu'il avait passés dans une cellule sombre, à penser à Katie et à prier de pouvoir la revoir.

Et maintenant qu'il était de retour, il pouvait à peine croire qu'il ne rêvait pas.

Tout en lui tenant le visage entre les mains, Luther lui passa les doigts dans les cheveux.

— Oh, Katie, je sais qu'il y a tant de choses que tu ne sais pas à mon propos, et je promets de te dire tout ce que tu voudras savoir, mais il y a une chose que je dois entendre. S'il te plaît, dis-moi que je ne suis pas en train d'imaginer ce que je pense que tu ressentes pour moi. S'il te plaît, dis-moi que c'est réel.

— Je t'ai attendu la moitié d'une vie. Je t'aurais encore attendu toute une vie.

Elle se hissa sur la pointe des pieds.

— Je t'aime, Luther, précisa-t-elle.

Ses lèvres étaient douces, chaudes et accueillantes. Elle avait le goût d'une femme mûre et d'une jeune fille naïve. De la séduction et du réconfort. De l'amour. Le désir qu'il éprouva instantanément pour elle grimpa en flèche et de manière incontrôlable. Mais il se calma en apprivoisant sa respiration.

— Je dois te demander quelque chose.

Il relâcha son visage et fit un pas en arrière. Tandis qu'il pliait le genou, il sortit une petite boîte de la poche de sa veste. Lorsqu'il leva les yeux vers elle, elle le dévisagea, les yeux écarquillés et la bouche ouverte.

Katie haleta.

— Oh, Luther.

— Je ne te l'ai pas encore demandé. Je veux le faire correctement.

Il prit une profonde inspiration, suspendit son regard à celui de Katie et lui prit la main.

— Katie, tu m'as montré que la rédemption existe, que même moi, je mérite l'amour. Tu m'as appris que les démons de notre passé n'ont de pouvoirs sur nous que si nous les laissons faire. Et je ne vais pas les laisser détenir ce pouvoir plus longuement. Je suis libre de mon passé. Je suis prêt pour une nouvelle vie, et je veux la partager avec toi. Je veux tu sois ma compagne, mon épouse, mon tout.

Il ouvrit la boîte afin de lui offrir la bague de fiançailles en diamant qu'il avait choisie pour elle.

— Veux-tu te lier par le sang avec moi ? ajouta-t-il.

Refoulant visiblement ses larmes, Katie pinça les lèvres.

— Oui.

Luther lui glissa la bague au doigt et se leva, lançant la boîte sur le côté. Il se débarrassa de sa veste et prit Katie dans ses bras.

— Je ferai tout ce qui est en mon pouvoir pour te rendre heureuse.

Katie colla son corps au sien. À travers le fin tissu de sa robe de soirée, Luther put sentir chaque courbe et chaque muscle de son corps si voluptueux. Il glissa une main sur sa nuque, l'autre sur son derrière, la maintenant contre lui, lui faisant sentir l'effet qu'elle avait sur lui. Un léger halètement lui confirma qu'elle pouvait sentir le contour de son sexe appuyé contre le centre de sa féminité.

— Prends-moi, l'implora-t-elle.

Ces mots mirent le feu en lui, ce feu qui faisait rage et menaçait de l'incinérer s'il ne la possédait pas.

Il fit planer ses lèvres au-dessus des siennes, inhalant sa douce haleine. Sans précipitation, il inclina la bouche et captura la sienne, l'embrassant avec une passion dont il ne se croyait plus capable. Mais Katie avait réveillé son cœur aussi sûrement qu'elle faisait durcir son sexe ; ce sexe qui éprouvait l'insatiable besoin de venir se frotter contre elle.

Lorsque leurs langues se touchèrent et entamèrent une danse passionnée aussi vieille que le monde, des vagues de plaisir le parcoururent dans tout le corps. Il fouilla la profondeur de sa bouche, s'imprégnant de son goût, s'en enivrant. Désireux de prendre tout ce qu'elle voulait bien lui offrir, il captura et avala chaque soupir et chaque gémissement qu'elle libérait.

Il était fou de Katie. Avait besoin d'elle comme de son prochain souffle. Elle nourrissait son cœur et le réveillait tout comme, dorénavant, elle alimenterait son corps. Car dès qu'ils seraient liés par le sang, il ne boirait plus que le sien. Elle serait l'unique source lui permettant de tenir, de rester vivant. À son tour, elle hériterait de son immortalité et demeurerait aussi jeune et belle qu'elle ne l'était à présent. C'était une parfaite symbiose. Une connexion impeccable. Il n'avait pas à le lui expliquer. Elle vivait avec des vampires. Elle savait ce qu'impliquait un lien par le sang.

Lentement, Luther commença à la déshabiller. Il trouva la fermeture éclair de sa robe et fit glisser les bretelles de ses épaules, laissant le tissu soyeux s'étendre à ses pieds en un léger souffle. Il observa ce qu'il avait dévoilé, son regard se délectant d'elle. Elle portait un soutien-gorge rouge et une petite culotte assortie. Ce spectacle alléchant fit bondir son sexe.

— Sacrément parfaite, murmura-t-il.

Katie tendit la main vers lui et commença à déboutonner sa chemise. Il l'y aida jusqu'à pouvoir enfin l'ôter. Lorsqu'elle posa les mains sur son pantalon, il plaça une des siennes par-dessus.

— Tout doux, bébé. Cela fait une semaine que tu ne m'as plus touché. Je suis susceptible de décoller comme une fusée.

Katie lui sourit de par-dessous ses longs cils et repoussa sa main.

— Oh, tu ferais bien de décoller comme une fusée. Dans le cas contraire, ça voudrait dire que je m'y prends mal.

Il grogna, mais la laissa continuer à le dévêtir de son pantalon et de son boxer. D'un coup de pieds, il se débarrassa de ses chaussures. Quelques secondes plus tard, il se retrouva nu devant elle.

Il tendit les mains vers elle et effleura ses seins affriolants, sentant ses mamelons durcir comme des cailloux sous sa douce caresse. Il sourit et ouvrit le fermoir avant de son soutien-gorge.

— Visiblement, tu vas aussi décoller comme une fusée, bébé, dit-il, en plongeant la tête sur ses seins.

Il passa la langue sur un mamelon, puis sur l'autre, et sentit la façon dont Katie laissait tomber la tête en arrière tout en gémissant. Lorsqu'il captura un des deux tétons bien durs entre ses lèvres et se mit à sucer, il laissa glisser les mains le long de son dos et se faufiler sous le tissu soyeux de sa petite culotte. Il lui enroba le derrière et le serra avec douceur tout en poussant Katie contre son sexe.

Le contact peau contre peau le priva presque de sa dernière once de contrôle. Pendant une seconde, il cessa de bouger, prenant une profonde inspiration afin de se ressaisir. Mais il ne pouvait ignorer trop longuement son corps. Il avait besoin de cette femme. Il avait besoin de Katie.

Luther abaissa sa petite culotte, puis la débarrassa de son soutien-gorge, le laissant tomber à terre. Il releva la tête et la regarda.

— Je te prendrai dans ton lit.

— Notre lit, corrigea-t-elle.

— Notre lit.

Il la souleva dans ses bras et la transporta jusqu'au lit, puis la déposa délicatement sur la couverture.

Il la regarda pendant un instant. Ses cheveux noirs encadraient son visage, tel un halo. Tel un festin, elle était étendue devant lui. Un festin auquel, dorénavant, il participerait chaque jour de sa vie, en se nourrissant d'elle tout en lui faisant l'amour. Mais cette nuit serait spéciale, car elle boirait son sang au même moment.

— Il n'y aura pas de préliminaires, Katie. Ce soir, je n'ai pas assez de patience, la prévint-il.

Katie écarta davantage les jambes, le gratifiant de la vue sur son sexe scintillant.

— Les préliminaires sont surfaits.

— Je suis bien aise que tu le penses.

Il se pencha sur elle et enfonça son membre dans la chaleur de son attirant canal. Involontairement, il grogna très fort.

— Putain !

— Oui ! dit-elle, la voix rauque, tout en arquant le torse comme si elle lui offrait ses seins.

Luther enfonça la tête entre ces derniers, s'abandonnant avec délice à leur douceur et à leur chaleur. Il commença ensuite à pousser, son sexe dictant le rythme, envoyant du plaisir à travers son corps.

Il releva la tête et observa, avec fascination, la façon dont les seins de Katie rebondissaient, de haut en bas et d'un côté à l'autre, pendant qu'il continuait à aller et venir en elle. Les paupières de sa compagne étaient à moitié closes, sa bouche était ouverte, et des sons de plaisir roulaient sur ses lèvres.

— Tu es à moi, Katie. Je n'autoriserai personne à t'emmener loin de moi, lui promit-il.

Elle rencontra son regard.

— Et tu es à moi.

S'arc-boutant sur un coude, il leva une main et, volontairement, transforma ses doigts en griffes affûtées. Du coin de l'œil, il remarqua que Katie les fixait, non pas par crainte, mais par admiration, tandis que ses muscles internes se resserraient davantage autour de son sexe, signe évident de l'approche de son orgasme.

— Attends-moi, bébé.

D'une griffe, il se fit une légère incision à l'épaule et sentit le sang s'en écouler.

— Maintenant, bois mon sang.

Il baissa l'épaule jusqu'à la bouche de Katie et la sentit se jeter dessus immédiatement. Le plaisir instantané qu'il ressentit le fit grogner. Ses canines s'allongèrent automatiquement, et il blottit son visage dans le creux du cou de sa compagne.

— Je t'aimerai toujours, lui jura Luther en enfonçant les canines dans sa chair.

Dès l'instant où le sang de Katie lui coula dans l'arrière-gorge, il put ressentir son âme. Il tendit les mains vers elle, s'offrant à elle. Il sentait que son essence l'enveloppait, l'attirait plus près.

Katie, mon amour.

Les pensées de Katie dérivèrent vers lui et emplirent son esprit. Elle s'ouvrait à lui, l'invitant à un endroit où personne d'autre n'était venu. Il se laissa tomber. Il était chez lui.

Je suis à toi, Luther. À toi pour toujours.

~ ~ ~

À PROPOS DE L'AUTEUR

De nationalité allemande, Tina Folsom vit depuis plus de 25 ans dans des pays anglophones. Elle a d'ailleurs épousé un Américain et s'est établie en Californie en 2002.

Tina a toujours été un peu globe-trotter et a vécu dans nombre de différentes contrées.

En 2010, elle a rédigé son premier roman d'amour.

Elle a toujours été attirée par les vampires. Depuis 2008, elle a publié plus de 38 livres en anglais et des douzaines dans d'autres langues (français, allemand et espagnol). De plus, elle fait actuellement traduire l'ensemble de ses livres en français.

Tina apprécie recevoir des commentaires de ses lecteurs. Pour cela, vous pouvez lui écrire à l'adresse électronique suivante: tina@tinawritesromance.com.

Vous pouvez également la contacter via Facebook: facebook.com/TinaFolsomFans.

Enfin, vous pouvez visiter son site Internet tinawritesromance.com afin de vous tenir au courant des nouveautés.